大家文丛

江力 李克 主编

使这个世界更诗化

汪曾祺 著　汪朝 编

北京联合出版公司
Beijing United Publishing Co.,Ltd.

目 录

❯ 人生感悟

▶ 散文纪事

人生感悟 >

美——生命

——《沈从文谈人生》代序

我在做一件力不从心的事。

我发现我对我的老师并不了解。

曾经有一位评论家说沈先生是"空虚的作家"。沈先生说这话"很有见识"。这是反话。有一位评论家要求作家要有"思想"，沈先生说："你们所要的'思想'，我本人就完全不懂你说的是什么意义。"这是气话。李健吾先生曾说："说沈从文没有哲学，沈从文怎么没有哲学呢？他最有哲学。"这是真话么？是真话。

不过作家的哲学都是零碎的、分散的，缺乏逻辑，缺乏系统。而且作家所用的名词概念常和别人不一样，有他自己的意义，因此寻绎作家的哲学是困难的。

沈先生曾这样描述自己：

我就是个不想明白道理却永远为现象所倾心的人。我看一切，却并不把那个社会价值挽加进去，估定我的爱憎。我不愿问价钱多少来为万物作一个好坏的批评，却愿意考查它在我官觉上使我愉快不愉快的分量。我永远不厌倦的是"看"一切。宇宙万汇在运动中，在静止中，在我印象里，我都能抓定它的最美丽与最调和的风度，但我的爱好显然却不能同一般目的相合。我不明白一切同人类生活相联结时的美恶，另外一句话说来，就是我不大能领会伦理的美。接近人生时，我永远是个艺术家的感情，却绝不是所谓道德君子的感情。（《从文自传·女难》）

这段话说得很美。说对了么？说对了。但是只说对了一半，沈先生并不完全是这样。在另一处，沈先生说：

曾经有人询问我："你为什么要写作？"

我告诉他我这个乡下人的意见："因为我活到这个世界里有所爱。美丽、清洁、智慧，以及对全人类幸福的幻影，皆永远觉得是一种德性，也因此永远使我对它崇拜和倾心。这点情绪同宗教情绪完全一样。这点情绪促我来写作，不断地写作，没有厌倦，只因为我将在各个作品各种形式里，表现我对于这个道德的努力。"（《篱下集》题记）

沈先生在两段话里都用了"倾心"这个字眼。他所倾心的对象即使不是互相矛盾的，但也不完全是一回事。只有把"最美丽与最调和的风度"和"德性"统一起来，才能达到完整的宗教情绪。

沈先生是我见过的唯一的（至少是少有的）具有宗教情绪的人。他对人，对工作，对生活，对生命，无不用一种极其严肃的、虔诚笃敬的态度对待。

沈先生曾说：

我崇拜朝气，欢喜自由，赞美胆量大的，精力强的……这种人也许野一点，粗一点，但一切伟大事业伟大作品就只这类人有份。（《篱下集》题记）

沈先生又说："我是个对一切无信仰的人，却只相信'生命'。"

写《沈从文传》的美国人金介甫说："沈从文的上帝是生命。"

沈先生用这种遇事端肃的宗教情绪，像阿拉伯人皈依真主那样走过了他的强壮、充实的一生。这对年轻人体认自己的价值，是有好处的。这些年理论界提出人的价值观念，沈先生是较早地提出"生命价值"的，并且用他的一生实证了"生命价值"的人。

沈先生在文章中屡次使用的一个名词是"人性"。

这世界上或有想在沙基或水面上建造崇楼杰阁的人，那可不是我。我只想造希腊小庙，选山地作基础，用坚硬石头堆砌它。精致、结实、匀称，形体虽小而不纤巧，是我理想的建筑。这小庙供奉的是"人性"。作成了，你们也许嫌它式样太旧了，形体太小了，不妨事。（《从文小说习作选》代序）

我要表现的本是一种"人生的形式"，一种"优美、健康、自然，而又不悖乎人性的人生形式"。（《从文小说习作选》代序）

"人性"是一个引起麻烦的概念，到现在也没有扯清楚。是不是只有具体的"人性"——其实就是阶级性，没有抽象的人性，即人类共有的本性？我们只能从日常的生活用语来解释什么是人性，即美的、善的，是合乎人性的；恶的、丑的，是不合乎人性的。通常说"灭绝人性"，这个人"没有人性"，就是这样的意思。比如说一个人强奸幼女，"一点人性都没有"。沈先生把"优美"、"健康"和"不悖人性"联系在一起，是说"人性"是美的、善的。否定一般的、抽象的人性的一个恶果是十年浩劫的大破坏，而被破坏得最厉害的也正是"人性"，以至我们现在要呼唤"人性的回归"。沈先生提出"人性"，我以为在提高民族心理素质上是有益的。

什么是沈从文的宗教意识，沈从文的上帝，沈从文的哲学的核心？——美。

黑格尔提出"美是生命"的命题，我们也许可以反过来变成这样的逆命题："生命是美。"也许这运用在沈先生身上更为贴切一些。

美是人创造的，沈先生对人用一片铜，一块泥土，一把线，加上自己的想象创造出美，总是惊奇不置。

沈先生有时把创造美的人和上帝造物混为一体。

这种美或由上帝造物之手所产生，一片铜，一块石头，一把线，一组声音，其物虽小，可以见世界之大，并见世界之全。或即"造物"，最直接最简便的那个"人"。流星闪电刹那即逝，即从此显示一种美丽的圣境，人亦相同。一微笑，一皱眉，无不同样可以显出那种圣境。一个人的手足眉发在此一闪即逝的缥缈印象中，即无不可以见出造物者手艺之无比精巧。凡知道用各种感觉捕捉这种美丽神奇光影的，此光影在生命中即终生不灭。但丁、歌德、曹植、李煜，便是将这种光影用文学组成形式，保留得比较完整的几个人。这些人写成的作品虽各不相同，所得启示必中外古今如一，即一刹那间被美丽所照耀，所征服，所教育是也。

"如中毒，如受电，当之者必喑哑萎悴，动弹不得，失其所信所守"。美之所以为美，恰恰如此。(《烛虚》)

沈先生对自然有一种特殊的敏感，有泛神倾向。他很易为"现象"所感动，河水，水上灰色的小船，黄昏将临时黑色的远山，黑色的树，仙人掌篱笆间缀网的长脚蜘蛛，半枯的柽柳，翠湖的猪耳莲，水手的歌声，画眉的鸣叫……都会使他强烈地感动，以致眼中含泪。沈先生说过："美丽总是使人哀愁的。"

沈先生有时是生活在梦里的。

夜梦极可怪，见一淡绿百合花，颈弱而花柔，花身略有斑点青渍，倚立门边微微动摇。在不可知地方好像有极熟习的声音在招呼："你看看好，应当有一粒星子在花中。仔细看看。"

于是伸手触之，花微抖，如有所怯；亦复微笑，如有所恃。因轻轻摇触那个花柄、花蒂、花瓣，近花处几片叶子全落了。

如闻叹息，低而分明。(《生命》)

这很难索解，但是写得多美！

沈先生四十岁以后一直是在梦与现实之间飘游的。

照我思索，能理解"我"；照我思索，可认识"人"。

这里的"我"、"人"都是复数，是抽象的"人"，哲学的"我"。而沈先生的思索，正如他自己所说，是"抽象的抒情"。

要理解一个作家，是困难的。

关先生编选的这本书虽是资料性的工具书，但从他的选择、分类上，可以看出是有自己的看法的。关先生的工作细致、认真，值得感谢。

一九九三年十月十四日

载一九九四年《中华散文》第一期

使这个世界更诗化

　　关于文学的社会职能有不同的说法，中国古代十分强调文艺的教育作用。古代把演剧叫作"高台教化"，即在高高的舞台上对人民进行形象的教育，宣扬封建伦理道德——忠、孝、节、义。三十、四十年代以后，马克思主义理论家认为文艺的功能首先在教育，对读者和观众进行政治教育，要求文艺作品塑造可供群众学习的英雄模范人物。有人不同意这种看法，认为文艺不存在教育作用，只存在审美作用。我认为文艺的教育作用是存在的，但不是那样的直接，那样"立竿见影"。让一些"苦大仇深"的农民，看一出戏，立刻热血沸腾，当场要求报名参军，上前线打鬼子，可能性不大（不是绝对不可能），而且这也不是文艺作品应尽的职责。文艺的教育作用只能是曲折的、潜在的，像杜甫的诗《春雨》所说"随风潜入夜，润物细无声"，使读者（观众）于不知不觉中受到影响。我觉得一个作家的作品总要使读者受到影响，这样或那样的影响。一个作品写完了，放在抽屉里，是作家个人的事；拿出来发表，就是一个社会现象。我认为作家的责任是给读者以喜悦，让读者感觉到活着是美的、有诗意的，生活是可欣赏的。这样他就会觉得自己也应该活得更好一些，更高尚一些，更优美一些，更有诗意一些。小说应该使人在文化素养上有所提高，小说的作用是使这个世界更诗化。

这样说起来，文艺的教育作用和审美作用就可以一致起来，善和美就可以得到统一。

因此，我觉得文艺应该写美，写美的事物。鲁迅曾经说过，画家可以画花，画水果，但是不能画毛毛虫，画大便。丑的东西总是使人不愉快的。前几年有一些青年小说家热衷于写丑，写得淋漓尽致，而且提出一个不知从哪里来的奇怪的口号："审丑作用。"以为这样才是现代主义。我作为一个七十四岁的作家，对此实在不能理解。

美，首先是人的精神的美、性格的美、人性美。中国对于性善、性恶，长期以来，争论不休。比较占上风的还是性善说。我们小时候读启蒙的教科书《三字经》，开头第一句话便是"人之初，性本善"。性善的标准是保持孩子一样纯洁的心，保持对人、对物的同情，即"童心"、"赤子之心"。孟子说："大人者不失其赤子之心者也。"

人性有恶的一面，"文化大革命"把一些人的恶德发展到了极致，因此有人提出"人性的回归"。

有一些青年作家以为文艺应该表现恶，表现善是虚伪的。他愿意表现恶，就由他表现吧，谁也不能干涉。

其次是人的形貌的美。

小说不同于绘画，不能具体地表现一个人的外貌，但小说有自己的优势，写作家的主体印象。鲁迅以为写一个人，最好写他的眼睛。中国人惯用"秋水"写女人眼睛的清澈，"巧笑倩兮，美目盼兮"是写美女的名句。

小说和绘画的另一不同处，即可以写人的体态。中国写美女，说她"烟视媚行"。古诗《孔雀东南飞》写焦仲卿妻"纤纤作细步，精妙世无双"，这比写女人的肢体要聪明得多。

不具体写美女，而用暗示的方法使读者产生美的想象，是高明的方法。唐代的诗人朱庆馀写新嫁娘：

> 洞房昨夜停红烛，待晓堂前拜舅姑。
> 妆罢低声问夫婿，画眉深浅入时无？

宋代的评论家说："此诗不言美丽，然味其辞义，非绝色女子不足以当之。"

有两句诗：

> 行到中庭数花朵，蜻蜓飞上玉搔头。

也让人想象到，这是一个很美的女人。

有时不直接写女人的美，而从看到她的人的反应中显出她的美。汉代乐府《陌上桑》写罗敷之美：

> 行者见罗敷，下担捋髭须。少年见罗敷，脱帽著帩头。
> 耕者忘其犁，锄者忘其锄。来归相怨怒，但坐观罗敷。

这种方法和《伊里亚特》写海伦王后的美很相似。

中国人对自然美有一种独特的敏感。

郦道元《水经注·三峡》：

自三峡七百里中，两岸连山，略无阙处；重岩叠嶂，隐天蔽日，自非亭午夜分，不见曦月。

短短的几句话，就把三峡风景全写出来了。这样高度的概括，真是大手笔！

柳宗元《至小丘西小石潭记》：

潭中鱼可百许头，皆若空游无所依。日光下澈，影布石上，佁然不动；俶尔远逝，往来翕忽，似与游者相乐。

通过鱼影，写出水的清澈，这种方法为后来许多诗人所效法，而首创者实为柳宗元。

苏轼《记承天寺夜游》：

庭下如积水空明，水中藻荇交横，盖竹柏影也。

这写的是月色，但没有写出月字。

古人要求写自然能做到"状难写之景如在目前"，作为一个中国作家，应该学习、继承这个传统。

载一九九四年《读书》第十期

人间草木

山丹丹

我在大青山挖到一棵山丹丹，这棵山丹丹的花真多。招待我们的老堡垒户看了看，说："这棵山丹丹有十三年了。"

"十三年了？咋知道？"

"山丹丹长一年，多开一朵花。你看，十三朵。"

山丹丹记得自己的岁数。

我本想把这棵山丹丹带回呼和浩特，想了想，找了把铁锹，把老堡垒户的开满了蓝色党参花的土台上刨了个坑，把这棵山丹丹种上了。问老堡垒户：

"能活？"

"能活。这东西，皮实。"

大青山到处是山丹丹，开七朵花、八朵花的，多的是。

山丹丹花开花又落，
一年又一年……

这支流行歌曲的作者未必知道，山丹丹过一年多开一朵花。唱歌的歌星就更不会知道了。

枸 杞

⊙

枸杞到处都有，枸杞头是春天的野菜。采摘枸杞的嫩头，略焯过，切碎，与香干丁同拌，浇酱油、醋、香油；或入油锅爆炒，皆极清香。夏末秋初，开淡紫色小花，谁也不注意。随即结出小小的红色的卵形浆果，即枸杞子。我的家乡叫作狗奶子。

我在玉渊潭散步，在一个山包下的草丛里看见一对老夫妻弯着腰在找什么。他们一边走，一边搜索。走几步，停一停，弯腰。

"您二位找什么？"

"枸杞子。"

"有吗？"

老同志把手里一个罐头玻璃瓶举起来给我看，已经有半瓶了。

"不少！"

"不少！"

他解嘲似的哈哈笑了几声。

"您慢慢捡着！"

"慢慢捡着！"

看样子这对老夫妻是离休干部，穿得很整齐干净，气色很好。

他们捡枸杞子干什么？是配药？泡酒？看来都不完全是。真要是需要，可以托熟人从宁夏捎一点或寄一点来。——听口音，老同志是西北人，那边肯定会有熟人。

13

他们捡枸杞子其实只是玩！一边走着，一边捡枸杞子，这比单纯的散步要有意思。这是两个童心未泯的老人，两个老孩子！

人老了，是得学会这样的生活。看来，这二位中年时也是很会生活，会从生活中寻找乐趣的。他们为人一定很好，很厚道。他们还一定不贪权势，甘于淡泊。夫妻间一定不会为柴米油盐、儿女婚嫁而吵嘴。

从钓鱼台到甘家口商场的路上，路西有一家的门头上种了很大的一丛枸杞，秋天结了很多枸杞子，通红通红的，礼花似的，喷泉似的垂挂下来，一个珊瑚珠穿成的华盖，好看极了。这丛枸杞可以拿到花会上去展览。这家怎么会想起在门头上种一丛枸杞？

槐　花

◉

玉渊潭洋槐花盛开，像下了一场大雪，白得耀眼。来了放蜂的人，蜂箱都放好了，他的"家"也安顿了，一个刷了涂料的很厚的黑色的帆布棚子，里面打了两道土堰，上面架起几块木板，是床。床上一卷铺盖。地上排着油瓶、酱油瓶、醋瓶，一个白铁桶里已经有多半桶蜜。外面一个蜂窝煤炉子上坐着锅，一个女人在案板上切青蒜。锅开了，她往锅里下了一把干切面。不大会儿，面熟了，她把面捞在碗里，加了佐料，撒上青蒜，在一个碗里舀了半勺豆瓣。一人一碗，她吃的是加了豆瓣的。

蜜蜂忙着采蜜，进进出出，飞满一天。

我跟养蜂人买过两次蜜，绕玉渊潭散步回来，经过他的棚子，大都要在他门前的树墩上坐一坐，抽一支烟，看他收蜜、刮蜡，跟他聊两句，彼此都熟了。

这是一个五十岁上下的中年人，高高瘦瘦的，身体像是不太好。他做事总是那么从容不迫，慢条斯理的。样子不像个农民，倒有点像一个农村小学校长。听口音，是石家庄一带的。他到过很多省，哪里有鲜花，就到哪里去。菜花开的地方，玫瑰花开的地方，苹果花开的地方，枣花开的地方。每年都到南方去过冬，广西、贵州。到了春暖，再往北翻。我问他是不是枣花蜜最好，他说是荆条花的蜜最好。这很出乎我的意外。荆条是个不起眼的东西，而且我从来没有见过荆条开花，想不到荆条花蜜却是最好的蜜。我想他每年收入应当不错。他说比一般农民要好一些，但是也落不下多少：蜂具，路费，而且每年要赔几十斤白糖——蜜蜂冬天不采蜜，得喂它糖。

女人显然是他的老婆，不过他们岁数相差太大了，他五十了，女人也就是三十出头。而且，她是四川人，说四川话。我问他："你们是怎么认识的？"他说："她是新繁县人，那年到新繁放蜂，认识了。她说北方的大米好吃，就跟来了。"

有那么简单？也许她看中了他的脾气好，喜欢这样安静平和的性格？也许她觉得这种放蜂生活，东南西北到处跑，好耍？这是一种农村式的浪漫主义。四川女孩子做事往往很洒脱，想咋个就咋个，不像北方女孩子有那么多考虑。他们结婚已经几年了，丈夫对她好，她对丈夫也很体贴。她觉得她的选择没有错，很满意，不后悔。我问养蜂人："她回去过没有？"他说："回去过一次，一个人。让她带了两千块钱，她买了好些礼物送人，风风光光地回了一趟新繁。"

一天，我没有看见女人，问养蜂人，她到哪里去了。养蜂人说，到我那大儿子家去了，去接我那大儿子的孩子。他有个大儿子，在北京工作，在汽车修配厂当工人。

她抱回来一个四岁多的男孩，带着他在棚子里住了几天。她带他到甘家口商场买衣服，买鞋，买饼干，买冰糖葫芦。男孩子在床上玩鸡啄米，她靠着被窝用钩针给他钩一顶大红的毛线帽子。她很爱这个孩子，这种爱是完全非功利的，既不是讨丈夫的欢心，也不是为了和丈夫的儿子一家搞好关系。这是一颗很善良、很美的心。孩子叫她奶奶，奶奶笑了。

过了几天，她把孩子又送了回去。

过了两天，我去玉渊潭散步，养蜂人的棚子拆了，蜂箱集中在一起。等我散步回来，养蜂人的大儿子开来一辆卡车，把棚柱、木板、煤炉、锅碗和蜂箱装好，养蜂人两口子坐上车，卡车开走了。

玉渊潭的槐花落了。

载一九九〇年《散文》第三期

吃食和文学

口味·耳音·兴趣

⊙

　　我有一次买牛肉，排在我前面的是一个中年妇女，看样子是个知识分子，南方人。轮到她了，她问卖牛肉的："牛肉怎么做？"我很奇怪，问："你没有做过牛肉？"——"没有，我们家不吃牛羊肉。"——"那您买牛肉——？"——"我的孩子大了，他们会到外地去。我让他们习惯习惯，出去了好适应。"这位做母亲的真是用心良苦。我于是尽了一趟义务，把她请到一边，讲了一通牛肉的做法，从清炖、红烧、咖喱牛肉，直到广东的蚝油炒牛肉、四川的水煮牛肉、干煸牛肉丝……

　　有人不吃羊肉。我们到内蒙去体验生活，有一位女同志不吃羊肉，——闻到羊肉气味都恶心，这可苦了。她只好顿顿吃开水泡饭，吃咸菜。看见我吃手抓羊肉、羊贝子（全羊）吃得那样香，直生气！

　　有人不吃辣椒。我们到重庆去体验生活，有几个女演员去吃汤圆，进门就嚷嚷："不要辣椒！"卖汤圆的冷冷地说："汤圆没有放辣椒的！"

17

许多东西不吃，"下去"很不方便。到一个地方，听不懂那里的话，也很麻烦。

我们到湘鄂赣去体验生活。在长沙，有一个同志的鞋坏了，去修鞋，鞋铺里不收。"为什么？"——"修鞋的不好过。"——"什么？"——"修鞋的不好过！"我只得给他翻译一下，告诉他修鞋的今天病了，他不舒服。上了井冈山，更麻烦了：井冈山说的是客家话。我们听一位队长介绍情况，他说这里没有人肯当干部，他挺身而出，他老婆反对，说是"辣子毛补，两头秀腐"——"什么什么？"我又得给他翻译："辣椒没有营养，吃下去两头受苦。"这样一翻译可就什么味道也没有了。

我去看昆曲，"打虎游街"、"借茶活捉"……好戏。小丑的苏白尤其传神，我听得津津有味，不时发出笑声。邻座是一个唱花旦的京剧女演员，她听不懂，直着急，老问："他说什么？说什么？"我又不能逐句翻译，她很遗憾。

我有一次到民族饭店去找人，身后有几个少女在叽叽呱呱地说很地道的苏州话。一边的电梯来了，一个少女大声招呼她的同伴："乖面乖面（这边这边）！"我回头一看：说苏州话的是几个美国人！

我们那位唱花旦的女演员在语言能力上比这几个美国少女可差多了。

一个文艺工作者、一个作家、一个演员的口味最好杂一点，从北京的豆汁到广东的龙虱都尝尝（有些吃的我也招架不了，比如贵州的鱼腥草）；耳音要好一些，能多听懂几种方言，四川话、苏州话、扬州话（有些话我也一句不懂，比如温州话）。否则，是个损失。

口味单调一点，耳音差一点，也还不要紧，更要紧的是对生活的兴趣要广一点。

一九八六年八月十二日

苦瓜是瓜吗？

昨天晚上，家里吃白兰瓜。我的一个小孙女，还不到三岁，一边吃，一边说："白兰瓜、哈密瓜、黄金瓜、华莱士瓜、西瓜，这些都是瓜。"我很惊奇了：她已经能自己经过归纳，形成"瓜"的概念了（没有人教过她）。这表示她的智力已经发展到了一个重要的阶段。凭借概念，进行思维，是一切科学的基础。她奶奶问她："黄瓜呢？"她点点头。"苦瓜呢？"她摇摇头。我想，她大概认为"瓜"是可吃的，并且是好吃的（这些瓜她都吃过）。今天早起，又问她："苦瓜是不是瓜？"她还是坚决地摇了摇头，并且说明她的理由："苦瓜不像瓜。"我于是进一步想：我对她的概念的分析是不完全的。原来在她的"瓜"概念里除了好吃不好吃，还有一个像不像的问题（苦瓜的表皮疙里疙瘩的，也确实不大像瓜）。我翻了翻《辞海》，看到苦瓜属葫芦科。那么，我的孙女认为苦瓜不是瓜，是有道理的。我又翻了翻《辞海》的"黄瓜"条，黄瓜也是属葫芦科。苦瓜、黄瓜习惯上都叫作瓜，而另一种很"像"是瓜的东西，在北方却称之为"西葫芦"。瓜乎？葫芦乎？苦瓜是不是瓜呢？我倒糊涂起来了。

前天有两个同乡因事到北京，来看我。吃饭的时候，有一盘

炒苦瓜。同乡之一问："这是什么？"我告诉他是苦瓜。他说："我倒要尝尝。"夹了一小片入口："乖乖！真苦啊！——这个东西能吃？为什么要吃这种东西？"我说："酸甜苦辣咸，苦也是五味之一。"他说："不错！"我告诉他们这就是癞葡萄。另一同乡说："'癞葡萄'，那我知道的。癞葡萄能这个吃法？"

"苦瓜"之名，我最初是从石涛的画上知道的。我家里有不少有正书局珂罗版印的画集，其中石涛的画不少。我从小喜欢石涛的画。石涛的别号甚多，除石涛外有释济、清湘道人、大涤子、瞎尊者和苦瓜和尚。但我不知道苦瓜为何物。到了昆明，一看：哦，原来就是癞葡萄。我的大伯父每年都要在后园里种几棵癞葡萄，不是为了吃，是为成熟之后摘下来装在盘子里看着玩的。有时也剖开一两个，挖出籽儿来尝尝，有一点甜味，并不好吃。而且颜色鲜红，如同一个一个血饼子，看起来很刺激，也使人不大敢吃它。当作菜，我没有吃过。有一个西南联大的同学，是个诗人，他整了我一下子。我曾经吹牛，说没有我不吃的东西。他请我到一个小饭馆吃饭，要了三个菜：凉拌苦瓜、炒苦瓜、苦瓜汤！我咬咬牙，全吃了。从此，我就吃苦瓜了。

苦瓜原产于印度尼西亚，中国最初种植是在广东、广西，现在云南、贵州都有。据我所知，最爱吃苦瓜的似是湖南人。有一盘炒苦瓜，——加青辣椒、豆豉，少放点猪肉，湖南人可以吃三碗饭。石涛是广西全州人，他从小就是吃苦瓜的，而且一定很爱吃。"苦瓜和尚"这别号可能有一点禅机，有一点独往独来、不随流俗的傲气，正如他叫"瞎尊者"，其实并不瞎，但也可能是一句实在话。石涛中年流寓南京，晚年久住扬州。南京人、扬州人看见这个和尚拿癞葡萄来炒了吃，一定会觉得非常奇怪的。

北京人过去是不吃苦瓜的，菜市场偶尔有苦瓜卖，是从南方运来的，买的也都是南方人。近两年北京人也有吃苦瓜的了，有人还很爱吃。农贸市场卖的苦瓜都是本地的菜农种的，所以格外鲜嫩。看来人的口味是可以改变的。

由苦瓜我想到几个有关文学创作的问题：

一、应该承认苦瓜也是一道菜，谁也不能把苦从五味里开除出去。我希望评论家、作家——特别是老作家，口味要杂一点，不要偏食，不要对自己没有看惯的作品轻易地否定、排斥。不要像我的那位同乡一样，问道："这个东西能吃？为什么要吃这种东西？"提出："这样的作品能写？为什么要写这样的作品？"我希望他们能习惯类似苦瓜一样的作品，能吃出一点味道来，如现在的某些北京人。

二、《辞海》说苦瓜："未熟嫩果作蔬菜，成熟果瓤可生食。"对于苦瓜，可以各取所需，愿吃皮的吃皮，愿吃瓤的吃瓤。对于一个作品，也可以见仁见智。可以探索其哲学意蕴，也可以踪迹其美学追求。北京人吃凉拌芹菜，只取嫩茎，西餐馆做罗宋汤则专要芹菜叶。人弃人取，各随尊便。

三、一个作品算是现实主义的也可以，算是现代主义的也可以，只要它真是一个作品。作品就是作品，正如苦瓜，说它是瓜也行，说它是葫芦也行，只要它是可吃的。苦瓜就是苦瓜，——如果不是苦瓜，而是狗尾巴草，那就另当别论。截至现在为止，还没有人认为狗尾巴草很好吃。

一九八六年九月六日

咸菜和文化

◉

　　偶然和高晓声谈起"文化小说"，晓声说："什么叫文化？——吃东西也是文化。"我同意他的看法。这两天自己在家里腌韭菜花，想起咸菜和文化。

　　咸菜可以算是一种中国文化，西方似乎没有咸菜，我吃过"洋泡菜"，那不能算咸菜。日本有咸菜，但不知道有没有中国这样盛行。"文革"前《福建日报》登过一则猴子腌咸菜的新闻，一个新华社归侨记者用此材料写了一篇对外的特稿："猴子会腌咸菜吗？"被批评为"资产阶级新闻观点"。——为什么这就是资产阶级新闻观点呢？猴子腌咸菜，大概是跟人学的。于此可以证明咸菜在中国是极为常见的东西。中国不出咸菜的地方大概不多。各地的咸菜各有特点，互不雷同，如北京的水疙瘩、天津的津冬菜、保定的春不老，"保定有三宝，铁球、面酱、春不老"。我吃过苏州的春不老，是用带缨子的很小的萝卜腌制的，腌成后寸把长的小缨子还是碧绿的，极嫩，微甜，好吃，名字也起得好。保定的春不老想也是这样的。周作人曾说他的家乡经常吃的是咸极了的咸鱼和咸极了的咸菜，鲁迅《风波》里写的蒸得乌黑的干菜很诱人。腌雪里蕻南北皆有，上海人爱吃咸菜肉丝面和雪笋汤。云南曲靖的韭菜花风味绝佳，曲靖韭菜花的主料其实是细切晾干的萝卜丝，与北京作为吃涮羊肉的调料的韭菜花不同。贵州有冰糖酸，乃以芥菜加醪糟、辣子腌成。四川咸菜种类极多，据说必以自流井的粗盐腌制乃佳，行销（真是"行销"）全国，远至海外（有华侨的地方），堪称咸菜之王的，应数榨菜。朝鲜辣菜也可以算是咸菜，延边的腌蕨菜北京偶有卖的，人多不识。福建的黄萝卜很有名，可惜未曾吃过。我的家乡每到秋末冬初，多数人家都腌萝卜干。到店铺里学徒，要"吃三年萝卜干饭"，言其缺油水也。中国咸菜多矣，此不能备载。如果有人写一本《咸菜谱》，将是一本非常有意思的书。

咸菜起于何时，我一直没有弄清楚。古书里有一个"菹"字，我少时曾以为是咸菜。后来看《说文解字》，"菹"字下注云："酢菜也。"不对了，汉字凡从酉者，都和酒有点关系。酢菜现在还有，昆明的"茄子酢"、湖南乾城的"酢辣子"，都是密封在坛子里使之酒化了的，吃起来都带酒香。这不能算是咸菜。有一个"菌"字，则确乎是咸菜了，这是切碎了腌的。这东西的颜色是发黄的，故称"黄菌"，腌制得法，"色如金钗股"云。我无端地觉得，这恐怕就是酸雪里蕻。菌似乎不是很古的东西，这个字的大量出现好像是在宋人的笔记和元人的戏曲里。这是穷秀才和和尚常吃的东西，"黄菌"成了嘲笑秀才和和尚，亦为秀才和和尚自嘲的常用的话头。中国咸菜之多，制作之精，我以为跟佛教有一点关系。佛教徒不茹荤，又不一定一年四季都能吃到新鲜蔬菜，于是就在咸菜上打主意。我的家乡腌咸菜腌得最好的是尼姑庵，尼姑到相熟的施主家去拜年，都要备几色咸菜。关于咸菜的起源，我在看杂书时还要随时留心，并希望博学而好古的馋人有以教我。

和咸菜相伯仲的是酱菜。中国的酱菜大别起来，可分为北味的与南味的两类。北味的以北京为代表，六必居、天源、后门的"大葫芦"都很好。——"大葫芦"门悬大葫芦为记，现在好像已经没有了。保定酱菜有名，但与北京酱菜区别实不大。南味的以扬州酱菜为代表,商标为"三和"、"四美"。北方酱菜偏咸,南则偏甜。中国好像什么东西都可以拿来酱,萝卜、瓜、莴苣、蒜苗、甘露、藕,乃至花生、核桃、杏仁,无不可酱。北京酱菜里有酱银苗,我到现在还不知道究竟是什么东西。只有荸荠不能酱,我的家乡不兴到酱园里开口说买酱荸荠,那是骂人的话。

酱菜起于何时,我也弄不清楚,不会很早。因为制酱菜有个前提,必得先有酱,——豆制的酱。酱——酱油,是中国一大发明,"柴米油盐酱醋茶",酱为开门七事之一。中国菜多数要放酱油,西方没有。有一个京剧演员出国,回来总结了一条经验,告诫同行,以后若有出国机会,必须带一盒固体酱油!没有郫县豆瓣,就做不出"正宗川味"。但是中国古代的酱和现在的酱不是一回事。《说文》"酱"字注云:"从肉、从酉、爿声。"这是加盐、加酒、经过发酵的肉酱。《周礼·天官·膳夫》云:"凡王之馈,酱用百有二十瓮。"郑玄注:"酱,谓醯醢也。"醯、醢,都是肉酱。大概较早出现的是豉,其后才有现在的酱。汉代著作中提到的酱,好像已是豆制的。东汉王充《论衡》云:"作豆酱恶闻雷。"明确提到豆酱。《齐民要术》提到酱油,但其时已至北魏,距现在一千五百多年——当然,这也相当古了。酱菜的起源,我现在还没有查出来,俟诸异日吧。

考查咸菜和酱菜的起源,我不反对,而且颇有兴趣,但是也不一定非得寻出它的来由不可。

"文化小说"的概念颇含糊。小说重视民族文化,并从生活的深层追寻某种民族文化的"根",我以为是未可厚非的。小说要有浓郁的民族色彩,不在民族文化里腌一腌、酱一酱,是不成的。但是不一定非得追寻得那么远,非得追寻到一种苍苍莽莽的

25

古文化不可。古文化荒邈难稽（连咸菜和酱菜的来源我们还不清楚），寻找古文化，是考古学家的事，不是作家的事。从食品角度来说，与其考察太子丹请荆轲吃的是什么，不如追寻一下"春不老"；与其查究《楚辞》里的"蕙肴蒸"，不如品味品味湖南豆豉；与其追溯断发文身的越人怎样吃蛤蜊，不如蒸一碗霉干菜，喝两杯黄酒。我们在小说里要表现的文化，首先是现在的，活着的；其次是昨天的，消逝不久的。理由很简单，因为我们可以看得见，摸得着，尝得出，想得透。

一九八六年九月十一日
载一九八七年《作品》第一期

果蔬秋浓

中国人吃东西讲究色香味。关于色味，我已经写过一些话，今只说香。

水果店

⦿

江阴有几家水果店，最大的是正街正对寿山公园的一家，水果多，且个大、饱满、新鲜。一进门，扑鼻而来的是浓浓的水果香。最突出的是香蕉的甜香。这香味不是时有时无，时浓时淡，一阵一阵的，而是从早到晚都是这么香，一种长在的、永恒的香。香透肺腑，令人欲醉。

我后来到过很多地方，走进过很多水果店，都没有这家水果店的浓厚的果香。这家水果店的香味使我常常想起，永远不忘。

那年我正在恋爱，初恋。

果蔬秋浓

◉

今天的活是收萝卜。收萝卜是可以随便吃的——有些果品不能随便吃，顶多尝两个，如二十世纪明月（梨）、柔丁香（葡萄），因为产量太少了，很金贵。萝卜起出来，堆成小山似的。农业工人很有经验，一眼就看出来，这是一般的，过了磅卖出去；这几个好，留下来自己吃。不用刀，用棒子打它一家伙，"棒打萝卜"嘛。喀嚓一声，萝卜就裂开了。萝卜香气四溢，吃起来甜、酥、脆。我们种的是心里美。张家口这地方的水土好像特别宜于萝卜之类作物生长，苤蓝有篮球大，疙瘩白（圆白菜）像一个小铜盆。萝卜多汁，不艮，不辣。

红皮小水萝卜，生吃也很好（有萝卜我不吃水果），我的家乡叫作"杨花萝卜"，因为杨树开花时卖，过了那几天就老了。小红萝卜气味清香。

江青一辈子只说过一句正确的话："小萝卜去皮，真是煞风景！"我们有时陪她看电影，开座谈会，听她东一句西一句地漫谈。开会都是半夜（她白天睡觉，夜里办公），会后有一点夜宵，有时有凉拌小萝卜。人民大会堂的厨师特别巴结，小萝卜都是削皮的。萝卜去皮，吃起来不香。

南方的黄瓜不如北方的黄瓜，水叽叽的，吃起来没有黄瓜香。

都爱吃夏初出的顶花带刺的嫩黄瓜，那是很好吃，一咬满口香。嫩黄瓜最好攥在手里整咬，不必拍，更不宜切成细丝。但也有人爱吃二茬黄瓜——秋黄瓜。

呼和浩特有一位老八路，官称"老李森"。此人保留了很多农民的习惯，说起话来满嘴粗话。我们请他到宾馆里来介绍情况，他脱下一只袜子来，一边摇着这只袜子，一边谈，嘴里隔三句就要加一个"我操你妈！"。他到一个老朋友曹文玉家来看我们，曹家院里有几架自种的黄瓜，他进门就摘了两条嚼起来。曹文玉说："你洗一洗！"——"洗它做啥！"

我老是想起这两句话："宁吃一斗葱，莫逢屈突通。"这两句话大概出自杨升庵的《古谣谚》。屈突通不知是什么人，印象中好像是北朝的一个很凶恶的武人。读书不随手做点笔记，到要用时就想不起来了。我为什么老是要想起这两句话呢？因为我每天都要吃葱，爱吃葱。

"小葱拌豆腐——一清二白。"每年小葱下来时我都要吃几次小葱拌豆腐，加盐、香油、少量味精。

羊角葱蘸酱卷煎饼。

再过几天，新葱——新鲜的大葱就下来了。

我在一九五八年定为右派，尚未下放，曾在西山八大处干了一阵活，为大葱装箱。是山东大葱，出口的，可能是出口到东南亚的。这样好的大葱我真没有见过，葱白够一尺长，粗如擀面杖。我们的任务是把大葱在大箱里码放整齐，钉上木板。闻得出来，这大葱味甜不辣，很香。

新山药（土豆，马铃薯）快下来了，新山药入大笼蒸熟，一揭屉盖，喷香！山药说不上有什么味道，可是就是有那么一种新山药气。羊肉卤蘸莜面卷，新山药，塞外美食。

苤蓝、茄子，口外都可以生吃。

29

逐　臭

⊙

"臭豆腐，酱豆腐，王致和的臭豆腐！"过去卖臭豆腐、酱豆腐是由小贩担子沿街串巷吆喝着卖的。王致和据说是有这么个人的。皖南屯溪人，到北京来赶考，不中，穷困落魄，流落在北京，百无聊赖，想起家乡的臭豆腐，遂依法炮制，沿街叫卖，生意很好，干脆放弃功名，以此为生。这个传说恐怕不可靠，一个皖南人跑到北京来赶考，考的是什么功名？无此道理。王致和臭豆腐家喻户晓，世代相传，现在成了什么"集团"，厂房很大，但是商标仍是"王致和"。王致和臭豆腐过去卖得很便宜，是北京最便宜的一种贫民食品，都是用筷子夹了卖，现在改用方瓶码装，卖得很贵，成了奢侈品。有一个侨居美国的老人，晚年不断地想吃北京的臭豆腐，再来一碗热汤面，此生足矣。这个愿望本不难达到，但是臭豆腐很臭，上飞机前检查，绝对通不过。老华人恐怕将带着他的怀乡病，抱恨以终。

臭豆腐闻起来臭，吃起来香。有一位女同志，南京人。爱人到南京出差，问她要带什么东西。——"臭豆腐"。她爱人买了一些，带到火车上，一车厢都大叫："这是什么味道？什么味道！"我们在长沙，想尝尝毛泽东在火宫殿吃过的臭豆腐，循味跟踪，臭味渐浓："快了，快到了，闻到臭味了嘛！"到了跟前，是一个公共厕所！据说毛泽东曾特意到火宫殿去吃了一次臭豆腐，说了一句话："火宫殿的臭豆腐还是好吃！""文化大革命"中，这就成了一条"最高指示"，用油漆写在火宫殿的照壁上。

其实油炸臭豆腐干不只长沙有，我在武汉、上海、南京，都吃过。昆明的是烤臭豆腐，把臭油豆干放在下置炭火的铁箅子上烤。南京夫子庙卖油炸臭豆腐干用竹签子串起来，十个一串，像北京的冰糖葫芦似的，穿了薄纱的旗袍或连衣裙的女郎，描眉画眼，一人手里拿了两三串臭豆腐，边走边吃，也是一种景观。他处所无。

吃臭，不只中国有，外国也有，我曾在美国吃过北欧的臭启司。招待我们的诗人保罗·安格尔，以为我吃不来这种东西。我连王致和臭豆腐都能整块整块地吃，还在乎什么臭启司！待老夫吃一个样儿叫你们见识见识！

不臭不好吃，越臭越好吃，口之于味并不都是"有同嗜焉"。

一九九六年三月二十七日
载一九九六年《小说》第四期

悔不当初

我一生最大的遗憾是没有把英文学好。

小学六年级就有英文课，但是我除了 book、pen 之类少数的单词外什么也没有记住。初中原来教英文的是我的一个远房舅舅，行六，是个近视眼，人称"杨六瞎子"，据说他的英文是很好的。但是我进初中时他已经在家享福，不教书了。后来的英文教员都不怎么样。初中三年级教英文的是校长耿同霖，用的课本却是《英文三民主义》——他是国民党党部的什么委员，教学的效果可想而知。因此全校学生的英文被白白地耽误了三年。我读的高中是江阴的南菁中学，南菁中学的数、理、化和英文的程度在江苏省是很有名的。教我们英文的是吴锦棠先生，他是圣约翰大学毕业的，英文很好，能够把《英汉四用辞典》背下来。吴先生原来是西装笔挺很洋气，很英俊的，他的夫人是个美人。夫人死后，吴先生的神经受了刺激，变得很邋遢，脑子也有点糊涂了。他上课是很有趣的，讲《李白大梦》，模仿李白的老婆在李白失踪后到处寻找李白，尖声呼叫；讲《澳洲人打袋鼠》，他会模仿袋鼠的样子，四脚朝天躺在讲桌上。高中一、二年级的英文课本是相当深的，除了兰姆的散文，还有《为什么经典是经典》这样的难懂的论文，有一课是《恺撒大帝》，剧本中恺撒遇刺后安东尼在他的尸体前的演讲！除了课本以外，还要背扬州中学编的单页的《英文背诵五百篇》。如果我能把这两册课本学好，把"五百篇"背熟，我的英文会是很不错的。但是我没有做到，原因是：一、我的初中英文基础太差。二、我不用功。三、吴先生糊涂，考试时，他给上一班出的题目都忘了，给下一班出的还是那几道题。月考、大考（学期考试）都是这样。学生知道了，就把上一班的试题留下来，到时候总可以应付。而且吴先生心肠特好，学生的答卷即便文不对题，只要能背下一段来，他也给分。主要还是要怪我自己，不能怪吴先生。这样好的老师，教出了我这么个学生！——我的同班同学有不少是英文很好的。我到现在还常怀念吴先生，并且觉得有点对不起他。

一九三七年暑假后，江阴失陷，我在淮安中学、私立扬州中学、盐城临时中学辗转"借读"，简直没有读什么书。淮安中学教英文的姓过，无锡人，他教的英文实在太浅了，还不到初中一年级程度。我们已经高三了，他却从最起码的拼音教起:d-a, da;d-o, do ; d-u, du！

参加大学入学考试时我的英文不知道得了几分，反正够呛。我记得很清楚，有一道题是中翻英，是一段日记:"我刷了牙，刮了脸……"我不知"刮脸"怎么翻，就翻成"把胡子弄掉"！

大一英文是连滚带爬，凑合着及格的。

大二英文，教我们那个班的是一个俄国老太太，她一句中文也不会说，我对她的英文也莫名其妙。期终考试那天，我睡过了头（我任何课上课都不记笔记，到期终借了别的同学的笔记本看，接连开了几个夜车，实在太困了），没有参加考试。因此我的大二英文是零分。

不会英文，非常吃亏。

作为一个作家，有时难免和外国人见面座谈、宴会，见面握手寒暄，说不了一句整话，只好傻坐着，显得非常愚蠢。

偶尔出国，尤其不便。我曾到美国爱荷华参加国际写作计划，几乎所有的外国作家都能说英语，我不会，离不开翻译一步。或作演讲，翻译得不大准确，也没有办法。我曾作过一个关于中国艺术的"留白"特点的演讲，提到中国画的构图常不很满，比如马远，有些画只占一个角，被称为"马一角"，翻译的女士翻成了"一只角的马"（美国有一种神话传说中的马，额头有一只角），我知道她翻得不对，但也没有纠正，因为我也不知道"马一角"在英语中该怎么说。有些外国作家，尤其是拉丁美洲的作家，不知道为什么对我很感兴趣，但只通过翻译，总不能直接交流感情。有一位女士眼睛很好看，我说她的眼睛像两颗黑李子，大陆去的翻译也没有办法，他不知道英语的黑李子该怎么说。后来是一位台湾诗人替我翻译了告诉她，她才非常高兴地说："喔！谢谢你！"台湾的作家英文都不错，这一点，优于大陆作家。

最别扭的是不能读作品的原著，外国作品，我都是通过译文看的。我所接受的西方文学的影响，其实是译文的影响。六朝高僧译经，认为翻译是"嚼饭哺人"，我吃的其实是别人嚼过的饭。我很喜欢海明威的风格，但是海明威的风格究竟是怎么回事，我真说不上来，我没有读过他的一本原著。我有时到鲁迅文学院等处讲课，也讲到海明威，但总是隔靴搔痒，说不到点子上。

再有就是对用英文翻译的自己的作品看不懂，更不用说是提意见了。我有一篇小说《受戒》，被译成了英文。这篇小说里有四副对联，我想：这怎么翻呢？后来看看译文，译者用了一个干净绝妙的主意：把对联全部删去了。我有个英文很棒的朋友，说是他是能翻的。我如果自己英文也很棒，我也可以自己翻！

我觉得不会外文（主要是英文）的作家最多只能算是半个作家，这对我说起来，是一个惨痛的、无可挽回的教训。我已经72岁，再从头学英文，来不及了。

我诚恳地奉劝中青年作家，学好英文。

学英文，得从中学抓起。一定要选择好的英文教员，如果英文教员不好，将贻误学生一辈子。

希望教育部门一定要重视这个问题。

一九九二年

老年的爱憎

大约三十年前，我在张家口一家澡塘洗澡，翻翻留言簿，发现有叶圣老给一个姓王的老搓背工题的几句话，说老王服务得很周到，并说："与之交谈，亦甚通达。""通达"用在一个老搓背工的身上，我觉得很有意思，这比一般的表扬信有意思得多。从这句话里亦可想见叶老之为人，因此至今不忘。

"通达"是对世事看得很清楚，很透彻，不太容易着急生气发牢骚。

但"通达"往往和冷漠相混，鲁迅是反对这种通达的。《祝福》里鲁迅的本家叔叔堂上的对联的下联写的便是"世理通达心气和平"，鲁迅是对这位讲理学的老爷存讽刺之意的。

通达又常和恬淡、悠闲连在一起。

这几年不知道怎么提倡起悠闲小品来，出版社争着出周作人、林语堂、梁实秋的书，这说明什么问题呢？

周作人早年的文章并不是那样悠闲的，他是个人道主义者，思想是相当激进的。直到《四十自寿》"请到寒斋吃苦茶"的时候，鲁迅还说他是有感慨的。后来才真的闲得无聊了。我以为林语堂、梁实秋的文章和周作人早期的散文是不能相比的。

提倡悠闲文学有一定的背景，大概是因为大家生活得太紧张，需要休息，前些年的文章政治性又太强，过于严肃，需要轻松轻松。但我以为一窝蜂似的出悠闲小品，并不是什么好事。

　　可是偏偏有人（而且不少人）把我的作品也算在悠闲文学一类里，而且算是悠闲文学的一个代表人物。

　　我是写过一些谈风俗、记食物、写草木虫鱼的文章，说是"悠闲"，并不冤枉。但我也写过一些并不悠闲的作品，我写的《陈小手》，是很沉痛的;《城隍、土地、灶王爷》，也不是全无感慨。只是表面看来，写得比较平静，不那么激昂慷慨罢了。

　　我不是不食人间烟火、不动感情的人。我不喜欢那种口不臧否人物，绝不议论朝政，无爱无憎，无是无非，胆小怕事，除了猪肉白菜的价钱什么也不关心的离退休干部。这种人有的是。

　　中国人有一种哲学，叫作"忍"。我小时候听过"百忍堂"张家的故事，就非常讨厌。现在一些名胜古迹卖碑帖的文物商店，卖的书法拓本最多的一是郑板桥的"难得糊涂"，二是一个大字："忍"。这是一种非常庸俗的人生哲学。

　　周作人很欣赏杜牧的一句诗："忍过事则喜。"我以为这不像杜牧说的话。杜牧是凡事都忍么？请看《阿房宫赋》："使天下之人，不敢言而敢怒。"

一九九三年十一月三日

载一九九四年《钟山》第一期

祈难老

太原晋祠，从悬瓮山流出一股泉水，名为"难老泉"，是为晋水之源。泉流出一段，泉上建亭，亭中有一块匾，题曰："永锡难老。"傅青主书，字写得极好。"难老"之名甚佳，不说"不老"而说"难老"。难老不是说老得很难，没有人快老了，觉得老得太慢了：阿呀，怎么那么难呀，快一点老吧。这里所谓难老，是希望老得缓慢一点，从容一点。不是"焉得不速老"的速老，不是"人命危浅，朝不虑夕"那样的衰老。

要想难老，首先旷达一点，不要太把老当一回事。说白了，就是不要太怕死。老是想着我老了，没有几年活头了，有一点头疼脑热，就很紧张，思想负担很重。这样即使是多活几年，也没有多大意思。老死是自然规律，谁也逃不脱的。唐宪宗时的宰相裴度云："鸡猪鱼蒜，逢着则吃；生老病死，时至则行。"这样的态度很可取法。

其次是对名利得失看得淡一些。孔夫子说："及其老也，戒之在得。"得，无非一是名，二是利。现在有些作家"下海"，我觉得这未可厚非，但这是中青年的事，老了，就不必"染一水"了。多几个钱，花起来散漫一点，也不错。但是我对进口家具、真皮沙发、

纯毛地毯，实在兴趣不大，——如果有人送我，我也不会拒绝。我对名牌服装爱好者不能理解，穿在身上并不特别舒服，也并不多么好看，这无非是显出一种派头，有"份"。何必呢！中国作家还不到做一个"雅皮士"的时候吧。至于吃食，我并不主张"一箪食一瓢饮"，但是我不喜欢豪华宴会，吃一碗烩鲍鱼、黄焖鱼翅，我觉得不如来一盘爆肚儿，喝二两汾酒。而且我觉得钱多了，对写作没有什么好处，就好比吃饱了的鹰就不想拿兔子了。名，是大多数作者想要的，三代以下未有不好名者。但是我以为人不可没有名，也不可太有名。六十岁时，我被人称为作家，还不习惯。进七十岁，就又升了一级，被称为老作家、著名作家，说实在的，我并不舒服。盛名之下，其实难副，这成了一种负担。我一共才写了那么几本书，摞在一起，也没有多大分量。有些关于我的评论、印象记、访谈录之类，我也看看。言谈微中，也有知己之感。但是太多了，把我弄成热点，而且很多话说得过了头，我很不安。十多年前我在一次座谈会上说过，希望我就是悄悄地写写，你们就是悄悄地看看，是真话，这样我还能多活几年。

要难老，更重要的是要工作。饱食终日，无所事事，是最难受的。我见过一些老同志，离退休以后，什么也不干，很快就显老了，精神状态老了。要找点事做，比如搞搞翻译、校点校点古籍……。作为一个作家，要不停地写。笔这个东西，放不得，一放下，就再也拿不起来了。写长篇小说，我现在怕是力不从心了。曾有写一个历史题材的长篇的打算，看来只好放弃。我不能进行长时期的持续的思索，尤其不能长时期地投入、激动。短篇小说近年也写得少，去年一年只写了三篇。写得比较多的是散文，散文题材广泛，写起来也比较省力，近二年报刊约稿要散文的也多，去年竟编了三本散文集，是我没有料到的。

散文中相当一部分是为人写的序。顾炎武说过："人之患在好为人序。"予岂好为人序哉？予不得已也。人家找上门来了，不好意思拒绝。写序是很费时间的，要看作品，要想出几句比较中肯的话。但是我觉得上了年纪的作家为青年作家写序是一种不可推卸的责任，所以我还愿意写。但是我要借机会提出一点要求：一、作者要自揣作品有一定水平，值得要老头儿给你卖卖块儿。二、让我看的作品只能挑出几篇，不要把全部作品都寄来，我篇篇都看，实在吃不消。三、寄来作品请自留底稿，不要把原稿寄来。我这人很"拉糊"，会把原稿搞丢了的。四、期限不要逼得太紧，不要全书已经发排，就等我这篇序。

我几乎每天都要写一点，我的老伴劝我休息休息，我说这就是休息。在不拿笔的时候，我也稍事休息。我的休息一是泡一杯茶在沙发上坐坐，二是看一点杂书，这也是为了写作。坐，并不是"一段呆木头"似的坐着，脑子里会飘飘忽忽地想一些往事。人老了，对近事善忘，有时有人打电话给我，说了一件事，当时似乎记住了，转脸就忘了，但对多少年前的旧事却记得很真切。这是老人"十悖"之一。我把这些往事记下来，就是一篇散文，我将为深圳海天出版社编一本新的散文集，取名就叫《独坐小品》。看杂书，也是为了找一点写作的材料。我看的杂书大都是已经看过的，但是再看看，往往有新发现。比如，几本笔记里都记过应声虫，最近看了一本诗话，才知道得应声虫病是会要人的命的，而且这种病还会传染！这使我对应声虫有了一层新的认识。

今年正月十五，是我的七十三岁的生日，写了一副小对联，聊当自寿：

往事回思如细雨
旧书重读似春湖

癸酉年元宵节晚六时
七十三年前这会儿我正在出生

载一九九四年《火花》第四期

泡茶馆

　　"泡茶馆"是联大学生特有的语言，本地原来似无此说法，本地人只说"坐茶馆"。"泡"是北京话，其含义很难准确地解释清楚，勉强解释，只能说是持续长久地沉浸其中，像泡泡菜似的泡在里面。"泡蘑菇"、"穷泡"，都有长久的意思。北京的学生把北京的"泡"字带到了昆明，和现实生活结合起来，便创造出一个新的语汇。"泡茶馆"，即长时间地在茶馆里坐着。本地的"坐茶馆"也含有时间较长的意思，到茶馆里去，首先是坐，其次才是喝茶（云南叫吃茶）。不过联大的学生在茶馆里坐的时间往往比本地人长，长得多，故谓之"泡"。

　　有一个姓陆的同学，是一怪人，曾经骑自行车旅行半个中国。这人真是一个泡茶馆的冠军，他有一个时期，整天在一家熟识的茶馆里泡着。他的盥洗用具就放在这家茶馆里，一起来就到茶馆里去洗脸刷牙，然后坐下来，泡一碗茶，吃两个烧饼，看书。一直到中午，起身出去吃午饭。吃了午饭，又是一碗茶，直至吃晚饭。晚饭后，又是一碗，直到街上灯火阑珊，才挟着一本很厚的书回宿舍睡觉。

　　昆明的茶馆共分几类，我不知道，但大别起来，只能分为两类：

一类是大茶馆，一类是小茶馆。

正义路原先有一家很大的茶馆，楼上楼下，有几十张桌子，都是荸荠紫漆的八仙桌，很鲜亮。因为在热闹地区，座客常满，人声嘈杂。所有的柱子上都贴着一张很醒目的字条："莫谈国事。"时常进来一个看相的术士，一手捧一个六寸来高的硬纸片，上书该术士的大名（只能叫作大名，因为往往不带姓，不能叫"姓名"；又不能叫"法名"、"艺名"，因为他并未出家，也不唱戏），一只手捏着一根纸媒子，在茶桌间绕来绕去，嘴里念说着："送看手相不要钱！""送看手相不要钱"——他手里这根纸媒子即是看手相时用来指示手纹的。

这种大茶馆有时唱围鼓，围鼓即由演员或票友清唱，我很喜欢"围鼓"这个词。唱围鼓的演员、票友好像是不取报酬的，只是一群有同好的闲人聚拢来唱着玩，但茶馆却可借来招揽顾客，所以茶馆便于闹市张贴告条"某月日围鼓"。到这样的茶馆里来一边听围鼓，一边吃茶，也就叫作"吃围鼓茶"。"围鼓"这个词大概是从四川来的，但昆明的围鼓似多唱滇剧。我在昆明七年，对滇剧始终没有入门，只记得不知什么戏里有一句唱词："孤王头上长青苔。"孤王的头上如何会长青苔呢？这个设想实在是奇，因此一听就永不能忘。

我要说的不是那种"大茶馆"，这类大茶馆我很少涉足，而且有些大茶馆，包括正义路那家兴隆鼎盛的大茶馆，后来大都陆续停闭了。我所说的是联大附近的茶馆。

从西南联大新校舍出来，有两条街，凤翥街和文林街，都不长，这两条街上至少有不下十家茶馆。

从联大新校舍，往东，再折向南，进一座砖砌的小牌楼式的街门，便是凤翥街，街夹右手第一家便是一家茶馆。这是一家小茶馆，只有三张茶桌，而且大小不等，形状不一的茶具也是比较粗糙的，随意画了几笔兰花的盖碗。除了卖茶，檐下挂着大串大串的草鞋和地瓜（即湖南人所谓的凉薯），这也是卖的。张罗茶座的是一个女人，这女人长得很强壮，皮色也颇白净。她生了好些孩子，身边常有两个孩子围着她转，手里还抱着一个孩子。她经常敞着怀，一边奶着那个早该断奶的孩子，一边为客人冲茶。她的丈夫，比她大得多，状如猿猴，而目光锐利如鹰。他什么事情也不管，但是每天下午却捧了一个大碗喝牛奶。这个男人是一头种畜，这情况使我们颇为不解。这个白皙强壮的妇人，只凭一天卖几碗茶，卖一点草鞋、地瓜，怎么能喂饱了这么多张嘴，还能供应一个懒惰的丈夫每天喝牛奶呢？怪事！中国的妇女似乎有一种天授的惊人的耐力，多大的负担也压不垮。

　　由这家往前走几步，斜对面，曾经开过一家专门招徕大学生的新式茶馆。这家茶馆的桌椅都是新打的，涂了黑漆。堂倌系着白围裙，卖茶用细白瓷壶，不用盖碗（昆明茶馆卖茶一般都用盖碗）。除了清茶，还卖沱茶、香片、龙井。本地茶客从门外过，伸头看看这茶馆的局面，再看看里面坐得满满的大学生，就会挪步另走一家了。这家茶馆没有什么值得一记的事，而且开了不久就关了。联大学生至今还记得这家茶馆是因为隔壁有一家卖花生米的，这家似乎没有男人，站柜卖货是姑嫂两人，都还年轻，成天涂脂抹粉。尤其是那个小姑子，见人走过，辄作媚笑，联大学生叫她花生西施。这西施卖花生米是看人行事的，好看的来买，就给得多，难看的给得少,因此我们每次买花生米都推选一个挺拔英俊的"小生"去。

再往前几步,路东,是一个绍兴人开的茶馆。这位绍兴老板不知怎么会跑到昆明来,又不知为什么在这条小小的凤翥街上来开一爿茶馆,他至今乡音未改。大概他有一种独在异乡为异客的情绪,所以对待从外地来的联大学生异常亲热。他这茶馆里除了卖清茶,还卖一点芙蓉糕、萨其马、月饼、桃酥,都装在一个玻璃匣子里。我们有时觉得肚子里有点缺空而又不到吃饭的时候,便到他这里一边喝茶一边吃两块点心。有一个善于吹口琴的姓王的同学,经常在绍兴人茶馆喝茶。他喝茶,可以欠账。不但喝茶可以欠账,我们有时想看电影而没有钱,就由这位口琴专家出面向绍兴老板借一点。绍兴老板每次都是欣然地打开钱柜,拿出我们需要的数目。我们于是欢欣鼓舞,兴高采烈,迈开大步,直奔南屏电影院。

再往前,走过十来家店铺,便是凤翥街口,路东路西各有一家茶馆。

路东一家较小,很干净,茶桌不多。掌柜的是个瘦瘦的男人,有几个孩子。掌柜的事情多,为客人冲茶续水,大都由一个十三四岁的大儿子担任,我们称他这个儿子为"主任儿子"。街西那家又脏又乱,地面坑洼不平,一地的烟头、火柴棍、瓜子皮。茶桌也是七大八小,摇摇晃晃。但是生意却特别好,从早到晚,人坐得满满的。也许是因为风水好,这家茶馆正在凤翥街和龙翔街交接处,门面一边对着凤翥街,一边对着龙翔街,坐在茶馆,两条街上的热闹都看得见。到这家吃茶的全部是本地人,本街的闲人、赶马的"马锅头"、卖柴的、卖菜的。他们都抽叶子烟,要了茶以后，便从怀里掏出一个烟盒——圆形，皮制的，外面涂着一层黑漆，打开来，揭开覆盖着的"菜"叶，拿出剪好的金堂叶子，一支一支地卷起来。茶馆的墙壁上张贴、涂抹得乱七八糟，但我却于西墙上发现了一首诗，一首真正的诗：

> 记得旧时好，
> 跟随爹爹去吃茶。
> 门前磨螺壳，
> 巷口弄泥沙。

是由墨笔题写在墙上的，这使我大为惊异了，这是什么人写的呢？

每天下午，有一个盲人到这家茶馆来说唱。他打着扬琴，说唱着。照现在的说法，这应是一种曲艺，但这种曲艺该叫什么名称，我一直没有打听着。我问过"主任儿子"，他说是"唱扬琴的"，我想不是。他唱的是什么？我有一次特意站下来听了一会儿，是：

> ……
> 良田美地卖了，
> 高楼大厦拆了，
> 娇妻美妾跑了，
> 狐皮袍子当了……

我想了想，哦，这是一首劝戒鸦片的歌，他这唱的是鸦片烟之危害。这是什么时候传下来的呢？说不定是林则徐时代某一忧国之士的作品。但是这个盲人只管唱他的，茶客们似乎都没有在听，他们仍然在说话，各人想自己的心事。到了天黑，这个盲人背着扬琴，点着马竿，蹒跚地走回家去。我常常想：他今天能吃饱么？

进大西门，是文林街，挨着城门口就是一家茶馆。这是一家最无趣味的茶馆，茶馆墙上的镜框里装的是美国电影明星的照片，蓓蒂·黛维丝、奥丽薇·德·哈莱兰、克拉克·盖博、泰伦宝华……除了卖茶，还卖咖啡、可可。这家的特点是：进进出出的除了穿西服和麂皮夹克的比较有钱的男同学外，还有把头发卷成一根一根香肠似的女同学。有时到了星期六，还开舞会，茶馆的门关了，从里面传出《蓝色的多瑙河》和《风流寡妇》舞曲，里面正在"嘣嚓嚓"。

和这家斜对着的一家，跟这家截然不同，这家茶馆除卖茶，还卖煎血肠。这种血肠是牦牛肠子灌的，煎起来一街都闻见一种极其强烈的气味，说不清是异香还是奇臭。这种西藏食品，那些把头发卷成香肠一样的女同学是绝对不敢问津的。

由这两家茶馆往东，不远几步，面南便可折向钱局街。街上有一家老式的茶馆，楼上楼下，茶座不少。说这家茶馆是"老式"的，是因为茶馆备有烟筒，可以租用。一段青竹，旁安一个粗如小指半尺长的竹管，一头装一个带爪的莲蓬嘴，这便是"烟筒"。在莲蓬嘴里装了烟丝，点以纸媒，把整个嘴埋在筒口内，尽力猛吸，筒内的水咚咚作响，浓烟便直灌肺腑，顿时觉得浑身通泰。吸烟筒要有点功夫，不会吸的吸不出烟来。茶馆的烟筒比家用的粗得多，高齐桌面，吸完就靠在桌腿边，吸时尤需底气充足。这家茶馆门前，有一个小摊，卖酸角（不知什么树上结的，形状有点像皂荚，极酸，入口使人攒眉）、拐枣（也是树上结的，应该算是果子，状如鸡爪，一疙瘩一疙瘩的，有的地方即叫作鸡脚爪，味道很怪，像红糖，又有点像甘草）和泡梨（糖梨泡在盐水里，梨味本是酸甜的，昆明人却偏于盐水内泡而食之。泡梨仍有梨香，而梨肉极脆嫩）。过了春节则有人于门前卖葛根。葛根是药，我过去只在中药铺见过，切成四方的棋子块儿，是已经经过加工的了，原物是什么样子，我是在昆明才见到的。这种东西可以当零食来吃，我也是在昆明才知道的。一截葛根，粗如手臂，横放在一块板上，外包一块湿布。给很少的钱，卖葛根的便操起有点像北京切涮羊肉的肉片用的那种薄刃长刀，切下薄薄的几片给你。雪白的，嚼起来有点像干瓢的生白薯片，而有极重的药味。据说葛根能清火，联大的同学大概很少人吃过葛根，我是什么奇奇怪怪的东西都要买一点尝一尝的。

大学二年级那一年，我和两个外文系的同学经常一早就坐在这家茶馆靠窗的一张桌边，各自看自己的书，有时整整坐一上午，彼此不交语。我这时才开始写作，我的最初几篇小说，即是在这家茶馆里写的。茶馆离翠湖很近，从翠湖吹来的风里，时时带有水浮莲的气味。

回到文林街。文林街中，正对府甬道，后来新开了一家茶馆。这家茶馆的特点一是卖茶用玻璃杯，不用盖碗，也不用壶。不卖清茶，卖绿茶和红茶，红茶色如玫瑰，绿茶苦如猪胆。第二是茶桌较少，且覆有玻璃桌面。在这样的桌子上打桥牌实在是再适合不过了，因此到这家茶馆来喝茶的，大都是来打桥牌的，这茶馆实在是一个桥牌俱乐部。联大打桥牌之风很盛，有一个姓马的同学每天到这里打桥牌。解放后，我才知道他是老地下党员，昆明学生运动的领导人之一。学生运动搞得那样热火朝天，他每天都只是很闲在、很热衷地在打桥牌，谁也看不出他和学生运动有什么关系。

文林街的东头，有一家茶馆，是一个广东人开的，字号就叫"广发茶社"——昆明的茶馆我记得字号的只有这一家，原因之一，是我后来住在民强巷，离广发很近，经常到这家去。原因之二是——经常聚在这家茶馆里的，有几个助教、研究生和高年级的学生，这些人多多少少有一点玩世不恭。那时联大同学常组织什么学会，我们对这些俨乎其然的学会微存嘲讽之意。有一天，广发的茶友之一说："咱们这也是一个学会，——广发学会！"这本是一句茶余的笑话，不料广发的茶友之一，解放后，在一次运动中被整得不可开交，胡乱交代问题，说他曾参加过"广发学会"。这就惹下了麻烦，几次有人专程到北京来外调"广发学会"问题。被调查的人心里想笑，又笑不出来，因为来外调的政工人员态度非常严肃。广发茶馆代卖广东点心。所谓广东点心，其实只是包了不同味道的甜馅的小小的酥饼，面上却一律贴了几片香菜叶子，这大概是这一家饼师的特有的手艺。我在别处吃过广东点心，就没有见过面上贴有香菜叶子的——至少不是每一块都贴。

或问：泡茶馆对联大学生有些什么影响？答曰：第一，可以养其浩然之气。联大的学生自然也是贤愚不等，但多数是比较正派的。那是一个污浊而混乱的时代，学生生活又穷困得近乎潦倒，但是很多人却能自许清高，鄙视庸俗，并能保持绿意葱茏的幽默感，用来对付恶浊和穷困，并不颓丧灰心，这跟泡茶馆是有些关系的。第二，茶馆出人才。联大学生上茶馆，并不是穷泡，除了瞎聊，大部分时间都是用来读书的。联大图书馆座位不多，宿舍里没有桌凳，看书多半在茶馆里。联大同学上茶馆很少不挟着一本乃至几本书的，不少人的论文、读书报告，都是在茶馆写的。有一年一位姓石的讲师的《哲学概论》期终考试，我就是把考卷拿到茶馆里去答好了再交上去的。联大八年，出了很多人才，研究联大校史，搞"人才学"，不能不了解了解联大附近的茶馆。第三，泡茶馆可以接触社会。我对各种各样的人、各种各样的生活都发生兴趣，都想了解了解，跟泡茶馆有一定关系。如果我现在还算一个写小说的人，那么我这个小说家是在昆明的茶馆里泡出来的。

一九八四年五月十三日
载一九八四年《滇池》第九期

跑警报

西南联大有一位历史系的教授，——听说是雷海宗先生，他开的一门课因为讲授多年，已经背得很熟，上课前无需准备；下课了，讲到哪里算哪里，他自己也不记得。每回上课，都要先问学生："我上次讲到哪里了？"然后就滔滔不绝地接着讲下去。班上有个女同学，笔记记得最详细，一句话不落，雷先生有一次问她："我上一课最后说的是什么？"这位女同学打开笔记来，看了看，说："你上次最后说：'现在已经有空袭警报，我们下课。'"

这个故事说明昆明警报之多。我刚到昆明的头两年，一九三九、一九四〇年，三天两头有警报。有时每天都有，甚至一天有两次。昆明那时几乎说不上有空防力量，日本飞机想什么时候来就来。有时竟至在头一天广播："明天将有二十七架飞机来昆明轰炸。"日本的空军指挥部还真言而有信，说来准来！

一有警报，别无他法，大家就都往郊外跑，叫作"跑警报"。"跑"和"警报"联在一起，构成一个语词，细想一下，是有些奇特的，因为所跑的并不是警报，这不像"跑马"、"跑生意"那样通顺。但是大家就这么叫了，谁都懂，而且觉得很合适。也有叫"逃警报"或"躲警报"的，都不如"跑警报"准确。"躲"，太消极；

"逃"又太狼狈。唯有这个"跑"字，于紧张中透出从容，最有风度，也最能表达丰富生动的内容。

有一个姓马的同学最善于跑警报。他早起看天，只要是万里无云，不管有无警报，他就背了一壶水，带点吃的，夹着一卷温飞卿或李商隐的诗，向郊外走去。直到太阳偏西，估计日本飞机不会来了，才慢慢地回来。但这样的人不多。

警报有三种。如果在四十多年前向人介绍警报有几种，会被认为有"神经病"，这是谁都知道的。然而对今天的青年，却是一项新的课题。一曰"预行警报"。

联大有一个姓侯的同学，原系航校学生，因为反应迟钝，被淘汰下来，读了联大的哲学心理系。此人对于航空旧情不忘，曾用黄色的"标语纸"贴出巨幅"广告"，举行学术报告，题曰《防空常识》。他不知道为什么对"警报"特别敏感。他正在听课，忽然跑了出去，站在"新校舍"的南北通道上，扯起嗓子大声喊叫："现在有预行警报，五华山挂了三个红球！"可不！抬头往南一看，五华山果然挂起了三个很大的红球。五华山是昆明的制高点，红球挂出，全市皆见。我们一直很奇怪：他在教室里，正在听讲，怎么会"感觉"到五华山挂了红球呢？——教室的门窗并不都正对五华山。

一有预行警报，市里的人就开始向郊外移动。住在翠湖迤北的，多半出北门或大西门，出大西门的似尤多。大西门外，越过联大新校门前的公路，有一条由南向北的用浑圆的石块铺成的宽可五六尺的小路。这条路据说是驿道，一直可以通到滇西。路在山沟里，平常走的人不多，常见的是驮着盐巴、碗糖或其他货物的马帮走过。赶马的马锅头侧身坐在木鞍上，从齿缝里咝咝地吹出口哨（马锅头吹口哨都是这种吹法，没有撮唇而吹的），或低声唱着呈贡"调子"：

> 哥那个在至高山那个放呀放放牛，
> 妹那个在至花园那个梳那个梳梳头。
> 哥那个在至高山那个招呀招招手，
> 妹那个在至花园点那个点点头。

这些走长道的马锅头有他们的特殊装束。他们的短褂外都套了一件白色的羊皮背心，脑后挂着漆布的凉帽，脚下是一双厚牛皮底的草鞋状的凉鞋，鞋帮上大都绣了花，还钉着亮晶晶的"鬼眨眼"亮片。——这种鞋似只有马锅头穿，我没见从事别种行业的人穿过。马锅头押着马帮，从这条斜阳古道上走过，马项铃哗棱哗棱地响，很有点浪漫主义的味道，有时会引起远客的游子一点淡淡的乡愁……

有了预行警报，这条古驿道就热闹起来了，从不同方向来的人都涌向这里，形成了一条人河。走出一截，离市较远了，就分散到古道两旁的山野，各自寻找一个合适的地方呆下来，心平气和地等着，——等空袭警报。

联大的学生见到预行警报，一般是不跑的，都要等听到空袭警报：汽笛声一短一长，才动身。新校舍北边围墙上有一个后门，出了门，过铁道（这条铁道不知起讫地点，从来也没见有火车通过），就是山野了。要走，完全来得及。——所以雷先生才会说："现在已经有空袭警报。"只有预行警报，联大师生一般都是照常上课的。

跑警报大都没有准地点，漫山遍野。但人也有习惯性，跑惯了哪里，愿意上哪里。大多是找一个坟头，这样可以靠靠。昆明的坟多有碑，碑上除了刻下坟主的名讳，还刻出"×山×向"，并开出坟茔的"四至"。这风俗我在别处还未见过，这大概也是一种古风。

说是漫山遍野，但也有几个比较集中的"点"。古驿道的一侧，靠近语言研究所资料馆不远，有一片马尾松林，就是一个点。这地方除了离学校近，有一片碧绿的马尾松，树下一层厚厚的干了的松毛，很软和，空气好，——马尾松挥发出很重的松脂气味，晒着从松枝间漏下的阳光，或仰面看松树上面蓝得要滴下来的天空，都极舒适外，是因为这里还可以买到各种零吃。昆明做小买卖的，有了警报，就把担子挑到郊外来了，五味俱全，什么都有。最常见的是"丁丁糖"。"丁丁糖"即麦芽糖，也就是北京人祭灶用的关东糖，不过做成一个直径一尺多，厚可一寸许的大糖饼，放在四方的木盘上，有人掏钱要买，糖贩即用一个刨刃形的铁片楔入糖边，然后用一个小小的铁锤，一击铁片，叮的一声，一块糖就震裂下来了，——所以叫作"丁丁糖"。其次是炒松子。昆明松子极多，个大皮薄仁饱，很香，也很便宜。我们有时能在松树下面捡到一个很大的成熟了的生的松球，就掰开鳞瓣，一颗一颗地吃起来。——那时候，我们的牙都很好，那么硬的松子壳，一嗑就开了！

另一集中点比较远，得沿古驿道走出四五里，驿道右侧较高的土山上有一横断的山沟（大概是哪一年地震造成的），沟深约三丈，沟口有二丈多宽，沟底也宽有六七尺。这是一个很好的天然防空沟，日本飞机若是投弹，只要不是直接命中，落在沟里，即便是在沟顶上爆炸，弹片也不易蹦进来。机枪扫射也不要紧，沟的两壁是死角。这道沟可以容数百人，有人常到这里，就利用闲空，在沟壁上修了一些私人专用的防空洞，大小不等，形式不一。这些防空洞不仅表面光洁，有的还用碎石子或碎瓷片嵌出图案，缀成对联。这些对联大都有新意，我至今记得两副，一副是：

人生几何
恋爱三角

一副是：

见机而作
入土为安

对联的嵌缀者的闲情逸致是很可叫人佩服的。前一副也许是有感而发，后一副却是纪实。

警报有三种。预行警报大概是表示日本飞机已经起飞。拉空袭警报大概是表示日本飞机进入云南省境了，但是进云南省不一定到昆明来。等到汽笛拉了紧急警报：连续短音，这才可以肯定是朝昆明来的。从空袭警报到紧急警报之间，有时要间隔很长时间，所以到了这里的人都不忙下沟，——沟里没有太阳，而且过早地像云冈石佛似的坐在洞里也很无聊，——大都先在沟上看书、闲聊、打桥牌。很多人听到紧急警报还不动，因为紧急警报后日本飞机也不定准来，常常是折飞到别处去了。要一直等到看见飞机的影子了，这才一骨碌站起来，下沟，进洞。联大的学生，以及住在昆明的人，对跑警报太有经验了，从来不仓皇失措。

上举的前一副对联或许是一种泛泛的感慨，但也是有现实意义的。跑警报是谈恋爱的机会，联大同学跑警报时，成双作对的很多。空袭警报一响，男的就在新校舍的路边等着，有时还提着一袋点心吃食，宝珠梨、花生米……他等的女同学来了，"嗨！"于是欣然并肩走出新校舍的后门。跑警报说不上是同生死，共患难，但隐隐约约有那么一点危险感，和看电影、遛翠湖时不同，这一点危险使两方的关系更加亲近了。女同学乐于有人伺候，男同学也正好殷勤照顾，表现一点骑士风度。正如孙悟空在高老庄所说："一来医得眼好，二来又照顾了郎中，这是凑四合六的买卖。"从这点来说，跑警报是颇为罗曼蒂克的。有恋爱，就有三角，有失恋。跑警报的"对儿"并非总是固定的，有时一方被另一方"甩"了，两人"吹"了，"对儿"就要重新组合。写（姑且叫作"写"吧）那副对联的，大概就是一位被"甩"的男同学。不过，也不一定。

警报时间有时很长，长达两三个小时，也很"腻歪"。紧急警报后，日本飞机轰炸已毕，人们就轻松下来。不一会儿，"解除警报"响了：汽笛拉长音，大家就起身拍拍尘土，络绎不绝地返回市里。也有时不等解除警报，很多人就往回走：天上起了乌云，要下雨了。一下雨，日本飞机不会来。在野地里被雨淋湿，可不是事！一有雨，我们有一个同学一定是一马当先往回奔，就是前面所说那位报告预行警报的姓侯的。他奔回新校舍，到各个宿舍搜罗了很多雨伞，放在新校舍的后门外，见有女同学来，就递过一把，他怕这些女同学挨淋。这位侯同学长得五大三粗，却有一副贾宝玉的心肠，大概是上了吴雨僧先生的《红楼梦》的课，受了影响。侯兄送伞，

已成定例;警报下雨,一次不落;名闻全校,贵在有恒。——这些伞,等雨住后他还会到南院女生宿舍去敛回来,再归还原主的。

跑警报,大都要把一点值钱的东西带在身边,最方便的是金子——金戒指。有一位哲学系的研究生曾经作了这样的逻辑推理:有人带金子,必有人会丢掉金子;有人丢金子,就会有人捡到金子;我是人,故我可以捡到金子。因此,跑警报时,特别是解除警报以后,他每次都很留心地巡视路面,他当真两次捡到过金戒指!逻辑推理有此妙用,大概是教逻辑学的金岳霖先生所未料到的。

联大师生跑警报时没有什么可带,因为身无长物,一般都是带两本书或一册论文的草稿。有一位研究印度哲学的金先生每次跑警报总要提了一只很小的手提箱,箱子里不是什么别的东西,是一个女朋友写给他的信——情书。他把这些情书视如性命,有时也会拿出一两封来给别人看。没有什么不能看的,因为没有卿卿我我的肉麻的话,只是一个聪明女人对生活的感受,文字很俏皮,充满了英国式的机智,是一些很漂亮的 essay,字也很秀气。这些信实在是可以拿来出版的。金先生辛辛苦苦地保存了多年,现在大概也不知去向了,真是可惜。我看过这个女人的照片,人长得就像她写的那些信。

联大同学也有不跑警报的,据我所知,就有两人。一个是女同学,姓罗,一有警报,她就洗头。因为别人都走了,锅炉房的热水没人用,她可以敞开来洗,要多少水有多少水!另一个是一位广东同学,姓郑。他爱吃莲子,一有警报,他就用一个大漱口缸到锅炉火口上去煮莲子,等到警报解除了,他的莲子也烂了。有一次日本飞机炸了联大,昆中北院、南院,都落了炸弹,这位

59

老兄听着炸弹乒乒乓乓在不远的地方爆炸，依然在新校舍大图书馆旁的锅炉上神色不动地搅和他的冰糖莲子。

抗战期间，昆明有过多少次警报，日本飞机来过多少次，已无法统计。自然也死了一些人，毁了一些房屋。就我的记忆，大东门外，有一次日本飞机机枪扫射，田地里死的人较多。大西门外小树林里曾炸死了好几匹驮木柴的马。此外似无较大伤亡。

日本人派飞机来轰炸昆明，其实没有什么实际的军事意义，用意不过是吓唬吓唬昆明人，施加威胁，使人产生恐惧。他们不知道中国人的心理是有很大的弹性的，不那么容易被吓得魂不附体。我们这个民族，长期以来，生于忧患，已经很"皮实"了，对于任何猝然而来的灾难，都用一种"儒道互补"的精神对待之。这种"儒道互补"的真髓，即"不在乎"。这种"不在乎"精神，是永远征不服的！

为了反映"不在乎"，作《跑警报》。

一九八四年十二月六日

载一九八五年《滇池》第三期

文化的异国

我年轻时就很喜欢桑德堡的诗，特别是那首《雾》。我去参观桑德堡的故居，在果园里发现两棵凤仙花，我很兴奋，觉得很亲切，问陪同我们参观的一位女士："这是什么花？"她说："不知道。"在中国到处都有的花，美国人竟然不认识。

美国也有菊花，我所见的只有两种，紫红色的和黄色的，都是短瓣，头状花序。没有卷瓣的、管瓣的、长瓣的、抱成一个圆球的，当然更不会有"懒梳妆"、"十丈珠帘"、"晓色"、"墨菊"……这样许多名目。美国的插花以多为胜，一大把，插在一个广口玻璃瓶里，不像中国讲究花、叶、枝、梗，倾侧取势，互相掩映。

美国也有荷花，但美国人似乎并不很欣赏。他们没有读过周敦颐的《爱莲说》，不懂得什么"香远益清"，"出淤泥而不染"。

美国似乎没有梅花，有一个诗人翻译中国诗，把梅花译成了杏花。美国人不了解中国人为什么那样喜爱梅花，他们不懂得"疏影横斜水清浅，暗香浮动月黄昏"。不懂得这样的意境，不懂得中国人欣赏花，是欣赏花的高洁，欣赏在花之中所寄寓的人格的美。

中国和西方的审美观念是有很大的不同的。

比较起来，中国对西方的了解比西方对中国的了解要多一些。

我在芝加哥参观美术馆，正赶上专题绘画展览，我看了莫奈、梵高、毕加索的原作，很为惊异，我自信我对莫奈、梵高、毕加索是能看懂的，会欣赏的。

我看了亨利·摩尔的雕塑，不觉得和我有不可逾越的距离。

但是西方对中国艺术却是相当陌生的。

中国"昭陵六骏"的"拳毛𫘝"、"飒露紫"都在美国的费城大学博物馆，我曾特意去看过，真了不起！可是除我之外，没有别人驻足赞叹。

波士顿博物馆陈列着两幅中国名画，关仝的《雪山行旅图》和传宋徽宗摹张萱《捣练图》。《雪山行旅图》气势雄伟，《捣练图》线条劲细，彩墨如新，都堪称中国的国宝，但是美国参观的人似乎不屑一顾。

要一般外国人学会欣赏中国的书法，真是太难了，让他们体会王羲之和王献之有什么不同，那是绝对办不到的。

文学上也如此。

中国人对美国的作家，从惠特曼、霍桑、马克·吐温，到斯坦倍克、海明威……都是相当熟悉的。尤其是海明威，不少中国作家是受了海明威的影响的，包括我。但是美国人知道几个中国作家？有多少人知道鲁迅、沈从文？这公平么？

是不是中国作家水平低，不见得吧？拿沈从文来说，他的作品比日本川端康成总还要高一些吧！但是川端康成得了诺贝尔奖，沈从文却一直未获提名通过，这公平么？

中国文学没有在世界范围内得到公平的评价，一方面是因为缺乏了解；另一方面，不能不说，全世界的文学界对中国文学存在着偏见。有人甚至说"中国无文学",这不仅是狂妄,而且是无知!

我在国外时间极短,与一般华人接触甚少,不能了解他们的心态,与在国外的文化、文学工作者也少交谈。但我可以体会,在不公平的、存有偏见的环境中,华人作家、艺术家,他们的心情是寂寞的,而且充满了无可申说的愤懑。

谁叫咱们是中国人呢!

一九九一年五月

载一九九二年《作家》第六期

林肯的鼻子

　　我们到伊里诺伊州的州府所在地斯普林菲尔德市参观林肯故居，林肯居住过的房子正在修复，街道和几家邻居的住宅倒都已经修好了。街道上铺的是木板，几家邻居的房子也是木结构，样子差不多。一位穿了林肯时代服装（白洋布印黑色小碎花的膨起的长裙，同样颜色短袄，戴无指手套，手上还套一个线结的钱袋）的中年女士给我们作介绍。她的声音有点尖厉，话说得比较快，说得很多，滔滔不绝。也许林肯时代的妇女就是这样说话的。她说了一些与林肯无关的话，老是说她们姊妹的事。有一个林肯旧邻的后代也出来作了介绍，他也穿了林肯时代的服装，本色毛布的长过膝盖的外套，皮靴也是牛皮本色的，不上油，领口系了一条绿色的丝带。此人的话也很多，一边说，一边老是向右侧扬起脑袋，有点兴奋，又像有点愤世嫉俗。他说了一气，最后说："我是学过心理学的，我一看你的眼睛，就知道你说的是不是真话！——日安！"用一句北京话来说：这是哪儿跟哪儿呀？此人道罢日安，翩然而去，由印花布女士继续介绍。她最后说："林肯是伟大的政治家，但在生活上是个无赖。"我真有点怀疑我的耳朵。

　　第二天上午，参观林肯墓，墓的地点很好，很空旷，墓前是一片草坪，更前是很多高大的树。

　　这天步兵——四旅特地给国际写作计划的作家们表演了升旗仪式，两个穿了当年的蓝色薄呢制服的队长模样的军人在旗杆前等着，其中一个挎了红缎子的值星带，佩指挥刀。在军鼓和小号声中走来一队士兵，也都穿蓝呢子制服。所谓一队，其实只有七个人：前面两个，一个打着美国国旗，一个打着州旗；当中三个背着长枪；最后两个，一个打鼓，一个吹号。走得很有节拍，但是轻轻松松的。立定之后，向左转，架好长枪。喊口令的就是那个吹小号的，他的军帽后边露着雪白的头发，大概岁数不小了。口令声音很轻，并不大声怒喝。——中国军队大声喊口令，大概是受了日本或德国的影响。口令是要练的，我在昆明时，每天清晨听见第五军校的学生练口令，那么多人一同怒吼，真是惊天动地。一声"升旗"后，老兵自己吹了号，号音有点像中国的"三环号"。那两个队长举手敬礼，国旗和州旗升上去。一会儿工夫，仪式就完了，士兵列队走去，小号吹起来，吹的是"光荣光荣哈里鲁亚"。打鼓的这回不是打的鼓面，只是用两根鼓棒敲着鼓边。这个升旗仪式既不威武雄壮，也并不怎么庄严肃穆，说是形同儿戏，那倒也不是，只能说这是美国式的仪式，比较随便。

　　林肯墓是一座白花岗石的方塔形的建筑，墓前有林肯的立像，两侧各有一组内战英雄的群像，一组在举旗挺进，一组有扬蹄的战马。墓基前数步，石座上还有一个很大的铜铸的林肯的头像。

　　我觉得林肯墓是好看的，清清爽爽，干干净净。一位法国作家说他到过南京，看过中山陵，说林肯墓和中山陵不能相比。——中山陵有气魄。我说："不同的风格。"——"对，完全不同的风格！"

他不知道林肯墓是"墓"，中山陵是"陵"呀。

我们到墓里看一圈，这里葬着林肯，林肯的夫人，还有他的三个儿子。正中还有一个林肯坐在椅子里的铜像，他的三个儿子都有一个铜像，但较小。林肯的儿子极像林肯，纪念林肯，同时纪念他的家属，这也是一种美国式的思想。——这里倒没有林肯的"亲密战友"的任何名字和形象。

走出墓道，看到好些人去摸林肯的鼻子——头像的鼻子。有带着孩子的，把孩子举起来，孩子就高高兴兴地去摸。林肯的头像外面原来是镀了一层黑颜色的，他的鼻子被摸得多了，露出里面的黄铜，锃亮锃亮的。为什么要去摸林肯的鼻子？我想原来只是因为林肯的鼻子很突出，后来就成了一种迷信，说是摸了会有好运气。好几位作家握着林肯的鼻子照了相，他们叫我也照一张，我笑了笑，摇摇头。

归途中路过诗人艾德加·李·马斯特的故居，马斯特对林肯的一些观点是不同意的。我问接待我们的一位女士："马斯特究竟不同意林肯的哪些观点？"她说她也不清楚，只知道他们关系不好。我说："你们不管他们观点有什么分歧，都一样地纪念，是不是？"她说："只要是对人类文化有过贡献的，我们都纪念，不管他们的关系好不好。"我说："这大概就是美国的民主。"她说："你说得很好。"我说："我不赞成大家去摸林肯的鼻子。"她说："我也不赞成！"

途次又经桑德堡故居。对桑德堡，中国的读者比较熟悉，他的短诗《雾》是传诵很广的。桑德堡写过长诗《林肯——在战争年代》，他是赞成林肯观点的。

回到住处，我想：摸林肯的鼻子，到底要得要不得？最后的结论是：这还是要得的。谁的鼻子都可以摸，林肯的鼻子也可以摸，没有一个人的鼻子是神圣的。林肯有一句名言："All men are created equal.（所有的人生来都是平等的）"我还想到，自由、平等、博爱，是不可分割的概念。自由，是以平等为前提的。在中国，现在，很需要倡导这种"created equal"的精神。

　　让我们平等地摸别人的鼻子，也让别人摸。

一九八七年十月一日爱荷华
载一九八八年《散文世界》第四期

悬空的人

　　黑人学者赫伯特约我去谈谈，这是一个很有教养的人。他在爱荷华大学读了十年，得过四个学位，学过哲学，现在在教历史，但是他的兴趣在研究戏剧，——美国戏剧和别的国家的戏剧。我在一个酒会上遇见他，他说他对许多国家的戏剧都有所了解，唯独对中国戏剧不了解。他问我中国的丧服是不是白色的，我说是的。他说欧洲的丧服是黑的，只有中国和黑人的丧服是白的，他觉得这有某种联系。

　　赫伯特很高大，长眉毛，大眼睛，阔唇，结实的白牙齿。说话时声音不高，从从容容，带着深思。听人说话时很专注，每有解悟，频频点头，或露出明亮的微笑。

　　和他住在一起的另一个黑人叫安东尼，比较瘦小，很文静，话很少，神情有点忧郁。他在南朝鲜研究过造纸、印刷和绘画，他想把这三者结合起来。他给我看了他的一张近作，纸是他自己造的，很厚，先印刷了一遍，再用中国毛笔画出来的，画的是《爱丽丝镜中奇遇记》里的镜中景象。当然，是抽象的，我觉得画的是痛苦的思维，他点点头。他现在在爱荷华大学美术馆负责。

　　赫伯特讲了他准备写的一个戏的构思：开幕是一个教堂，正在举行一个人的丧礼，大家都穿了白衣服。不一会儿，抬上来一具棺材。死者从棺材里爬了出来，别人问他："你是来演戏的，还是来看戏的？"以下的一场，一些人在打篮球（当然是虚拟动作），剧情在球赛中进行。因为他的构思还没有完成，无法谈得很具体，我只能建议他把戏里存在的两个主题拧在一起，赋予打篮球以一个象征的意义。

以后就谈起美国的黑人问题。

赫伯特说：美国人都能说出他们是从哪里来的，从英格兰来的，苏格兰来的，荷兰来的，德国来的。我们说不出，我的来历，可以追溯到我的曾祖父，再往上，就不知道了，都是奴隶。我们不知道自己叫什么，Black People，Negro，都是白人叫我们的。我们是从非洲来的，但是是从哪个国家、哪个部族来的？不知道。我们只能把整个非洲当作我们的故乡，但是非洲很大，这个故乡是渺茫的。非洲人也不承认我们，说："你们是美国人！"我们没有文化传统，没有历史。

我说：这是一种很深刻的悲哀！

赫伯特和安东尼都说：很深刻的悲哀！

赫伯特说：美国政府希望我们接受美国文化，但是这不是我们的文化。

我说美国现在的种族歧视好像不那么厉害。

赫伯特说："有些州还有，有些州好些，比如爱荷华，所以我们愿意住在这里。取消对黑人的歧视，约翰逊起了作用。我出去当了四年兵，回来一看：这是怎么回事？——黑人可以和白人同坐一列车，在一个饭馆里吃饭了。但是实际上还是有差别的，黑人杀了白人，要判很重的刑，常常是终身监禁；白人杀了黑人，关几年，很快就放出来了；黑人杀黑人，美国政府不管，——让你们杀去吧！"

赫伯特承认，黑人犯罪率高（纽约哥伦比亚大学附近的一个公园、芝加哥的黑人区，晚上没有人敢去），脏。这应该主要由制度负责，还是应该黑人自己负责？

赫伯特说，主要是制度问题。二百年了，黑人没有好的教育，居住条件差，吃得不好，——黑人吃的东西和白人不一样。这不是一朝一夕能改变的。

我想到改善人民的饮食和居住条件是直接和提高民族素质有关的事。住高楼大厦和大杂院，吃精米白面高蛋白和吃窝头咸菜的人就是不一样。

我知道美国政府近年对黑人的政策有很大的改变，有意在黑人中培养出一部分中产阶级。美国的大学招生，政府规定黑人要占一定的百分比，完成不了比率，要受批评，甚至会削减学校的经费。黑人也比较容易得到奖学金（美国奖学金很高，得到奖学金，学费、生活费可不成问题）。赫伯特、安东尼都在大学教书，爱荷华大学的副教务长（是一个诗人）是黑人。在芝加哥街头可以看到很多穿戴得相当讲究的黑人妇女（浑身珠光宝气，比有些白人妇女还要雍容华贵）。我问："是不是这样？"

"是这样，但是美国的大企业主没有一个是黑人。"

这样，美国的黑人就发生了分化：中产阶级的黑人和贫穷的黑人。

我问赫伯特和安东尼："你们的意识，你们的心态，是接近于白人，还是接近于贫穷的黑人？"他们都说："接近于白人。"

因此，赫伯特说："贫穷的黑人也不承认我们，他们说：'你们和我们不一样。'"

赫伯特说："他们希望我们替他们讲话，但是——我们不能。鞋子掉了，只能由自己提（他做一个提鞋的动作）。只能由他们当中产生领袖，出来说话。我们，只能写他们。"

在我起身告辞的时候，赫伯特问我："我们没有历史，你说我们应该怎么办？"

我说："既然没历史，那就：'从我开始！'"

赫伯特说："很对！"

没有历史，是悲哀的。

一个人有祖国，有自己的民族，有文化传统，不觉得这有什么。一旦没有这些，你才会觉得这有多么重要，多么珍贵！

我在美国，听说有一个留学生说："我宁愿在美国做狗，不愿意做中国人。"岂有此理！

载一九八八年六月三日台湾《中时晚报》

谈读杂书

我读书很杂，毫无系统，也没有目的，随手抓起一本书来就看，觉得没意思，就丢开。所以我看杂书所用的时间比看文学作品和评论的要多得多。常看的是有关节令风物民俗的，如《荆楚岁时记》、《东京梦华录》等；其次是方志、游记，如《岭表录异》、《岭外代答》等。讲草木虫鱼的书我也爱看，如法布尔的《昆虫记》，吴其濬的《植物名实图考》、《花镜》。讲正经学问的书，只要写得通达而不迂腐的也很好看，如《癸巳类稿》。《十驾斋养新录》差一点，其中一部分也挺好玩。我也爱读书论、画论。有些书无法归类，如《宋提刑洗冤录》，这是讲验尸的。有些书本身内容就很庞杂，如《梦溪笔谈》、《容斋随笔》之类的书，只好笼统地称之为笔记了。

读杂书至少有以下几种好处：第一，这是很好的休息。泡一杯茶懒懒地靠在沙发里，看杂书一册，这比打扑克要舒服得多。第二，可以增长知识，认识世界。我从法布尔的书里知道知了原来是个聋子，从吴其濬的书里知道古诗里的葵就是湖南、四川人现在还吃的冬苋菜，实在非常高兴。第三，可以学习语言。杂书的文字都写得比较随便，比较自然，不是正襟危坐，刻意为文，但自有情致，而且接近口语。一个现代作家从古人学语言，与其

苦读《昭明文选》、"唐宋八大家"，不如多看杂书，这样较易融入自己的笔下。这是我的一点经验之谈，青年作家，不妨试试。第四，从杂书里可以悟出一些写小说、写散文的道理，尤其是书论和画论。包世臣《艺舟双楫》云："吴兴书笔，专用平顺，一点一画，一字一行，排次顶接而成。古帖字体，大小颇有相径庭者，如老翁携幼孙行，长短参差，而情意真挚，痛痒相关。吴兴书如士人入隘巷，鱼贯徐行，而争先竞后之色，人人见面，安能使上下左右空白有字哉！"他讲的是写字，写小说、散文不也正当如此吗？小说、散文的各部分，应该"情意真挚，痛痒相关"，这样才能做到"形散而神不散"。

一九八六年六月九日
载一九八六年七月八日《新民晚报》

74

谈 风 格

　　一个人的风格是和他的气质有关的，布封说过："风格即人。"
中国也有"文如其人"的说法。人和人是不一样的，趋舍不同，静
躁异趣。杜甫不能为李白的飘逸，李白也不能为杜甫的沉郁。苏东
坡的词宜关西大汉执铁绰板唱"大江东去"，柳耆卿的词宜十七八
女郎持红牙板唱"今宵酒醒何处，杨柳岸晓风残月"。中国的词可
分为豪放与婉约两派，其他文体大体也可以这样划分。不知从什么
时候起，因为什么，豪放派占了上风。茅盾同志曾经很感慨地说：
"现在很少人写婉约的文章了。""十年浩劫"，没有人提起风格这个
词。我在"样板团"工作过，江青规定："要写'大江东去'，不要
写'小桥流水'！"我是个只会写"小桥流水"的人，也只好跟着
唱了十年空空洞洞的豪言壮语。三中全会以后，我才又重新开始发
表小说，我觉得我可以按照我自己的样子写小说了。三中全会以后，
文艺形势空前大好的标志之一，是出现了很多不同风格的作品，这
一点是"十七年"所不能比拟的。那时作品的风格比较单一，茅盾
同志发出感慨，正是在这样的时候。一个人要使自己的作品有风格，
要能认识自己、发现自己，并且应该不客气地说，"欣赏自己"。"我
与我周旋久，宁作我"，一个人很少愿意自己是另外一个人的。一

个人不能说自己写得最好，老子天下第一。但是就这个题材，这样的写法，以我为最好，只有我能这样地写。我和我比，我第一！一个随人俯仰、毫无个性的人是不能成为一个作家的。

其次，要形成个人的风格，读和自己气质相近的书。也就是说，读自己喜欢的书，对自己口味的书。我不太主张一个作家有系统地读书，作家应该博学，一般的名著都应该看看。但是作家不是评论家，更不是文学史家，我们不能按照中外文学史循序渐进，一本一本地读那么多书，更不能按照文学史的定论客观地决定自己的爱恶。我主张抓到什么就读什么，读得下去就一连气读一阵，读不下去就抛在一边。屈原的代表作是《离骚》，我直到现在还是比较喜欢《九歌》。李、杜是大家，他们的诗我也读了一些，但是在大学的时候，我有一阵偏爱王维，后来又读了一阵温飞卿、李商隐。诗何必盛唐，我觉得龚自珍的态度很好："我论文章恕中晚，略工感慨是名家。"有一个人说得更为坦率："一种风情吾最爱，六朝人物晚唐诗。"有何不可。一个人的兴趣有时会随年龄、境遇发生变化。我在大学时很看不起元人小令，认为浅薄无聊。后来因为工作关系，读了一些，才发现其中的淋漓沉痛处。巴尔扎克很伟大，可是我就是不能用社会学的观点读他的《人间喜剧》。托尔斯泰的《战争与和平》，我是到近四十岁时，因为成了右派，才在劳动改造的过程中硬着头皮读完了的。孙犁同志说他喜欢屠格涅夫的长篇，不喜欢他的短篇，我则正好相反。我认为都可以。作家读书，允许有偏爱，作家所偏爱的作品往往会影响他的气质，成为他的个性的一部分。契诃夫说过："告诉我你读的是什么书，我就可知道你是一个怎样的人。"作家读书，实际上是读另外一个自己所写的作品。法郎士在《生活文学》第一卷的序言里说过："为了真诚坦白，批评家应该说：'先生们，关于莎士比亚，关于拉辛，我所讲的就是我自己。'"作家更是这样，一个作家在谈论别的作家时，谈的常常是他自己。"六经注我"，中国的古人早就说过。

一个作家读很多书，但是真正影响到他的风格的，往往只有不多的作家，不多的作品。有人问我受哪些作家影响比较深，我想了想：古人里是归有光，中国现代作家是鲁迅、沈从文、废名，外国作家是契诃夫和阿左林。

我曾经在一次讲话中说到归有光善于以清淡的文笔写平常的人事，这个意思其实古人早就说过。黄梨洲《文案》卷三《张节母叶孺人墓志铭》云：

予读震川文之为女妇者，一往情深，每以一二细事见之，使人欲涕。盖古今来事无巨细，唯此可歌可泣之精神，长留天壤。

姚鼐《与陈硕士》尺牍云：

归震川能于不要紧之题，说不要紧之语，却自风韵疏淡，此乃是于太史公深有会处，此境又非石士所易到耳。

王锡爵《归公墓志铭》说归文"无意于感人，而欢愉惨恻之思，溢于言表"。连被归有光诋为"庸妄巨子"的王世贞在晚年也说他"不事雕饰而自有风味"（《归太仆赞序》）。这些话都说得非常中肯。归有光的名文有《先妣事略》、《项脊轩志》、《寒花葬志》等篇，我受到影响的也只是这几篇。归有光在思想上是正统派，我对他的那些谈学论道的大文实在不感兴趣。我曾想：一个思想迂腐的正统派，怎么能写出那样富于人情味的优美的抒情散文呢？这问题我一直还没有想明白。归有光自称他的文章出于欧阳修，读《泷冈阡表》，可以知道《先妣事略》这样的文章的渊源。但是归有光比欧阳修写得更平易、更自然，他真是做到"无意为文"，写得像谈家常话似的。他的结构"随事曲折"，若无结构。他的语言更接近口语，叙述语言与人物语言衔接处若无痕迹。他的《项脊轩志》的结尾：

> 庭有枇杷树，吾妻死之年所手植也，今已亭亭如盖矣！

平淡中包含几许惨恻，悠然不尽，是中国古文里的一个有名的结尾。使我更为惊奇的是前面的："吾妻归宁，述诸小妹语曰：'闻姊家有阁子，且何谓阁子也？'"话没有说完，就写到这里。想来归有光的夫人还要向小妹解释何谓阁子的，然而不写了，写出了有何意味？写了半句，而闺阁姊妹之间闲话神情遂如画出。这种照生活那样去写生活，是很值得我们今天写小说时参考的。我觉得归有光是和现代创作方法最能相通、最有现代味儿的一位中国古代作家。我认为他的观察生活和表现生活的方法很有点像契诃夫。我曾说归有光是中国的契诃夫，并非怪论。

中国现代作家的作品我读得比较熟的是鲁迅。我在下放劳动期间曾发愿将鲁迅的小说和散文像金圣叹批《水浒》那样，逐句逐段地加以批注，搞了两篇，因故未竟其事。中国五十年代以前的短篇小说作家不受鲁迅的影响的，几乎没有。近年来研究鲁迅的谈鲁迅的思想的较多，谈艺术技巧的少。现在有些年轻人已经读不懂鲁迅的书，不知鲁迅的作品好在哪里了。看来宣传艺术家鲁迅，还是我们的责任，这一课必须补上。

我是沈从文先生的学生。

废名这个名字现在几乎没有人知道了，国内出版的中国现代文学史没有一本提到他。这实在是一个真正很有特点的作家，他在当时的读者就不是很多，但是他的作品曾经对相当多的三十年代、四十年代的青年作家，至少是北方的青年作家，产生过颇深的影响。这种影响现在看不到了，但是它并未消失，就像一股泉水，在地下流动着，也许有一天，会汩汩地流到地面上来的。他的作品不多，一共大概写了六本小说，都很薄。他后来受了佛教思想的影响，作品中有见道之言，很不好懂。如《莫须有先生传》就有点令人莫名其妙，到了《莫须有先生坐飞机以后》就更不知所云了。但是他早期的小说，如《桥》、《枣》、《桃园》和《竹林的故事》，写得真是很美。他把晚唐诗的超越理性、直写感觉的象征手法移到小说里来了，他用写诗的办法写小说，他的小说实际上是诗。他的小说不注重写人物，也几乎没有故事，《竹林的故事》算是长篇，叫作"故事"，实无故事，只是几个孩子每天生活的记录。他不写故事，写意境，但是他的小说是感人的，使人得到一种不同寻常的感动，因为他对于小儿女是那样富于同情心。他用儿童一样明亮而敏感的眼睛观察周围世界，用儿童一样简单而准确的笔墨来记录。他的小说是天真的，具有天真的美。因为他善于捕捉儿童的飘忽不定的思想和情绪，他运用了意识流。他的意识流是从生活里发现的，不是从外国的理论或作品里搬来的。有人说他的小说很像弗·沃尔芙，他说他没有看过沃尔芙的作品，后来找来看看，自己也觉得果然很像。这是一个很有趣的现象，身在不同的国度，素无接触，为什么两个作家会找到同样的方法呢？因为他追随流动的意识，因此他的行文也和别人不一样。周作人曾说废名是一个讲究文章之美的小说家。又说他的行文好比一溪流水，遇到一片草叶，都要去抚摸一下，然后又汪汪地向前流去。这说得实在非常好。

我讲了半天废名，你也许会在心里说：你说的是你自己吧？我跟废名不一样（我们的世界观首先不同）。但是我确实受过他的影响，现在还能看得出来。

契诃夫开创了短篇小说的新纪元，他在世界范围内使"小说观"发生了很大的变化，从重情节、编故事发展为写生活，按照生活的样子写生活。从戏剧化的结构发展为散文化的结构。于是才有了真正的短篇小说，现代的短篇小说。托尔斯泰最初很看不惯契诃夫的小说，他说契诃夫是一个很怪的作家，他好像把文字随便地丢来丢去，就成了一篇小说了。托尔斯泰的话说得非常好，随便地把文字丢来丢去，这正是现代小说的特点。

"阿左林是古怪的"（这是他自己的一篇小品的题目），他是一个沉思的、回忆的、静观的作家。他特别擅长于描写安静，描写在安静的回忆中的人物的心理的潜微的变化，他的小说的戏剧性是觉察不出来的戏剧性。他的"意识流"是明澈的，覆盖着清凉的阴影，不是芜杂的、纷乱的，是热情的恬淡，入世的隐逸。阿左林笔下的西班牙是一个古旧的西班牙，真正的西班牙。

以上，我老实交代了我曾经接受过的影响，未必准确。至于这些影响怎样形成了我的风格（假如说我有自己的风格），那是说不清楚的。人是复杂的，不能用化学的定性分析方法分析清楚。但是研究一个作家的风格，研究一下他所曾接受的影响是有好处的。如果你想学习一个作家的风格，最好不要直接学习他本人，还是学习他所师承的前辈。你要认老师，还得先见见太老师，一祖三宗，渊源有自，这样才不至流于照猫画虎，邯郸学步。

一个作家形成自己的风格大体要经过三个阶段：一、模仿；二、摆脱；三、自成一家。初学写作者，几乎无一例外，要经过模仿的阶段。我年轻时写作学沈先生，连他的文白杂糅的语言也学。我的《汪曾祺短篇小说选》第一篇《复仇》，就有模仿西方现代派的方法的痕迹。后来岁数大了一点，到了"而立之年"了吧，我就竭力想摆脱我所受的各种影响，尽量使自己的作品不同于别人。郭小川同志在"文化大革命"后期有一次碰到我，说："你说过的一句话，我到现在还记得。"我问他是什么话，他说："你说过：'凡是别人那样写过的，我就决不再那样写！'"我想，是说过，那还是反右以前的事了，我现在不说这个话了。我现在岁数大了，已经无意于使自己的作品像谁，也无意使自己的作品不像谁了。别人是怎样写的，我已经模糊了，我只知道自己这样的写法，只会这样写了。我觉得怎样写合适，就怎样写。我现在看作品，已经很少从形成自己的风格这样的角度去看了。对于曾经影响过我的作家的作品，近几年我也很少再看。然而，菌子已经没有了，但是菌子的气味留在空气里。

影响，是仍然存在的，一个人也不能老是一个风格，只有一种风格。风格，往往是因为所写的题材不同而有差异的。或庄，或谐；或比较抒情，或尖刻冷峻。但是又看得出还是一个人的手笔，一方面，文备众体；另一方面又自成一家。

一九八四年二月二十一日
载一九八四年《文学月报》第六期

中国戏曲和小说的血缘关系

自从布莱希特以后，世界戏剧分作了两大类：一类是戏剧的戏剧，一类是叙事诗式的戏剧。布莱希特带来了戏剧观念的革命。布莱希特的戏剧观可能受了中国戏曲的影响。元杂剧是个很怪的东西，除了全剧一个人唱到底，还把任何生活一概切成四段（四出）。或许，元杂剧的作者认为生活本身就是天然地按照四分法的逻辑进行的，这也许有道理。"四"是一个神秘的数字。元杂剧的分"出"，和十九世纪西方戏剧的分"幕"不尽相同，但有暗合之处（古典西方戏剧大都是四幕）。但是自从传奇兴起，中国的剧作者的戏剧观点、思想方式，发生了很大的变化，同时带来结构方式的变化。传奇的作者意识到生活的连续性、流动性，不能人为地切作四块，于是由大段落改为小段落，由"出"改为"折"。西方古典戏剧的结构像山，中国戏曲的结构像水，这种滔滔不绝的结构自明代至近代一直没有改变。这样的结构更近乎是叙事诗式的，或者更直截了当地说："是小说式的，中国的演义小说改编为戏曲极其方便，因为结构方法相近。"

中国戏曲的时空处理极其自由，尤其是空间，空间是随着人走的，一场戏里可以同时表不同的空间（中国剧作家不知道所谓三一律，因此不存在打破三一律的问题）。《打渔杀家》里萧恩去出首告状，被县官吕子秋打了四十大板，轰出了县衙。他的女儿桂英在家里等他，上场唱了四句：

> 老爹爹清晨起前去出首，
> 倒叫我桂英儿挂在心头。
> 将身儿坐至在草堂等候，
> 等候了爹爹回细问根由。

在每一句之后听到后台的声音："一十，二十，三十，四十，赶了出去！"这声音表现的是萧恩在公堂上挨打。一个在江那边，一个在江这边，一个在公堂上，一个在家里，这"一十，二十"怎么能听得到？谁听见的？《一匹布》是一出极其特别的、带荒诞性的"玩笑剧"。李天龙的未婚妻死了，丈人有言，等李天龙续娶时，把女儿的四季衣裳和陪嫁银子二百两给他。李天龙家贫，无力娶妻，张古董愿意把自己的妻子沈赛花借给他，好去领取钱物，声明不能过夜，不想李天龙、沈赛花被老丈人的儿子强留住下了。张古董一看天晚了，赶往城里，到了瓮城里，两边的城门都关了，憋在瓮城里过了一夜。舞台上一边是老丈人家，李天龙、沈赛花各怀心事；一边是瓮城，张古董一个人心急火燎，咕咕哝哝。奇怪的是两边的事不但同时发生，而且两处人物的心理还能互相感应，又加上一个毫不相干，和张古董同时被关在瓮城里的一个名叫"四合老店"的南方口音的老头儿跟着一块瞎打岔，这场戏遂饶奇趣。这种表现同时发生在不同空间的事件的方法，可以说是对生活的全方位观察。

中国戏曲，不很重视冲突。有一个时期，有一种说法，戏剧就是冲突，没有冲突不成其为戏剧。中国戏曲，从整出看，当然是有冲突的，但是各场并不都有冲突。《牡丹亭·游园》只是写了杜丽娘的一脉春情，什么冲突也没有。《长生殿·闻铃·哭象》也只是唐明皇一个人在抒发感情。《琵琶记·吃糠》只是赵五娘因为糠和米的分离联想到她和蔡伯喈的遭际，痛哭了一场。《描容》是一首感人肺腑的抒情诗，赵五娘并没有和什么人冲突。这些著名的折子，在西方的古典戏剧家看来，是很难构成一场戏的。这种不假冲突，直接地抒写人物的心理、感情、情绪的构思，是小说的，非戏剧的。

戏剧是强化的艺术，小说是入微的艺术。戏剧一般是靠大动作刻画人物的，不太注重细节的描写。中国的戏曲强化得尤其厉害，锣鼓是强化的有力的辅助手段。但是中国戏曲又往往能容纳极精微的细节。《打渔杀家》萧恩决定过江杀人，桂英要跟随前去，临出门时，有这样几句对白："开门哪！""爹爹呀请转！这门还未曾上锁呢。""这门咳！——关也罢，不关也罢！""里面还有许多动用的家具呢。""傻孩子呀，门都不要了，要家具则甚哪！""不要了？喂噫……""不省事的冤家呀……！"

从戏剧情节角度看，这几句话可有可无。但是剧作者（也算是演员）却抓住了这一细节，表现出桂英的不懂事和末路英雄准备弃家出走的悲怆心情，增加了这出戏的悲剧性。

《武家坡》，薛平贵在窑外述说了往事，王宝钏确信是自己的丈夫回来了，开门相见：

王宝钏（唱）：
开开窑门重相见，
我丈夫哪有五绺髯？

薛平贵（唱）：

少年子弟江湖老，

红粉佳人两鬓斑。

三姐不信菱花照，

不似当年在彩楼前。

王宝钏（唱）：

寒窑哪有菱花镜？

薛平贵（白）：

水盆里面——

王宝钏（接唱）：

水盆里面照容颜。

（夹白）：老了！

（接唱）：

老了老了真老了，

十八年老了我王宝钏！

水盆照影，是一个非常精彩的细节。王宝钏穷得置不起一面镜子，她茹苦含辛，也无心对镜照影。今日在水盆里一照：老了！"十八年老了我王宝钏"，千古一哭！

这种"闲中著色"，涉笔成情，手法不是戏剧的，是小说的。

有些艺术品类，如电影、话剧，宣布要与文学离婚，是有道理的。这些艺术形式绝对不能成为文学的附庸，对话的奴仆。但是戏曲，问题不同，因为中国戏曲与文学——小说，有割不断的血缘关系，戏曲和文学不是要离婚，而是要复婚。中国戏曲的问题，是表演对于文学太负心了！

一九八九年五月七日

载一九八九年《人民文学》第八期

浅处见才

本色　当行

⦿

　　有人以为本色就是当行，宋代陈师道《后山诗话》："退之以文为诗，子瞻以诗为词，如教坊雷大使之舞，虽极天下之工，要非本色。"他所说的本色实相当于多数人所说的当行。一般认为本色和当行还是略有区别的，本色指少用辞藻，不事雕饰，朴素天然，明白如话；当行是说写唱词像个唱词，写京剧唱词是京剧唱词，不但好懂，而且好唱、好听。

　　板腔体的剧本都是浅显的，没有不好理解、难于捉摸的词。像"摇漾春如线"这样的句子在京剧、梆子的剧本里是找不出来的。板腔体剧种打本子的人没有多少文化，他们肚子里也没有那么多辞藻。杂剧、传奇的唱腔抒情成分很大，京剧剧本抒情性的唱词只能有那么一点点。京剧剧本也偶用一点比兴，但大多数唱词都是"直陈其事"的赋体。杂剧、传奇，特别是传奇的唱词，有很多是写景的，京剧写景极少。向京剧唱词要求"情景交融"，实在是强人所难，因为曲牌体和板腔体体制不同。"碧云天，黄花地，西风紧，北雁南飞。晓来谁染霜林醉，总是离人泪"是千古绝唱，但这只能是杂剧的唱词。这是一支完整的曲子，首尾俱足，改编成京剧，就成了"碧云天，黄花地，西风紧，北雁南翔。问晓来谁染得霜林绛？总是离人泪千行"，变成了一大段唱词的"帽儿"。下面接了叙事性的唱："成就迟分别早叫人惆怅，系不住骏马儿空有这柳丝长。七香车与我把马儿赶上，那疏林也与我挂住了斜阳，好让我与张郎把知心话讲，远望那十里亭痛断人肠！"杂剧的这支"正宫端正好"在京剧里实际上是"腌渍"了。但是这有什么办法？京剧就是这样！王昆仑同志曾和我有一次谈及京剧唱词，说："'一事无成两鬓斑，叹光阴一去不复还。日月轮流催晓箭，青山绿水常在面前。'到此为止，下面就得接上'恨平王无道纲常乱'，大白话了！"是这样。我在《沙家浜》阿庆嫂的大段二黄中，写了第一句"风声紧雨意浓天低云暗"，下面就赶紧接了一句地道的京剧"水词"："不由人一阵阵坐立不安。"

京剧唱词只能在叙事中抒情，在赋体中有一点比兴，《四郎探母》"胡地衣冠懒穿戴，每日里花开儿的心不开"，我以为这是了不得的好唱词。新编的戏里，梁清濂的《雷峰夕照》里的"去年的竹林长新笋，没娘的孩子渐成人"，也是难得的。

京剧是不擅长用比喻的，大都很笨拙。《探母》和《文昭关》的"我好比"尚可容忍，《逍遥津》的一大串"欺寡人好一似"实在是堆砌无味。京韵大鼓《大西厢》"见张生摇头晃脑，嘚啵嘚啵，逛里逛荡，好像一碗汤，——他一个人念文章"，说一个人好像一碗汤，实在是奇绝。但在京剧里，这样的比喻用不上，——除非是喜剧。比喻一要尖新，二要现成。尖新不难，现成也不难。尖新而现成，难！

板腔体是一种"体"，是一种剧本的体制，不只是说的是剧本的语言形式，这是一个更深刻的概念。首先这直接关系到结构，——章法。正如写诗，五古有五古的章法，七绝有七绝的章法，差别不只在每一句字数的多少。但这里只想论及语言。板腔体的语言，表面上看只是句子整齐，每句有一定字数，二二三，三三四，更重要的是它的节奏。我在张家口曾经遇到一个说话押韵的人，我去看他，冬天，他把每天三顿饭改成了一天吃两顿，我问他："改了？"他说：

　　三顿饭一顿吃两碗，
　　两顿饭一顿吃三碗，
　　算来算去一般儿多，
　　就是少抓一遍儿锅。

我研究了一下他的语言，除了押韵，还富于节奏感。"算来算去一般儿多"，如果改成"算起来一般多"，就失去了节奏，同时也就失去了情趣——失去了幽默感。语言的节奏决定于情绪的节奏，语言的节奏是外部的，情绪的节奏是内部的，二者同时生长，而又互相推动。情绪节奏和语言节奏应该一致，要做到表里如一，契合无间，这样写唱词才能挥洒自如，流利快畅。如果情绪缺乏节奏，或情绪的节奏和板腔体不吻合，写出来的唱词表面上合乎格律，读起来就会觉得生硬艰涩。我曾向青年剧作者建议用韵文思维，主要说的是用有节奏的语言思维，或者可以更进一步说：首先要使要表达的情绪有节奏。

板腔体的唱词是不好写的，因为它的限制性很大。听说有的同志以为板腔体已经走到了尽头，不能表达较新的思想，应该有一种新的戏曲体制来代替它，这种新的体制是自由诗体，这是有一定道理的。打破板腔体的字句定式，早已有人尝试过。田汉同志在《白蛇传》里写了这样的唱词：

> 你忍心将我伤，
> 端阳佳节劝雄黄；
> 你忍心将我诳，
> 才对双星盟誓愿，
> 又随法海入禅堂……

这显然已经不是"二二三"。我在剧本《裘盛戎》里写了这样的唱词：

> 昨日的故人已不在，
> 昨日的花还在开。

第二句虽也是七字句，但不能读成"昨日——的花——还在开"，节奏已经变了。我也希望京剧在体制上能有所突破。曾经设想，可以回过来吸取一点曲牌体的格律，也可以吸取一点新诗的格律，创造一点新的格律。五四时期就有人提出从曲牌体到板腔体，从文学角度来说，实是一种倒退，这是有一定道理的。曲牌体看来似乎格律森严，但比板腔体实际上有更多的自由。它可字句参差，又可以押仄声韵，不像板腔体捆得那样死。像古体诗一样，连有几个仄声韵尾的句子，然后用一句平声韵尾扳过来，我觉得这是可行的。新诗常用的间行为韵，ABAB，也可以尝试。这种格式本来就有，苏东坡就写过一首这样的诗，我在《擂鼓战金山》里试写过一段。但我以为戏曲唱词总要有格律，押韵，完全是自由诗一样的唱词会是什么样子，一时还想象不出，而且目前似乎还只能在板腔体的基础上吸收新的格律。田汉同志的"你忍心将我伤……"一段破格的唱词，最后还要归到：

手摸胸膛你想一想，
有何面目来见妻房？

板腔体是简陋的。京剧唱词贵浅显。浅显本不难，难的是于浅显中见才华。李笠翁说："能于浅处见才，方是文章高手。"怎样才能做到这一点呢？希望有人能从心理学的角度，作一点探索。

层次和连贯

⊙

曾读宋人诗话，有人问作诗的章法，一位大诗人回答说："只要熟读'打起黄莺儿，莫教枝上啼，啼时惊妾梦，不得到辽西'，就明白了。"他说的是层次和连贯。这首诗看起来一气贯注，流畅自然，好像一点不费力气，完整得像一块雨花石。细看却一句是一层意思，好的唱词也应该这样。《武家坡》：

这大嫂传话太迟慢，
武家坡站得我两腿酸。
下得坡来用目看，
见一位大嫂把菜剜。

前影儿看也看不见，

后影儿好像妻宝钏。

本当上前将妻认，

错认了民妻理不端。

不要小看这样的唱词，这一段唱词是很连贯的，但又有很多层次："这大嫂传话太迟慢，武家坡站得我两腿酸"，是一个层次；"下得坡来用目看，见一位大嫂把菜剜"，是一个层次；"前影儿看也看不见，后影儿好像妻宝钏"是一个层次；"本当上前将妻认"是一个层次；"错认了民妻理不端"，又是一个层次。写唱词容易犯的毛病，一是不连贯，句与句之间缺乏逻辑关系，东一句，西一句；二是少层次，往往唱了几句，是一个意思，原地踏步，架床叠屋，情绪没有向前推进，缺乏语言的动势。后一种毛病在"样板戏"里屡见不鲜。所以如此，与"样板戏"过分强调"抒豪情"有关。过度抒情，这是出于对京剧体制的一种误解。

写一人即肖一人之口吻

这是很难的，提出这种主张的李笠翁，他本人就没有做到。性格化的语言，这在念白里比较容易做到，在唱词里，就很难了。人物性格通过语言表现，首先是他说什么，其次是怎么说。说什么，比较好办。进退维谷、优柔寡断的陈宫和穷途落魄、心境颓唐的秦琼不同，他们所唱的内容各异，但在唱词的风格上却是如出一辙，"听他言吓得我……"、"店主东带过了……"看不出有什么性格特征。能从唱词里看出人物性格的，既不只表现他说什么，还能表现他怎么说，好像只有《四进士》宋士杰所唱的：

> 你不在河南上蔡县，
> 你不在南京水西门！①
> 我三人从来不相认，
> 宋士杰与你们是哪门子亲！

这真是宋士杰的口吻！京剧唱词里能写出"宋士杰与你们是哪门子亲"，是一个奇迹。"是哪门子亲！"可以入唱，而且唱得那样悲愤怨怒，充满感情，人物性格，跃然"纸"上，太难得了！

我们在改编《沙家浜》的时候，曾给自己规定了一个奋斗目标，希望做到人物语言生活化、性格化。这个目标，只有"智斗"一场部分地实现了。"智斗"是用"唱"来组织情节的，不得不让人物唱出性格来，因此我们得捉摸人物的口吻。阿庆嫂的"垒起七星灶"有职业特点地表现出她的性格的，除了"人一走,茶就凉"这一句洞达世态的"炼话",还在最后一句"有什么周详不周详！"这一句软中硬的结束语，把刁德一的进攻性的敲打顶了回去，顶了一个脆。如果没有最后这句"给劲"的话，前面的一大篇数字游戏式的唱就全都白搭。

"宋士杰与你们是哪门子亲"，"有什么周详不周详"，都是口语。这就使我们悟出一个道理：要使唱词性格化，首先要使唱词口语化。

---

① 有的演员唱成"你本河南上蔡县，你本南京水西门"，感情就差得多了。"你不在河南上蔡县，你不在南京水西门！"下面有一句潜台词："好端端地，你们跑到我这信阳州来干什么！"

京剧唱词的语言是十分规整的，离口语较远，是一种特殊的雅言。雅言不是不能表现性格，甚至文言也是能表现性格的。"我翁即若翁。必欲烹若翁，则幸分我一杯羹。"今天看起来是文言，但是千载以下，我们还是可以从这几句话里看出刘邦的无赖嘴脸。但是如果把这几句话硬揍在三三四、二二三的框子里，就会使人物性格受到很大的损失。

从板式上来说，流水、散板的语言比较容易性格化；上板的语言性格化，难。从行当上来说，花旦、架子花的唱词较易性格化，正生、正旦、难。

如果不能在唱词里表现出人物怎么说，那只好努力通过人物说什么来刻画。

总之，我觉得戏曲作者要在生活里去学习语言，像小说家一样。何况我们比小说家还有一层难处，语言要受格律的制约，单从作品学习语言是不够的。

时代色彩和地方色彩

◉

按说，写一个时代题材的戏曲，应该用那一时代的语言，但这是办不到的。元明以后好一些，有大量的戏曲作品，拟话本、民歌小曲，给我们提供了大量的语言资料，晚明小品也提供了接近口语的语言。宋代有话本，有柳耆卿那样的词，有《朱子语类》那样基本上是口语的语录，宋人的笔记也常记口语。唐代就有点麻烦。中国的言文分家，不知起于何代，但到唐朝，就很厉害了，唐人小说所用语言显然和口语距离很大。所幸还有敦煌变文，《云谣集杂曲子》和"柳枝"、"竹枝"这样的拟民歌,可以窥见唐代口语的仿佛。南北朝有《敕勒歌》、《子夜歌》。《世说新语》是魏晋语言的宝库。汉代的口语究竟是什么样子的?《史记》语言浅近,但我们从"伙颐,涉之为王沉沉者!"知道司马迁所用的还不是口语。乐府诗则和今人极相近,《上邪》、《枯鱼过河泣》、《孤儿行》、《病妇行》,好像是昨天才写出来的。秦以前的口语就比较渺茫了……无论如何,我们不能对一时代的语言熟悉得能和当时的人交谈!

即使对历代的语言相当精通,也不能用这种语言写作,因为今天的人不懂。

但是写一个时代的戏曲,能够多读一点当时的作品,在这些作品里"熏"一"熏",从中吸取一点语言,哪怕是点缀点缀,也可以使一出戏多少有点时代的色彩,有点历史感。有人写汉代题材,案头堆满《乐府诗集》,早晚阅读,我以为这精神是可取的。我希望有人能重写京剧《孔雀东南飞》,大量地用五字句,而且剧中反复出现"孔雀东南飞,五里一徘徊"。

写历史题材不发生地方色彩的问题。我写《擂鼓战金山》让韩世忠在念白里偶尔用一点陕北话,比如他生气时把梁红玉叫作"婆姨"(这在曲艺里有个术语叫"改口"),大家都认为绝对不行。如果在他的唱词里用一点陕北话,就更不行了。不过写现代题材,有时得注意这个问题。一个戏曲作者,最好能像浪子燕青一样,"能打各省乡谈"。至少对方言有兴趣,能欣赏各地方言的美。戏曲作者应该对语言有特殊的敏感,至少对民歌有一定的了解。有人写宁夏题材的京剧,大量阅读了"花儿",想把"花儿"引种到京剧里来，我觉得这功夫不会是白费的。

写少数民族题材，更得熟悉这个民族的民歌。我曾经写过内蒙和西藏题材的戏（都没有成功），成天读蒙古和藏族的民歌。不这样，我就觉得无从下笔。

我觉得一个戏曲工作者应该多读各代的、各地的、各族的民歌，即使不写那个时代、那个地区、那个民族的题材，也是会有用的。"冬雷震震夏雨雪，天地合，乃敢与君绝"，这样的感情是写任何时代的爱情题材里都可以出现的。"大雁飞在天上，影子落在地下"，稍为变一变，也可以写在汉族题材的戏里。"你要抽烟这不是个火吗？你要想我这不是个我吧？""面对面坐下还想你呀么亲亲！"不是写内蒙河套地区和山西雁北的题材才能用。要想使唱词出一点新，有民族色彩，多读民歌，是个捷径。而且，读民歌是非常愉快的艺术享受。

摘用、脱化前人诗词成句

◉

这是中国传统戏曲常用的办法。

前人诗词，拿来就用；只要贴切，以故为新；不但省事，较易出情。

《裘盛戎》剧本，写"文化大革命"的动乱，抄家打人，徐岛上唱：

家家收拾起，
户户不提防。
父子成两派，

95

夫妇不同床。
访旧半为鬼，
惊呼热中肠。
茫茫九万里。
一片红海洋。

"家家收拾起，户户不提防"是昆曲流行时期的成语；"访旧半为鬼，惊呼热中肠"是杜甫诗。徐岛是戏曲编导，他对这样的成语和诗句是十分熟悉的，所以可以脱口而出。剧中的掏粪工人老王，就不能让他唱出这样的词句。

摘用前人诗句还有个便宜处，即可以使人想起全诗，引起更多的联想，使一句唱词有更丰富的含意。《裴盛戎》剧中，在裴盛戎被剥夺演出的权利之后，他的挚友电影女导演江流劝他：

这世界不会永远这样的不公正，
上峰何苦困才人！
人民没有忘记你，
背巷荒村，更深半夜，还时常听得到裴派的唱腔，一声半声。
谁能遮得住星光云影，
谁能从日历上勾掉了谷雨、清明？
我愿天公重抖擞，
落花时节又逢君。

这最后两句，上句是龚定庵的诗，下句是杜甫诗。有一点诗词修养的读者（观众）听了上句，会想到"不拘一格降人才"；听了下句，会想到"正是江南好风景"，想到春天会来，局势终会好转。这样写，省了好多话，唱词也比较有"嚼头"。

有时不直接摘用原诗，但可看出是从哪一句诗变化出来的。《擂鼓战金山》写韩世忠在镇江江面与兀术遭遇，韩世忠唱：

> 江水滔滔向东流，
> 二分明月是扬州。
> 抽刀断得长江水，
> 容你北上到高邮。
> 抽刀断不得长江水，
> 难过瓜州古渡头。
> 江边自有青青草，
> 不妨牧马过中秋！

"抽刀"显然是从李白"抽刀断水水更流"变出来的。

脱化，有时有迹可求，有时不那么有痕迹。《沙家浜》"垒起七星灶，铜壶煮三江"，是从苏东坡《汲江煎茶》"大瓢贮月归春瓮，小杓分江入夜瓶"脱化出来的。这种修辞方法，并非自我作古。

要能做到摘用、脱化，需要平时积累，"腹笥"稍宽，否则就会"书到用时方恨少"。老舍先生枕边常置数卷诗，临睡读几首。我们应该向他学习。

草木春秋

木芙蓉

⊙

浙江永嘉多木芙蓉，市内一条街边有一棵，干粗如电线杆，高近二层楼，花多而大，他处少见。楠溪江边的村落、村外、路边的茶亭（永嘉多茶亭，供人休息、喝茶、聊天）檐下，到处可以看见芙蓉。芙蓉有一特别处，红白相间，初开白色，渐渐一边变红，终至整个儿的花都是桃红的。花期长，掩映于手掌大的浓绿的叶丛中，欣然有生意。

我曾向永嘉市领导建议，以芙蓉为永嘉市花，市领导说永嘉已有市花，是茶花。后来听说温州选定茶花为温州市花，那么永嘉恐怕得让一让。永嘉让出茶花，永嘉市花当另选，那么，芙蓉被选中，还是有可能的。

永嘉为什么种那么多木芙蓉呢？问人，说是为了打草鞋。芙蓉的树皮很柔韧结实，剥下来撕成细条，打成草鞋，穿起来很舒服，且耐走长路，不易磨通。

现在穿树皮编的草鞋的人很少了，大家都穿塑料凉鞋、旅游鞋。但是到处都还在种木芙蓉，这是一种习惯，于是芙蓉就成了永嘉城乡一景。

南瓜子豆腐和皂角仁甜菜

在云南腾冲吃了一道很特别的菜，说豆腐脑不是豆腐脑，说鸡蛋羹不是鸡蛋羹，滑、嫩、鲜，色白而微微带点浅绿，入口清香。这是豆腐吗？是的，但是用鲜南瓜子去壳磨细"点"出来的，很好吃。中国人吃菜真能别出心裁，南瓜子做成豆腐，不知是什么朝代，哪一位美食家想出来的！

席间还有一道甜菜，冰糖皂角米。皂角我的家乡颇多，一般都用来泡水，洗脸洗头，代替肥皂。皂角仁蒸熟，妇女绣花，把绒在皂仁上"光"一下，绒不散，且光滑，便于入针。从没有吃它的。到了昆明，才知道这东西可以吃。昆明过去有专卖蒸菜的饭馆，蒸鸡、蒸排骨，都放小笼里蒸，小笼垫底的是皂角仁，蒸得了晶莹透亮，嚼起来有韧劲，好吃，比用红薯、土豆衬底更有风味。但知道可以做甜菜，却是在腾冲。这东西很滑，进口略不停留，即入肠胃。我知道皂角仁的"物性"，警告大家不可多吃。一位老兄吃得口爽，弄了一饭碗，几口就喝了。未及终席，他就奔赴厕所，飞流直下起来。

皂角仁卖得很贵，比莲子、桂圆、西米都贵，只有卖干果、山珍的大食品店才有得卖，普通的副食店里是买不到的。

近几年时兴"皂角洗发膏"，皂角恢复了原来的功能，这也算是"以故为新"吧。

车前子

⊙

车前子的样子很有趣，叶贴地而长，近卵形，有长柄。在自由伸向四面的叶丛中央抽出细长的花梗，顶端有穗形花序，直立着。穗不多，少的只有一穗。画家常画之为点缀，程十发即喜画。动画片中好像少不了它，不知道为什么，这东西有一种童话情趣。

车前子可利小便，这是很多农民都知道的。

张家口的山西梆子剧团有一个唱"红"（老生）的演员，经常在几县的"堡"（张家口人称镇为"堡"）演唱，不受欢迎，农民给他起了个外号叫"车前子"。怎么给他起了这么个外号呢？因为他一出台，农民观众即纷纷起身上厕所，这位"红"利小便。

这位唱"红"的唱得起劲，观众就大声喊叫："快去，快，赶紧拿咸菜！"这又是怎么回事呢？吃白薯吃得太多了，烧心反胃，嚼一块咸菜就好了。因为这位演员的嗓音叫人听起来烧心。

农民有时是很幽默的。

搞艺术的人千万不能当"车前子"，不能叫人烧心反胃。

紫穗槐

⊙

在戴了"右派分子"的帽子以后，我曾经被发配到西山种树。在石多土少的山头用镢头刨坑，实际上是在石头上硬凿出一个一个的树坑来，再把凿碎的砂石填入，用九齿耙搂平。山上寸土寸金，树坑就山势而凿，大小形状不拘。这是个非常重的活儿，我成了"右派"后所从事的劳动，以修十三陵水库和这次西山种树的活儿最重，那真是玩了命。

一早，就上山，带两个干馒头、一块大腌萝卜，顿顿吃大腌萝卜，这不是个事儿。已经是秋天了，山上的酸枣熟了，我们摘酸枣吃。草里有蝈蝈，烧蝈蝈吃！蝈蝈得是三尾的，腹大，多子。一会儿就能捉半土筐，点一把火，把蝈蝈往火里一倒，劈劈剥剥，熟了。咬一口大腌萝卜，嚼半个烧蝈蝈，就馒头，香啊。人不管走到哪一步，总得找点乐子，想一点办法，老是愁眉苦脸的，干吗呢！

我们刨了坑，放着，当时不种，得到明年开了春，再种。据说要种的是紫穗槐。

紫穗槐我认识，枝叶近似槐树，抽条甚长，初夏开紫花，花似紫藤而颜色较紫藤深，花穗较小，瓣亦稍小。风摇紫穗，姗姗可爱。

紫穗槐的枝叶皆可为饲料，牲口爱吃，上膘。条可编筐。

刨了约二十多天树坑，我就告别西山八大处回原单位等候处理，从此再也没有上过山，不知道我们刨的那些坑里种上紫穗槐了没有。再见，紫穗槐！再见，大腌萝卜！再见，蝈蝈！

阿格头子灰背青

⊙

敕勒川，
阴山下。
天似穹庐，
笼盖四野。
天苍苍，

101

野茫茫，
风吹草低见牛羊。

北齐斛律金这首用鲜卑语唱的歌公认是北朝乐府的杰作，写草原诗的压卷之作，苍茫雄浑，前无古人，后无来者。一千多年以来，不知道有多少"南人"，都从"风吹草低见牛羊"一句诗里感受到草原景色，向往不置。

但是这句诗有夸张成分，是想象之词，真到草原去，是看不到这样的景色的。我曾四下内蒙，到过呼伦贝尔草原、达茂旗的草原、伊克昭盟的草原，还到过新疆的唐巴拉牧场，都不曾见过"风吹草低见牛羊"。张家口坝上沽源的草原的草，倒是比较高，但也藏不住牛羊。论好看，要数沽源的草原好看，草很整齐，叶细长，好像梳过一样，风吹过，起伏摇摆如碧浪。这种草是什么草？问之当地人，说是"碱草"，我怀疑这可能是"草菅人命"的"菅"。"碱草"的营养价值不是很高。

营养价值高的牧草有阿格头子、灰背青。

陪同我们的老曹唱他的爬山调：

阿格头子灰背青，
四十五天到新城。

他说灰背青叶子青绿而背面是灰色的，"阿格头子"是蒙古话。他拔起两把草叫我们看，且问一个牧民：

"这是阿格头子吗？"

"阿格！阿格！"

这两种草都不高，也就三四寸，几乎是贴地而长，叶片肥厚

102

而多汁。

"阿格头子灰背青，四十五天到新城。"老曹年轻时拉过骆驼，从呼和浩特驮货到新疆新城，一趟得走四十五天，那么来回就得三个月。在多见牛羊少见人的大草原上拉着骆驼一步一步地走，这滋味真难以想象。

老曹是个有趣的人，他的生活知识非常丰富，大青山的药材、草原上的草，他没有不认识的。他知道很多故事，很会说故事，单是狼，他就能说一整天，都是实在经验过的，并非道听途说。狼怎样逗小羊玩儿，小羊高了兴，跳起来，一过了圈羊的荆笆，狼一口就把小羊叼走了；狼会出痘，老狼把出痘子的小狼用沙埋起来，只露出几个小脑袋；有一个小号兵掏了三只小狼羔子，带着走，母狼每晚上跟着部队哭，后来怕暴露部队目标，队长说服小号兵把小狼放了……老曹好说、能吃、善饮，喜交游。他在大青山打过游击，山里的堡垒户都跟他很熟，我们的吉普车上下山，他常在路口叫司机停一下，找熟人聊两句，帮他们买拖拉机，解决孩子入学……我们后来拜访了布赫同志，提起老曹，布赫同志说："他是个红火人。""红火人"这样的说法，我在别处没有听见过，但是用之于老曹身上，很合适。

老曹后来在呼市负责林业工作，他曾到大兴安岭调查，购买树种，吃过犴鼻子（他说犴鼻子黏性极大，吃下一块，上下牙粘在一起，得使劲张嘴，才能张开。他做了一个当时使劲张嘴的样子，很滑稽）、飞龙。他负责林业时主要的业绩是在大青山山脚至市中心的大路两侧种了杨树，长得很整齐健旺。但是他最喜爱的是紫穗槐，是个紫穗槐迷，到处宣传紫穗槐的好处。

"文化大革命"，内蒙大搞"内人党"问题，手段极其野蛮残酷，是全国少有的重灾区。老曹在劫难逃，他被捆押吊打，打断了踝骨。后经打了石膏，幸未致残，但是走起路来一拐一拐的。他还是那么"红火"，健谈豪饮。

老曹从小家贫，"成分"不高。他拉过骆驼，吃过很多苦。他在大青山打过游击，无历史问题，为什么要整他，要打断他的踝骨？为什么？

阿格头子灰背青，
四十五天到新城。

花和金鱼

◉

从东珠市口经三里河、河舶厂，过马路一直往东，是一条横街。这是北京的一条老街了，也说不上有什么特点，只是有那么一种老北京的味儿，有些店铺是别的街上没有的。有一个每天卖豆汁儿的摊子，卖焦圈儿、马蹄烧饼，水疙瘩丝切得细得像头发。这一带的居民好像特别爱喝豆汁儿，每天晌午，有一个人推车来卖，车上搁一个可容一担水的木桶，木桶里有多半桶豆汁儿。也不吆喝，到时候就来了，老太太们准备好了坛坛罐罐等着。马路东有一家卖鞭梢、皮条、纲绳等等骡车马车上用的各种配件，北京现在大车少了，来买的多是河北人。看了店堂里挂着的老长的白色的皮条、两股坚挺的竹子拧成的鞭梢，叫人有点说不出来的感动。有一家铺子在一个高台阶上，门外有一块小匾，写着"惜阴斋"。这是卖

104

什么的呢？我特意上了台阶走进去看了看：是专卖老式木壳自鸣钟、怀表的，兼营擦洗钟表油泥、修配发条、油丝。"惜阴"用之于钟表店，挺有意思，不知是哪位一方名士给写的匾。有一个茶叶店，也有一块匾"今雨茶庄"（好几个人问过我这是什么意思）。其实这是一家夫妻店，什么"茶庄"！

两口子，有五十好几了，经营了这么个"茶庄"。他们每天的生活极其清简，大妈早起搋炉子、生火、坐水、出去买菜；老爷子扫地，擦拭柜台，端正盆花金鱼。老两口都爱养花、养鱼。鱼是龙睛，两条大红的，两条蓝的（他们不爱什么红帽子、绒球……）。鱼缸不大，漂着筀草。花四季更换：夏天，茉莉、珠兰（熟人来买茶叶，掌柜的会摘几朵鲜茉莉花或一小串珠兰和茶叶包在一起）；秋天，九花（老北京人管菊花叫"九花"）；冬天，水仙、天竺果。我买茶叶都到"今雨茶庄"买，近。我住河舶厂，出胡同口就是。我每次买茶叶，总爱跟掌柜的聊聊，看看他的花。花并不名贵，但养得很有精神。他说："我不瞧戏，不看电影，就是这点爱好。"

我打成了"右派"，就离开了河舶厂。过了十几年，偶尔到三里河去，想看"今雨茶庄"还在不在，没找到。问问老住户，说："早没有了！"——"茶叶店掌柜的呢？"——"死了！叫红卫兵打死了！"——"干吗打他？"——"说他是小业主，养花养鱼是'四旧'。老伴没几天也死了，吓死的！——这他妈的'文化大革命'！这叫什么事儿！"

一九九六年十月二十八日

载一九九七年《收获》第一期

背东西的兽物

毛姆描写过中国山地背运货物的夫子，从前读过，印象极为深刻，不过他称那种人为"负之兽"，觉得不免夸饰，近于舞文弄墨，而且取义殊为卑浅，令人稍稍有点反感。及至后来到了内地，在云南看到那边的脚夫，虽不能确定毛姆所见是这一种人，但这种人若加之以毛姆那个称呼是极贴当而直朴的，我那点反感没有了，而且隐然对他有了一种谢意。

人生活动行进之中如果骤然煞住，问一问我在这里到底是在干点什么呢？大概不会有肯定答案的，都如毛姆所引《庄子》的那一段话中说的那样，疲疲役役，过了一生。但这一种人是问也用不着问（别人不大会代他们问，他们自己当然不可能发问），看一看就知道真是什么"意义"都没有，除了背东西就没有生活了。用得着一个套语：从今天背到明天，从今年背到明年。但毛姆说他们是兽物还不能是象征说法，是极其写实的，他们不但没有"人"的意义，而且也没有人形。

在我们学校旁边那条西风古道上时常可以看到他们，大都是一队一队的，少者三个五个，多的十个八个，沉默着，埋着头，一步一步走来。照例凡是使用气力做活的人多半要发出声音，或唱歌，或是"打号子"，用以排遣单调，鼓舞精力，而这些人是一声也不出的，他们的嘴闭得很紧。说是"埋头"，每令人想到"苦干"，他们的埋头可不是表示发愤为雄，是他们的工作叫他们不得不埋头。他们背东西都使用一个底锐、口广、深身、略呈斗斛状的竹篮，这东西或称为背篓。但有一种细竹所编，有两耳可拷套于肩臂，而且有个盖子，做得相当细致的竹篮，像昆明收旧货女人所用的那一种，也称为背篓。而他们用的背篓是极其粗率的简陋的，背篓上高高装了货物。货物的范围很窄，虽然有时也背盐巴、松板、石块、米粮等物，大多是两样东西，柴和炭。柴，有的粗块，有的是寸径树条，也有连枝带叶的小棒子。有专背松毛的，马尾松针晒干，用以引火助燃，此地人谓之松毛，但那多是女人，且多不用背篓，捆扎成一大包而背着。炭都是横着一根一根的叠起来，柴炭都叠得很高，防它倒散，多用绳索络住。背篓上有一根棕丝所织扁带子，背即背的这一根带子。严格说不应当说是背，应当说是"顶"，他们用脑门子顶着那一根带子。这样他们不得不硬着头皮，不得不埋着头了。头稍平置，篓子即会滑脱的。柴炭从山中来，山路不便挑扛，所以才用这种特殊方法负运。他们上山下山，全身都用气力，而颈部用力尤多，所以都有极其粗壮，粗壮到变形的脖子。这样粗壮的脖子前面又多半挂了个瘿袋，累累然有如一个肉桂色的柚子。在颈上都套有一个木板，形式如半个刑枷，毛姆似乎称之为"轭"的，这也并非故意存有暗示，真的跟耕田引车的牛头上那一个东西全无二致，而且一定是可以通互应用的。在手里，他们都提着一根杖。这根杖不知道叫什么名堂，齐腰那么高，顶头有个月牙形的板，平着连着那根杖。这根杖用处很大，

107

爬坡上坡时，路稍陡直，用以撑杖，下雨泥滑，可防蹶倒，打站歇力时尤其用得着它，如同常说，是第三条腿。他们在路上休息时并不把背篓取下，取下时容易，再上肩费事，为养歇气力而花更大的气力，犯不着。只用那一根杖舒到后面，根着地，背篓放在月牙形手板上，自己稍为把腰伸起，两腿分开，微借着一点力而靠那么一会儿就成了。休息时要小便，也就是这么直着腰。他们一路走走歇歇，到了这儿，并没有一点载欣载奔的喜意，虽然前面马上就要到了。进了前面那个小小牌楼，就是西门，西门里就是省城了，省城是烧去他们背上柴炭的地方，可是看不出他们对于这个日渐新兴起来的古城有什么感情。小牌楼外有一片长长的空地，长了一点草，倒了一点垃圾，有人和狗拉的屎，他们在那里要休息相当时候。午前午后往来，都可以看得见许多这种人长长的一溜坐着，这时，他们大都把背上载的重物卸放在墙根了，要吃饭，总不能吃饭时也顶着。

柴不知怎么卖，有没有人在路上喊住他们论价买去呢？炭则大都是交到行庄，由炭商接下来，剔选一道，整理整理，用装了石粉的布包在上面拍得一层白，漂漂亮亮的，再成斤作担卖与人家。老板卖出去的价钱跟向他们买的价钱相差多少，他们永远也无法晓得，至于这些炭怎么烧去，则更不在他们想象之内了。

他们有的裸头，有的戴了一顶粗毡碗形帽子，这顶帽子吃了许多油汗，而且一定时常在吃进油汗时叫他们头皮作痒。身上衣服有的是布的，但不管是什么布衣，绝对没有在他们身上新过，都是买现成的旧衣，重重补缀上身。城里有许多"收旧衣烂衫"的男人女人，收了去在市集上卖，主顾里包括有这种人，虽然他们不是重要的、理想的，尤其是顶不爽气的，只不过是最可欺骗的主顾。他们是一定买最破最烂的，而且衣服形形色色都有，他们把衣服都简化了，在你是绝对不相同的，在他们是一样的。更多的是穿麻布衣服，这种麻不知是不是他们自己织的，保留最古粗的样子，印在陶器上的布纹比这还要细密些。每一经纬都有铺子扎东西的索子那么粗，只是单薄一点。自然是原色，麻白色。昆明气候好，冬天也少霜雪，但天方发白的山路上总是恻恻的有风的，而有些背柴炭人还是穿一层单麻布衣服。这身衣服像一个壳子似的套在身上，仿佛跟他们的身体分不开，而又显然不是身体的一部分，跟身体离得很远，没有一处贴合，那种淡淡的白色使他们格外具有特性了。身体上不是顶要紧的地方祖露一块，在他们不算是大事情。衣服，根本在他们就不算大事，他们的大事是吃一点东西到肚里。

他们每人都把吃的带着，结挂在腰裤间，到了，一起就取出来吃。一个一个的布口袋，口袋做成筒状，里头是一口袋红米干饭。不用碗，不用筷子，也不用手抓，以口就饭而唼喋。随吃，随把口袋向外翻卷一点，饭吃完，口袋也整整翻了个个儿，抖一抖，接住几个米粒，仍旧还系于腰裤间。有的没有，有的有点菜，那是辣子面、盐，辣子面和盐，辣子面和盐和一点豆豉末，咽两口饭，以舌尖粘掠一点。看一个庄家，一个工人，一个小贩，一个劳力人，吃饭是很痛快过瘾的事，他们吃得那么香甜，那么活泼，那么酣舞，那么恣放淋漓，那么快乐，你感觉吃无论如何是人生的一点不可磨灭的真谛，而看这种人吃饭，你不会动一点食欲。他们并不厌恨食物的粗粝，可是冷淡到十分，毫不动情地，慢慢慢慢地咀嚼，就像一头牛在反刍似的！也像牛似的，他们吃得很专心。伴以一种深厚的，然而简单的思索，不断地思索着：这是饭，这是饭，这是饭……仿佛不这么想着，他们的牙齿就要不会磨动似的——很奇怪，我想不出他们是用什么姿态喝水的，他们喝水的次数一定很少，否则不可能我没有印象。走这么长的路而能干干地吃那么些饭，真是不可了解的事。他们生在山里，或者山里人少有喝水的习惯？……我想起一个题目：水与文化。

老觉得这种人如何饮之以酒，不加限节，必至泥胡醉死。醉了，他们是什么样子呢？他们是无内外表里，无层次，无后先，无中偏，无大小；是整个的：一个整个的醉是什么样子呢？他们会拥抱，会砍杀，会哭会笑？还是一声不响地各自颓倒，失去知觉存在？

他们当然是有思索的，而且很深很厚，不过思索很少，简单，没有多少题目，所以总是那么很专心似的，很难在他们的眼睛里找出什么东西，因为我们能够追迹的，不是情意本体，而是情意的流变，在由此状况发展引渡成另一状况，在起讫之间，人才泄露他的心。而他们几乎是永恒的，不动的，既非明，也非暗，不是明暗之间酝酿绸缪的暧昧，是一种超乎明暗的混沌，一种没有界限的封闭。他们一个一个地坐在那里，绝对的沉默，不是有话不说，而是根本没有话，各自拢有了自己，像石块拢有了石头。你无法走进他们里面去，因为他们不看你一眼，他们没有把你收到他们的视野中去。

纪德发现刚果有一种土人，他们的语言里没有相当于"为什么"的字……

在一个小茶馆外头，我第一次听到这种人说话，而且是在算

110

账！从他们那个还是极少表情的眼睛里，可以知道一个数字要在他的心里写完了，就像用一根钝钉子在一片又光又硬的石板上刻字一样的难。我永远记得那个数目"二百二十二"，一则这个数字太巧，而且富民话（我听出他们的话带有富民口音）"二"字念起来很特别；再也是他一次又一次地重复，好像一个孩子努力地想把一个跌碎了的碗拼合起来似的，"二百——二十——二，二百——二十——二……"

有一次警报，解除警报发了，接着又发了紧急警报，我们才进城门又立刻退回去，而小牌楼外面那些负运柴炭的人还不动。日本飞机来过炸过了，那片地上落了一个炸弹，有人告诉我，炸死了两个人。我忽然心里一动，很严肃地想，"炸死了两个人"，我端端正正一撇一捺在心里写了那一个"人"字。我高兴我当时没有嘲弄我自己，没有蔑笑我的那点似乎是有心鼓励出来的戏剧的激情。

载一九四八年二月一日《大公报》

泰山片石

序

◉

我从泰山归，
携归一片云，
开匣忽相视，
化作雨霖霖。

泰山很大

◉

泰即太，太的本字是大，段玉裁以为太是后起的俗字，本字下面的一点是后人加上去的。金文、甲骨文的大字下面如果加上一点，也不成个样子，很容易让人误解，以为是表示人体上的某个器官。

因此描写泰山是很困难的，它太大了，写起来没有抓挠。三千年来，写泰山的诗里最好的，我以为是《诗经》的《鲁颂》："泰山岩岩，鲁邦所詹。""岩岩"究竟是一种什么感觉，很难捉

112

摸，但是登上泰山，似乎可以体会到泰山是有那么一股劲儿。詹即瞻，说是在鲁国，不论在哪里，抬起头来就能看到泰山。这是写实，然而写出了一个大境界。汉武帝登泰山封禅，对泰山简直不知道怎么说才好，只好发出一连串的感叹："高矣！极矣！大矣！特矣！壮矣！赫矣！骇矣！感矣！"完全没说出个所以然来。这倒也是一种办法，人到了超经验的景色之前，往往找不到合适的语言，就只好狗一样地乱叫。杜甫诗《望岳》，自是绝唱，"岱宗夫如何？齐鲁青未了。"一句话就把泰山概括了。杜甫真是一个深受儒家思想影响的伟大的现实主义者，这一句诗表现了他对祖国山河的无比的忠悃。相比之下，李白的"天门一长啸，万里清风来"，就有点洒狗血。李白写了很多好诗，很有气势，但有时底气不足，便只好洒狗血，装疯。他写泰山的几首诗都让人有底气不足之感。杜甫的诗当然受了《鲁颂》的影响，"齐鲁青未了"，当自"鲁邦所詹"出。张岱说："泰山元气浑厚，绝不以玲珑小巧示人。"这话是说得对的。大概写泰山，只能从宏观处着笔。郦道元写三峡可以取法，柳宗元的《永州八记》刻琢精深，以其法写泰山即不大适用。

　　写风景，是和个人气质有关的。徐志摩写泰山日出，用了那么多华丽鲜明的颜色，真是"浓得化不开"。但我有点怀疑，这是写泰山日出，还是写徐志摩自己？我想周作人就不会这样写，周作人大概根本不会去写日出。

　　我是写不了泰山的，因为泰山太大，我对泰山不能认同，我对一切伟大的东西总有点格格不入。我十年间两登泰山，可谓了不相干，泰山既不能进入我的内部，我也不能外化为泰山。山自山，我自我，不能达到物我同一，山即是我，我即是山。泰山是强者之山，我自以为这个提法很合适，我不是强者，不论是登山还是处世。我是生长在水边的人，一个平常的、平和的人。我已经过了七十岁，对于高山，只好仰止。我是个安于竹篱茅舍、小桥流水的人，以惯写小桥流水之笔而写高大雄奇之山，殆矣！人贵有自知之明，不要"小鸡吃绿豆——强努"。

　　同样，我对一切伟大的人物也只能以常人视之。泰山的出名，一半由于封禅。封禅史上最突出的两个人物是秦皇、汉武。唐玄宗作《纪泰山铭》，文词华缛而空洞无物。宋真宗更是个沐猴而冠的小丑。对于秦始皇，我对他统一中国的丰功，不大感兴趣。他是不是"千古一帝"，与我无关，我只从人的角度来看他，对他的"蜂目豺声"印象很深。我认为汉武帝是个极不正常的人，是个妄想型精神病患者，一个变态心理的难得的标本。这两位大人物的封禅，可以说是他们的人格的夸大。看起来这两位伟大人物的封禅的实际效果都不怎么样，秦始皇上山，上了一半，遇到暴风雨，吓得退下来了。按照秦始皇的性格，暴风雨算什么呢？他横下心来，是可以不顾一切地上到山顶的。然而他害怕了，退下来了。于此可以看出，伟大人物也有虚弱的一面。汉武帝要封禅，召集群臣讨论封禅的制度，因无旧典可循，大家七嘴八舌瞎说一气。汉武帝恼了，自己规定了照祭东皇太乙的仪式，上山了。却谁也不让同去，只带了霍去病的儿子一个人。霍去病的儿子不久即得暴病而死，他的死因很可疑，于是汉武帝究竟在山顶上鼓捣了什么名堂，谁也不知道。封禅是大典，为什么要这样保密？看来汉武帝心里也有鬼，很怕他的那一套名堂不灵验，为人所讥。

114

但是，又一次登了泰山，看了秦刻石和无字碑（无字碑是一个了不起的杰作），在乱云密雾中坐下来，冷静地想想，我的心态比较透亮了。我承认泰山很雄伟，尽管我和它不能水乳交融，打成一片；承认伟大的人物确实是伟大的，尽管他们所做的许多事不近人情。他们是人里头的强者，这是毫无办法的事。在山上呆了七天，我对名山大川、伟大人物的偏激情绪有所平息。

同时我也更清楚地认识到我的微小，我的平常，更进一步安于微小，安于平常。

这是我在泰山受到的一次教育。

从某个意义上说，泰山是一面镜子，照出每个人的价值。

碧霞元君

⊙

泰山牵动人的感情，是因为它关系到人的生死。人死后，魂魄都要到蒿里集中。汉代挽歌有《薤露》、《蒿里》二曲。或谓本是一曲，李延年裁之为二，《薤露》送王公贵人，《蒿里》送大夫士庶。我看二曲词义，各成首尾，似本即二曲。《蒿里》词云：

蒿里谁家地？
聚敛魂魄无贤愚。
鬼伯亦何相催迫，
人命不得少踟蹰。

写得不如《薤露》感人，但如同说话，亦自悲切。十年前到泰山，就想到蒿里去看看，因为路不顺，未果。蒿里山才多大的地方，天下的鬼魂都聚在那里，怎么装得下呢？也许鬼有形无质，挤一点不要紧，后来不知怎么又出来个酆都城。这就麻烦了，鬼们将无所适从，是上山东呢，还是到四川？我看，随便吧。

泰山神是管死的。这位神不知是什么来头，或说他是金氏，或说是《封神榜》上的黄飞虎。道教的神多是随意瞎编出来的，编的时候也不查查档案，于是弄得乱七八糟。历代帝王对泰山神屡次加封，老百姓则称之为东岳大帝。全国各地几乎都有一座东岳庙，亦称泰山庙。我们县的泰山庙离我家很近，我对这位大帝是很熟悉的（一张油白发亮的长圆脸，疏眉细眼，五绺胡须）。我小小年纪便知道大帝是黄飞虎，并且小小年纪就觉得这很滑稽。

中国人死了，变成鬼，要经过层层转关系，手续相当麻烦。先由本宅灶君报给土地，土地给一纸"回文"，再到城隍那里"挂号"，最后转到东岳大帝那里听候发落。好人，登银桥。道教好人上天，要经过一道桥（我想象倒是颇美的），这桥就叫"升仙桥"。我是亲眼看见过的，是纸扎的，道士诵经后，桥即烧去。这个死掉的人升天是不是经过东岳大帝批准了，不知道；不过死者的家属要给道士一笔劳务费，我是知道的。坏人，下地狱。地狱设各种酷刑：上刀山、下油锅、锯人、磨人……这些都塑在东岳庙的两廊，叫作"七十二司"。听说泰山蒿里祠也有"司"，但不是七十二，而是七十五，是个单数，不知是何道理。据我的印象，人死了，登桥升天的很少，大部分都在地狱里受罪。人都不愿死，尤其不愿在七十二司里受酷刑——七十二司是很恐怖的，我小时即不敢多看，因此，大家对东岳大帝都没什么好感。香，还是要烧的，因为怕他。而泰山香火最盛处，为碧霞元君祠。

碧霞元君，或说是泰山神的侍女、女儿，或说是玉皇大帝的女儿，又说是玉皇大帝的妹妹。道教诸神的谱系很乱，差一辈不算什么。又一说是东汉人石守道之女，这个说法不可取，这把元君的血统降低了，从贵族降成了平民。封之为"天仙玉女碧霞元君"的，是宋真宗。老百姓则称之为泰山娘娘，或泰山老奶奶。碧霞元君实际上取代了东岳大帝，成为泰山的主神。"礼岱者皆祷于泰山娘娘祠庙，而弗旅岳神久矣。"（福格：《听雨丛谈》）泰安百姓"终日仰对泰山，而不知有泰山，名之曰奶奶山"（王照：《行脚山东记》）。

泰山神是女神，为什么？这很容易让人联想原始社会母性崇拜的远古隐秘心理的回归，想到母系社会，这不是没有道理的。我们不管活得多大，在深层心理中都封藏着不止一代人对母亲的记忆。母亲，意味着生。假如说东岳大帝是司死之神，那么，碧霞元君就是司生之神，是滋生繁衍之神。或者直截了当地说，是母亲神。人的一生，在残酷的现实生活之中，艰难辛苦，受尽委屈，特别需要得到母亲的抚慰。明万历八年（1580），山东巡抚何起鸣登泰山，看到"四方以进香来谒元君者，辄号泣如赤子久离父母膝下者"。这里的"父"字可删。这种现象使这位巡抚大为震惊，"看出了群众这种感情背后隐藏着对冷酷现实强烈否定"（车锡伦：《泰山女神的神话、信仰与宗教》）。这位何巡抚是个有头脑、能看问题的人，对于封建统治者来说，这种如醉如痴的半疯狂的感情，是一种可怕的力量。

碧霞元君当然被蒙上世俗宗教的唯利色彩，如各种人来许愿、求子。

车锡伦同志在他的《泰山女神的神话、信仰与宗教》的最后提出一个很有意思的问题，即对碧霞元君"净化"的问题。怎样"净化"？我们不能把碧霞元君祠翻造成巴黎圣母院那样的建筑，也不能请巴赫那样的作曲家来写像《圣母颂》一样的《碧霞元君颂》。但是好像也不是一点办法都没有，比如能不能组织一个道教音乐乐队，演奏优美的道教乐曲，调集一些有文化的炼师诵唱道经，使碧霞元君在意象上升华起来，更诗意化起来？

任何名山都应该提高自己的文化层次，都有责任提高全民的文化素质。我希望主管全国旅游的当局，能思索一下这个问题。

泰山石刻

⊙

第一次看见经石峪字，是在昆明一个旧家，一副四言的集字对联，厚纸浓墨，是较早的拓本。百年老屋，光线晦暗，而字字神气俱足，不能忘。

经石峪在泰山中路的岔道上。这地方的地形很奇怪，在崇山峻岭之中，怎么会出现一片一亩大的基本平整的石坪呢？泰山石为花岗岩，多为青色，而这片石坪的颜色是姜黄的，四周都没有这样的石头，很奇怪。是一个什么人发现了这片石坪，并且想起在石坪上刻下一部《金刚经》呢？经字大径一尺半。摩崖大字，一般都是刻在直立的石崖上，这是刻在平铺的石坪上的，很少见。这样的字体，他处也极少见。

经石峪的时代，众说纷纭，说这是从隶书过渡到楷书之间的字体，则多数人都无异议。

有人以为经石峪与瘗鹤铭的时代差不多，是有见地的。经石峪保存较多隶书笔意，但无蚕头雁尾，笔圆而体稍扁，可以上接石门铭，但不似石门铭的放肆。有人说经石峪和瘗鹤铭都是王羲之写的，似无据，王羲之书多以偏侧取势，经石峪不也。瘗鹤铭结体稍长，用笔瘦劲，秀气扑人，说这近似二王书，还有几分道理（我以为应早于王羲之）。书法自晋唐以后，都贵瘦硬，杜甫诗"书贵瘦硬方通神"，是一时风气。经石峪字颇肥重，但是骨在肉中，肥而不痴，笔笔送到，而不板滞。假如用一个字评经石峪字，曰："稳。"这是一个心平而志坚的学佛的人所写的字。这不是废话么，《金刚经》还能是不学佛的人写的？不，经字有佛性。

这样的字和泰山才相称，刻在他处，无此效果。十年前，我在经石峪呆了好大一会儿，觉得两天的疲劳，看了经石峪，也就值了。经石峪是泰山不可分离的一部分，泰山即使没有别的东西，没有碧霞元君祠，没有南天门，只有一个经石峪，也还是值得来看看的。

我很希望有人能拓印一份经石峪字的全文（得用好多张纸拼起来），在北京陈列起来，即便专为它盖一个大房子，也不为过。

名山之中，石刻最多也最好的，似为泰山。大观峰真是大观，那么多块摩崖大字，大都写得很好，这好像是摩崖大字大赛，哪一块都不寒碜。这块地场（这是山东话）也选得好，石岩壁立，上无遮盖，而石壁前有一片空地，看字的人可以在一个距离之外看，收其全貌，不必像壁虎似的趴在石壁上。其他各处的摩崖石碑的字也都写得不错，摩崖字多是真书，体兼颜柳，是得这样，才压得住（蔡襄平日写行草，鼓山的大字题名却是真书。董其昌字甚飘逸，但写大字则用颜体）。看大字碑刻题名，很多都是山东巡抚，

119

大概到山东来当巡抚，先得练好大字。

有些摩崖石刻，是当代人手笔，较之前人，不逮也。有的字甚至明显地看得出是用铅笔或圆珠笔写在纸上放大的，是乌可哉！

很奇怪，泰山上竟没有一块韩复榘写的碑。这位老兄在山东呆了那么久，为什么不想到泰山来留下一点字迹？看来他有点自知之明。

韩复榘在他的任内曾大修过泰山一次，竣工后，电令泰山各处："嗣后除奉令准刊外，无论何人不准题字、题诗。"我准备投他一票，随便刻字，实在是糟蹋了泰山。

担山人

◉

我在泰山遇了一点险，在由天街到神憩宾馆的石级上，叫一个担山人的扁担的铁尖在右眼角划了一下，当时出了血。这位担山人从我的后边走上来，在我身边换肩。担山人说："你注意一点。"话倒是挺和气，不过有点岂有此理，他在我后面，倒是我不注意！我看他担着重担，没有说什么（我能说什么呢？揪住他不放？这种事我还做不出来）。这个担山人年纪比较轻，担山、做人，都还少点经验。他担了四块正方形的水泥砖，一头两块。（为什么不把原材料运到山上，在山上做砖，要这样一趟一趟担？）我看了别的担山人，担什么的都有。有担啤酒的，不用筐箱，啤酒瓶直立着，缚紧了，两层，一担也就是担个五六十瓶吧。我们在山上喝啤酒，有时开了一瓶，没喝完，就扔下了，往后可不能这样，这瓶酒来之不易。

泰山担山人有个特别处，担物不用绳系，直接结缚在扁担两头。这样重心就很高，有什么好处？大概因为用绳系，爬山级时易于碰腿。听泰山管理处的路宗元同志说，担山人一般能担一百四五十斤，多的能担一百八。他们走得不快，一步一步，脚脚落在实处，很稳，呼吸调得很匀，不出粗气。冯玉祥诗《上山的挑夫》说担山人"腿酸气喘，汗如雨滴"，要是这样，那算什么担山的呢？

泰山担山人的扁担较他处为长，当中宽厚，两头稍翘，一头有铁尖（这种带有铁尖的扁担湖南也有，谓之钎担）。扁担作紫黑色，不知是什么木料，看起来很结实，又有绵性，既能承重，也不压肩。

我的那点轻伤不算什么。到了宾馆，血就止了。大夫用酒精擦了擦，晚上来看看，说："没有感染。"（我还真有点怕万一感染了破伤风什么的）又说："你扎的那个地方可不好！如果再往下一点，扎得深一点……那就麻烦了！"

扇子崖下

⊙

泰山散文笔会的作家去登扇子崖，我和斤澜没有上去。叶梦为了陪我们，上了一截又下来了。路宗元同志叫我们在下面随便走走，等登山的人下来。

这也是一个景区，竹林寺风景管理区，但竹林寺只存其名，寺已不存在。这里属泰山西路，不是登山的正路，游人很少。除了特意来登扇子崖的，几乎没有人来。这不大像风景区，倒像山里的一个村子，稍远处有农家，地里种着地瓜（即白薯）。一个树林里有近百只羊，一色是黑山羊。泰山的山羊和别处不大一样，毛色浓黑，眼圈和嘴头是棕黄色的——别处的黑山羊眼、嘴都是浅灰色。这些羊分散在石块上，或立或卧，都一动不动，只有嘴不停地磨着，在倒嚼。这些羊的样子很"古"。有一个小庙，叫无极庙，庙外有老妇人卖汽水。无极庙极小，正殿上塑着无极娘娘，两旁配殿一边塑送生娘娘，一边塑眼光娘娘，比碧霞元君祠简陋。中国人不知道为什么对眼光娘娘那样重视，很多庙里都有，是中国害眼的特多？无极庙小，没人来，亦无主持僧道，庭中有树两株，石凳一，很安静，在石凳上坐坐，舒服得很。出门时问卖汽水的老妇人："有人买汽水么？"答曰："有！"

出无极庙，沿山路徐行，路也有点起伏，石级崎岖处得由叶梦扶我一把，但基本上是平缓的。半山有石亭，在亭外坐下，眺望近处的长寿桥、远处的黑龙潭，如王旭《西溪》诗所说"一川烟景合，三面画屏开"，很美。许安仁《游泰山竹林》诗云"客来总说游山好，不道山僧却厌山"，在游山诗中别开生面。我在泰山，虽不到"厌山"的程度，但连日上上下下，不免疲乏，能于雄、伟、奇、险之外得一幽境（王旭《游竹林寺》"竹林开幽境"）偷闲半日，也是很好的休息。

薄暮，登山诸公下来，全都累得够呛，我与斤澜皆深以不登扇子崖为得计。

临走时，卖汽水的老妇人已经走了，无极庙的门开着。

回来翻翻资料，无极庙的来历原来是这样：一九二五年张宗昌督鲁时，兖州镇守使张培荣封自己的夫人为"无极真人"，并在竹林寺旧址建无极庙。不禁失笑，一个镇守使竟然"封"自己的老婆为"真人"，亦是怪事。这种事大概只有张宗昌的部下才干得出来。

中溪宾馆

◉

中溪宾馆在中天门，一径通幽，两层楼客房，安安静静。楼外有个长长的庭院，种着小灌木，有豆板黄杨、小叶冬青、日本枫。庭院西端有一石造方亭，突出于山岩之外，下临虚谷，不安四壁，亭中有桌凳。坐在亭子里，觉山色皆来相就，用四川话说，真是"安逸"。

伙食很好，餐餐有野菜吃。十年前我到泰山，就吃过野菜，但不如这次多。泰山可吃的野菜有一百多种，主要的有三十一种。野菜不外是两种吃法，一是开水焯后凉拌，一是裹了蛋清面糊油炸。我们这次吃过的野菜有这些：

灰菜（亦名雪里青，略焯，凉拌。亦可炒食，或裹面蒸食）

野苋菜（凉拌或炒）

马齿苋（凉拌或炒）

蕨菜（即藜，焯后凉拌）

黄花菜（泰山顶上的黄花菜淡黄色，与他处金黄者不同。瓣亦较厚而嫩，甚香。凉拌或炒，亦可做汤）

藿香（即做藿香正气丸的藿香。山东人读"藿"音如"河"，初不知"河香"为何物，上桌后方知是一味中药。藿香叶裹面油炸）

薄荷（野生者。油炸，入口不凉，细嚼后有薄荷香味）

紫苏（本地叫苏叶，与南京女作家苏叶名字相同，但南京的苏叶不能裹面油炸了吃耳）

椿叶（香椿已经无嫩芽，但其叶仍可炸食）

木槿花（整朵油炸，炸出后花形不变，一朵一朵开在瓷盘里。吃起来只是酥脆，亦无特殊味道，好玩而已）

宾馆经理朱正伦把野菜移栽在食堂外面的空地上，要吃，由炊事员现采，故皆极新鲜。朱经理说港台客人对中溪宾馆的野菜宴非常感兴趣。那是，香港咋能吃到野菜呢！

宾馆的服务员都是小姑娘，对人很亲切，没有星级宾馆的服务员那样过多的职业性的礼貌。她们对"散文笔会"的十八位作家的底细大体都摸清了。一个叫米峰的姑娘戴一副眼镜，我戏称她为学者型的服务员。她拿了一本《蒲桥集》来让我签名，说是今年一月在泰安买的，说她最喜欢《昆明的雨》那几篇，说没想到我会来，看到了我，真高兴。我在扉页上签了名，并写了几句话。

山中七日，除了在山顶的神憩宾馆住过一晚上外，六天都住在中溪宾馆，早晨出发，薄暮归来。人真是怪，宾馆，宾馆耳，但踏进大门，即觉得是回家了。

我问朱正伦同志，这地方为什么叫中溪，他指指对面的山头，说山上有一条溪水，是泰山的主溪，因为在泰山之中，故名中溪。听人说，泰山山有多高，水就有多高，信然。

写了两个晚上的字，为中溪宾馆写了一幅四尺横幅："溪流崇岭上，人在乱云中。"

临走，宾馆人员全体出动，一直把我们送下山坡上汽车。桑下三宿，未免有情，再来泰山，我还住中溪。

泰山云雾

◉

宿中溪宾馆第二天，我起得很早，推开客房楼门，到院里一看，大雾。雾在峰谷间缓缓移动，忽浓忽淡；远近诸山皆作浅黛，忽隐忽现。早饭后，雾渐散，群山皆如新沐。

登玉皇顶，下来，到探海石旁，不由常路，转到后山。后山小路狭窄，未经斫治，有些地方仅能容足，颇险。我四月间在云南曾崴过一次脚，因有旧伤，所以格外小心。但是后山很值得一看，山皆壁立，直上直下，岩块皆数丈，笔致粗豪，如大斧劈。忽然起了大雾，回头看玉皇顶，完全没有了，只闻鸟啼。从鸟声中知道所从来的山岭松林的方位，知道就在不远处，然而极目所见，但浓雾而已。

宿神憩宾馆，晚上，和张抗抗出宾馆大门看看，只见白茫茫一片，不辨为云为雾。想到天街走走，服务员劝我们不要去，危险，只好伏在石栏上看看。云雾那样浓，似乎扔一个鸡蛋下去也不会沉底，老是白茫茫一片，看到什么时候？回去吧。抗抗说她小时候看见云流进屋里，觉得非常神奇。不想我们回去，拉开了玻璃大门，云雾抢在我们前面先进来了，一点不客气，好像谁请了它似的。

离开泰山的那天夜晚，雾特大，开了车灯，能见度只有二尺。司机在泰山开了十年车，是老泰山了，他说外地司机，这天气不敢开车。我们就这样云里雾里，糊里糊涂地离开泰山了。

在车里，我想：泰山那么多的云雾，为什么不种茶？史载：中国的饮茶，始于泰山的灵岩寺。那么，泰山原来是有茶树的。泰山的水那样好（本地人云：泰山有三美，白菜、豆腐、水），以泰山水泡泰山茶，一定很棒。我想向泰山管委会作个建议：试种茶树。也许管委会早已想到了，下次再来泰山，希望能喝到泰山岩茶，或"碧霞新绿"。

一九九一年七月末，北京
载一九九二年《绿叶》创刊号

散文纪事❯

我的母亲

　　我父亲结过三次婚。我的生母姓杨，我不知道她的学名，杨家不论男女都是排行的，我母亲那一辈"遵"字排行，我母亲应该叫杨遵什么。前年我写信问我的姐姐，我们的母亲叫什么，姐姐回信说：叫"强四"。我觉得很奇怪，怎么叫这么个名呢？是小名么？也不大像，我知道我母亲不是行四。一个人怎么会连自己母亲的名字都不知道呢？因为我母亲活着的时候我太小了。

　　我三岁的时候，母亲就故去了，我对她一点印象都没有。她得的是肺病，病后即移住在一个叫"小房"的房间里，她也不让人把我抱去看她。我只记得我父亲用一个煤油箱自制了一个炉子，煤油箱横放着，有两个火口，可以同时为母亲熬粥，熬参汤、燕窝。另外还记得我父亲雇了一只船陪她到淮城去就医，我是随船去的。还记得小船中途停泊时，父亲在船头钓鱼，我记得船舱里挂了好多大头菜，我一直记得大头菜的气味。

　　我只能从母亲的画像看看她，据我的大姑妈说，这张像画得很像。画像上的母亲很瘦，眉尖微蹙，样子和我的姐姐很相似。

　　我母亲是读过书的，她病倒之前每天还写一张大字。我曾在我父亲的画室里找出一摞母亲写的大字，字写得很清秀。

129

前年我回家乡，见着一个老邻居，她记得我母亲，看见过我母亲在花园里看花。——这家邻居和我们家的花园只隔一堵短墙。我母亲叫她"小新娘子"，"小新娘子，过来过来，给你一朵花戴。"我于是好像看见母亲在花园里看花，并且觉得她对邻居很和善。这位"小新娘子"已经是八十多岁的老太太了！

我还记得我母亲爱吃京冬菜，这东西我们家乡是没有的，是托做京官的亲戚带回来的，装在陶制的罐子里。

我母亲死后，她养病的那间"小房"锁了起来，里面堆放着她生前用的东西，全部嫁妆——"摞橱"、皮箱和铜火盆，朱漆的火盆架子……我的继母有时开锁进去，取一两样东西，我跟着进去看过。"小房"外面有一个小天井，靠南有一个秋叶形的小花台，花台上开了一些秋海棠，这些海棠自开自落，没人管它。花很伶仃，但是颜色很红。

我的第一个继母娘家姓张，她们家原来在张家庄住，是个乡下财主。后来在城里盖了房子，才搬进城来，房子是全新的，新砖、新瓦，油漆的颜色也都很新。没有什么花木，却有一片很大的桑园，我小时就觉得奇怪，又不养蚕，种那么多桑树做什么？桑树都长得很好，干粗叶大，是湖桑。

我的继母幼年丧母，她是跟姑妈长大的，姑妈家姓吴。继母的姑妈年轻守寡，她住的房子二梁上挂着一块匾，朱地金字"松贞柏节"，下款是"大总统题"。这大总统不知是谁，是袁世凯？还是黎元洪？吴家家境不富裕，住的房子是张家的三间偏房。老姑奶奶有两个儿子，一个叫大和子，一个叫小和子。两个儿子都没上学校，念了几年私塾，专学珠算。同年龄的少年学"鸡兔同

130

笼"，他们却每天打"归除"、"斤求两，两求斤"。他们是准备到钱庄去学生意的。

我的继母归宁，也到她的继母屋里坐坐，但大部分时间都在这三间偏房里和姑妈在一起。我父亲到老丈人那边应酬应酬，说些淡话，也都在"这边"陪姑妈闲聊，直到"那边"来请坐席了，才过去。

继母身体不好，她婚前咳嗽得很厉害，和我父亲拜堂时是服用了一种进口的杏仁露压住的。

她是长女，但是我的外公显然并不钟爱她，她的陪嫁妆奁是不丰的。她有时准备出门做客，才戴一点首饰，比较好的首饰是副翡翠耳环。有一次，她要带我们到外公家拜年，她打扮了一下，换了一件灰鼠的皮袄。我觉得她一定会冷，这样的天气，穿一件灰鼠皮袄怎么行呢？然而她只有一件皮袄。我忽然对我的继母产生一种说不出来的感情，我可怜她，也爱她。

后娘不好当，我的继母进门就遇到一个局面，"前房"（我的生母）留下三个孩子，我姐姐、我，还有一个妹妹，这对于"后娘"当然会是沉重的负担。上有婆婆，中有大姑子、小姑子，还有一些亲戚邻居，他们都拿眼睛看着，拿耳朵听着。

也许我和娘（我们都叫继母为娘）有缘，娘很喜欢我。

她每次回娘家，都是吃了晚饭才回来，张家总是叫了两辆黄包车，姐姐和妹妹坐一辆，娘搂着我坐一辆。张家有个规矩（这规矩是很多人家都有的），姑娘回自己婆家，要给孩子手里拿两根点着了的安息香。我于是拿着两根安息香，偎在娘怀里，黄包车慢慢地走着，两旁人家、店铺的影子向后移动着，我有点迷糊。

闻着安息香的香味，我觉得很幸福。

小学一年级时，冬天，有一天放学回家，我大便急了，憋不住，拉在裤子里了（我记得我拉的屎是热腾腾的）。我兜着一裤兜屎，一扭一扭地回了家。我的继母一闻，二话没说，赶紧烧水，给我洗了屁股。她把我擦干净了，让我围着棉被坐着，接着就给我洗衬裤刷棉裤。她不但没有说我一句，连眉头都没有皱一下。

我妹妹长了头虱，娘煎了草药给她洗头，用篦子给她篦头发。张氏娘认识字，念过《女儿经》。《女儿经》有几个版本，她念过的那本，她从娘家带了过来，我看过，里面有这样的句子："张家长，李家短，别人的事情我不管。"她就是按照这一类道德规范做人的。她有时念经，《金刚经》、《心经》、《高王经》，她是为她的姑妈念的。

她做的饭菜有些是乡下做法，比如番瓜（南瓜）熬面疙瘩，煮百合先用油炒一下，我觉得这样的吃法很怪。

她死于肺病。

我的第二个继母姓任，任家是邵伯大地主，庄园有几座大门，庄园外有壕沟吊桥。

我父亲是到邵伯结的婚，那年我已经十七岁，读高二了。父亲写信给我和姐姐，叫我们去参加他的婚礼，任家派一个长工推了一辆独轮车到邵伯码头来接我们，我和姐姐一人坐一边。我第一次坐这种独轮车，觉得很有趣。

我已经很大了，任氏娘对我们很客气，称呼我是"大少爷"。我十九岁离开家乡到昆明读大学，一九八六年回乡，这时娘才改口叫我"曾祺"——我这时已经六十六岁，也不是什么"少爷"了。

我对任氏娘很尊敬，因为她伴随我的父亲度过了漫长的很艰苦的沧桑岁月。

　　她今年八十六岁。

一九九二年七月十一日

载一九九三年《作家》第二期

我的祖父祖母

　　我的祖父名嘉勋，字铭甫，他的本名我只在名帖上见过。我们那里有个风俗，大年初一，多数店铺要把东家的名帖投到常有来往的别家店铺。初一，店铺是不开门的，都是天不亮由门缝里插进去。名帖是前两天由店铺的"相公"（学生），在一张一张八寸长、五寸宽的大红纸上，用一个木头戳子蘸了墨汁盖上去的，楷书，字有核桃大。我有时也愿意盖几张，盖名帖使人感到年就到了。我盖一张，总要端详一下那三个乌黑的欧体正字"汪嘉勋"，好像对这三个字很有感情。

　　祖父中过拔贡，是前清末科，从那以后就废科举改学堂了。他没有能考取更高的功名，大概是终身遗憾的。拔贡是要文章写得好的，听我父亲说，祖父的那份墨卷是出名的，那种章法叫作"夹凤股"。我不知道是该叫"夹凤"还是"夹缝"，当然更不知道是如何一种"夹"法。拔贡是做不了官的，功名道断，他就在家经营自己的产业，他是个创业的人。

　　我们家原是徽州人（据说全国姓汪的原来都是徽州人），迁居高邮，从我祖父往上数，才七代，祠堂里的祖宗牌位没有多少块。高邮汪家上几代功名似都不过举人，所做的官也只是"教谕"、"训导"之类的"学官"，因此，在邑中不算望族。我的曾祖父曾在外地坐过馆，后来做"盐票"亏了本。"盐票"亦称"盐引"，是包给商人销售官盐的执照，大概是近似股票之类的东西，我也弄不清做盐票怎么就会亏了，甚至把家产都赔尽了。听我父亲说，我们后来的家业是祖父几乎是赤手空拳地创出来的。

创业不外两途：置田地，开店铺。

祖父手里有多少田，我一直不清楚，印象中大概在两千多亩，这是个不小的数目。但他的田好田不多，一部分在北乡，北乡田瘦，有的只能长草，谓之"草田"。年轻时他是亲自管田的，常常下乡，后来请人代管，田地上的事就不再过问。我们那里有一种人，专替大户人家管田产，叫作"田禾先生"，看青（估产）、收租、完粮、丈地……这也是一套学问，田禾先生大都是世代相传的。我们家的田禾先生姓龙，我们叫他龙先生。他给我留下颇深的印象，是因为他骑驴，我们那里的驴一般都是牵磨用，极少用来乘骑。龙先生的家不在城里，在五里坝，他每逢进城办事或到别的乡下去，都是骑驴。他的驴拴在檐下，我爱喂它吃粽子叶，龙先生总是关照我把包粽子的麻筋拣干净，说驴吃了会把肠子缠住。

祖父所开的店铺主要是两家药店：一家万全堂，在北市口；一家保全堂，在东大街。这两家药店过年贴的春联是祖父自撰的，万全堂是"万花仙掌露，全树上林春"，保全堂是"保我黎民，全登寿域"。祖父的药店信誉很好，他坚持必须卖"地道药材"。药店一般倒都不卖假药，但是常常不很地道，尤其是丸散，常言"神仙难识丸散"，连做药店的内行都不能分辨这里该用的贵重药料，麝香、珍珠、冰片之类是不是上色足量。万全堂的制药的过道上挂着一副金字对联"修合虽无人见，存心自有天知"，并非虚语。我们县里有几个门面辉煌的大药店，店里的店员生了病，配方抓药，都不在本店，叫家里人到万全堂抓。祖父并不到店问事，一切都交给"管事"（经理）。只到每年腊月二十四，由两位管事挟了总账，到家里来，向祖父报告一年营业情况。因为信誉好，盈利是有保证的。我常到两处药店去玩，尤其是保全堂，几乎每天都去。我熟悉一些中药的加工过程，熟悉药材的形状、颜色、气味。有时也参加搓"梧桐子大"的蜜丸，碾药，摊膏药。保全堂的"管事"、"同事"（配药的店员）、"相公"（学生意未满师的）跟我关系很好，他们对我有一个很亲切的称呼，不叫我的名字，叫"黑少"——我小名叫黑子，我这辈子没有别人这样称呼过我。我的小说《异秉》写的就是保全堂的生活。

祖父是很有名的眼科医生，汪家世代都是看眼科的。他有一球眼药，有一个柚子大，黑咕隆咚的。祖父给人看了眼，开了方子，祖母就用一把大剪子从黑柚子的窟窿抠出耳屎大一小块，用纸包了交给病人，嘱咐病人用清水化开，用灯草点在眼里。这一球眼药不知道有多少年头了，据说很灵。祖父为人看眼病是不收钱也不受礼的。

中年以后，家道渐丰，但是祖父生活俭朴，自奉甚薄。他爱喝一点好茶，西湖龙井。饭食很简单，他总是一个人吃，在堂屋一侧放一张"马杌"——较大的方凳，便是他的餐桌，坐小板凳。他爱吃长鱼（鳝鱼）汤下面，面下在白汤里，汤里的长鱼捞出来便是酒菜。——他每顿用一个五彩釉画公鸡的茶盅喝一盅酒。没有长鱼，就用咸鸭蛋下酒，一个咸鸭蛋吃两顿，上顿吃一半，把蛋壳上掏蛋黄蛋白的小口用一块小纸封起来，下顿再吃。他的马机上从来没有第二样菜。喝了酒，常在房里大声背唐诗："李白斗酒诗百篇，长安市上酒家眠。天子呼来不上船，自称臣是酒……中……仙……"汪铭甫的俭省，在我们县是有名的。

但是他曾有一个时期舍得花钱买古董字画，他有一套商代的彝鼎，是祭器，不大，但都有铭文。难得的是五件能配成一套，我们县里有钱人家办丧事，六七开吊，常来借去在供桌上摆一天。有一个大霁红花瓶，高可四尺，是明代物。一九八六年我回乡时，我的妹婿问我："人家都说汪家有个大霁红花瓶,是有过么？"我说："有过！"我小时天天看见，放在"老爷柜"（神案）上，不过我们并不觉得它有什么名贵，和老爷柜上的锡香炉烛台同等看待之。他有一个奇怪的古董：浑天仪。不是陈列在南京紫金山天文台和北京观象台的那种大家伙，只是一个直径约四寸的铜的溜圆的圆球，上面有许多星星，下面有一个把，安在紫檀木座上，就放在他床前的小条桌上。我曾趴在桌上细细地看过，没有什么好看，是明代御造的。其珍贵处在一次一共只造了几个，祖父不知是从哪里买来的，他还为此起了一个斋名"浑天仪室"，让我父亲刻了一块长方形的图章。他有几张好画，有四幅马远的小屏条，他曾为这四张画亲自到苏州去，请有名的细木匠做了檀木框，把画嵌在里面。对这四幅画的真伪，我有点怀疑，画的构图颇满，不像"马一角"，但"年份"是很旧的。有一个高约八尺的绢地大中堂，画的是"报喜图"，一棵很大的柏树，树上有十多只喜鹊，下面卧着一头豹子，作者是吕纪。我小时候不知吕纪是何许人，只觉得画得很像，豹子的毛是一根一根都画出来的，真亏他有那么多工夫！这几幅画平常是不让人见的，只在他六十大寿时拿出来挂过。同时挂出来的字画，我记得有郑板桥的六尺大横幅，纸本，画的是兰花；陈曼生的隶书对联；汪琬的楷书对联。我对汪琬的对子很有兴趣，字很端秀，尤其是对子的纸，真好看，豆绿色的蜡笺。他有很多字帖，是一次从夏家买下来的。夏家是百年以上的大家，号"十八鹤来堂夏家"（据说堂建成时有十八只仙鹤飞来）。夏家的房屋极多而大，花园里有合抱的大桂花，有曲沼流泉，人称"夏家花园"。后来败落了，就出卖藏书字画，祖父把几箱字帖都买了。我小时候写的《圭峰碑》、《闲邪公家传》，以及后来奖励给我的虞世南的《夫子庙堂碑》、褚遂良的《圣教序》、小字《麻姑仙坛》，都是初拓本，原是夏家的东西。祖父有两件宝：一是一块蕉叶白大端砚，据我父亲说，颜色正如芭蕉叶的背面，是夏之蓉的旧物；一是《云麾将军碑》，据说是个很早的拓本，海内无二。这两样东西祖父视为性命，每遇"兵荒"，就叫我父亲首先用油布包了埋起来。这两件宝物，我都没有看见过，解放后还在，现在不知下落。

我弄不清祖父的"思想"是怎么回事。他是幼读孔孟之书的，思想的基础当然是儒家。他是学佛的，在教我读《论语》的桌上有一函《南无妙法莲华经》，他是印光法师的弟子。他屋里的桌上放的两部书，一部是顾炎武的《日知录》，另一部是《红楼梦》！更不可理解的是，他订了一份杂志：邹韬奋主编的《生活周刊》。

我的祖父本来是有点浪漫主义气质、诗人气质的，只是因为所处的环境，使他的个性不可能得到发展。有一年，为了避乱，他和我父亲这一房住在乡下一个小庙里，即我的小说《受戒》所写的菩提庵里，就住在小说所写"一花一世界"那间小屋里。这样他就常常让我陪他说说闲话。有一天，他喝了酒，忽然说起年轻时的一段风流韵事，说得老泪纵横。我没怎么听明白，又不敢问个究竟。后来我问父亲："是有那么一回事吗？"父亲说："有！是一个什么大官的姨太太。"老人家不知为什么要跟他的孙子说起他的艳遇，大概他的尘封的感情也需要宣泄宣泄吧。因此我觉得我的祖父是个人。

我的祖母是谈人格的女儿，谈人格是同光间本县最有名的诗人，一县人都叫他"谈四太爷"。我的小说《徙》里所写的谈甓渔就是参照一些关于他的传说写的。他的诗我在小说《故里杂记·李三》的附注里引用过一首《警火》，后来又读了友人从旧县志里抄出寄来的几首。他的诗明白晓畅，是"元和体"，所写多与治水、修坝、筑堤有关，是"为事而发"，属闲适一类者较少。看来他是一个关心世务的明白人，县人所传关于他的糊涂放诞的故事不怎么可靠。

祖母是个很勤劳的人，一年四季不闲着。做酱，我们家吃的酱油都不到外面去买，把酱豆瓣加水熬透，用一个牛腿似的布兜子"吊"起来，酱油就不断由布兜的末端一滴一滴地滴在盆里。这"酱油兜子"就挂在祖母所住房外的廊檐上。逢年过节，有客人，都是她亲自下厨。她做的鱼圆非常嫩，上坟祭祖的祭菜都是她做的。端午包粽子，中秋洗"连枝藕"——藕得有五节，极肥白，是供月亮用的。做糟鱼，糟鱼烧肉，我小时候不爱吃那种味儿，现在想起来是很好吃的东西。腌咸蛋，入冬腌菜，腌"大咸菜"，用一个能容五担水的大缸腌"青菜"。我的家乡原来没有大白菜，只有青菜，似油菜而大得多。腌芥菜，腌"辣菜"——小白菜晾去水分，入芥末同腌，过年时开坛，色如淡金，辣味冲鼻，极香美。自离开家乡，我再也没有吃过这么好吃的咸菜。风鸡——大公鸡不去毛，揉入粗盐，外包荷叶，悬之于通风处，约二十日即得，久则愈佳。除夕，要吃一顿"团圆饭"，祖父与儿孙同桌。团圆饭必有一道鸭羹汤，鸭丁与山药丁、慈菇丁同煮，这是徽州菜。大年初一，祖母头一个起来，包"大圆子"，即汤团。我们家的大圆子特别"油"。圆子馅前十天就以洗沙猪油拌好，每天放在饭锅头蒸一次，油都"吃"进洗沙里去了，煮出，咬破，满嘴油。这样的圆子我最多能吃四个。

祖母的针线很好，祖父的衣裳鞋袜都是她缝制的。祖父六十岁时，祖母给他做了几双"挖云子"的鞋——黑呢鞋面上挖出"云子"，内衬大红薄呢里子。这种鞋我只在戏台上和古画上见过，老太爷穿上，高兴得像个孩子。祖母还会剪花样，我的小说《受戒》写小英子的妈赵大娘会剪花样，这细节是从我祖母身上借去的。

祖母对祖父照料得非常周到，每天晚上用一个"五更鸡"（一种点油的极小的炉子）给他炖大枣。祖父想吃点甜的，又没有牙，祖母就给他做花生酥——花生用饼槌碾细，掺绵白糖，在一个针箍子（即顶针）里压成一个个小圆糖饼。

祖母是吃长斋的，有一年祖父生了一场大病，她在佛前许愿，从此吃了长斋。她吃的菜离不了豆腐、面筋、皮子（豆腐皮）……她的素菜里最好吃的是香蕈饺子。香蕈（即冬菇）熬汤，荠菜馅包小饺子，油炸后倾入滚汤中，哧拉一声。这道菜她一生中也没有吃过几次。

她没有休息的时候，没事时也总在捻麻线。一个牛拐骨，上面有个小铁钩，续入麻丝后，用手一转牛拐，就捻成了麻线。我不知道她捻那么多麻线干什么，肯定是用不完的。小时候读归有光的《先妣事略》："孺人不忧米盐，乃劳苦若不谋夕。"觉得我的祖母就是这样的人。

祖母很喜欢我，夏天晚上，我们在天井里乘凉，她有时会摸着黑走过来，躺在竹床上给我"说古话"（讲故事）。有时她唱"偈"，声音哑哑的："观音老母站桥头……"这是我听她唱过的唯一的"歌"。

一九九一年十月，我回了一趟家乡，我的妹妹、弟弟说我长得像祖母。他们拿出一张祖母的六寸相片，我一看，是像，尤其是鼻子以下，两腮、嘴，都像。我年轻时没有人说过我像祖母，大概年轻时不像，现在我老了，像了。

一九九一年一月二十二日
载一九九二年《作家》第四期

我 的 家

十年前我回了一次家乡，一天闲走，去看了看老家的旧址，发现我们那个家原来是不算小的。我家的大门开在科甲巷（不知道为什么这条巷子起了这么个名字，其实这巷里除了我的曾祖父中过举人，我的祖父中过拔贡外，没有别的人家有过功名），而在西边的竺家巷有一个后门，我的家即在这两条巷子之间。临街是铺面，从科甲巷口到竺家巷口，计有这么几家店铺：一家豆腐店，一家南货店，一家烧饼店，一家棉席店，一家药店，一家烟店，一家糕店，一家剃头店，一家布店。我们家在这些店铺的后面，占地多少平米我不知道，但总是不小的，住起来是相当宽敞的。

这所老宅子分作东西两截，或两区。东边住着祖父母（我们叫"太爷"、"太太"）和大房——大伯父一家，西边是二房（我的二伯母）和三房——我父亲的一家。东西地势相差约有三尺，由东边到西边要上几层台阶。

正屋的东边的套间住着太爷、太太，西边是大伯父和大伯母（我们叫"大爷"、"大妈"）。当中是一个堂屋，因为敬神祭祖都在这间堂屋里，所以叫作"正堂屋"。正堂屋北面靠墙是一个很大的"老爷柜"，即神案，但我们那里都叫作"老爷柜"，这东西也确实是一个很长的大柜，当中和两边都有抽屉，下面还有钉了铜环的柜门。老爷柜上，当中供的是家神菩萨，左边是文昌帝君神位，右边是祖宗龛——一个细木雕琢的像小庙一样的东西，里面放着祖宗的牌位——神主。这正堂屋大概是我的曾祖父手里盖的，因为两边板壁上贴着他中秀才、中举人的报条，有年头了。原来大概是相当恢弘的，庭柱很粗，是"布灰布漆"的——木柱外涂瓦灰，裹以夏布，再施黑漆。到我记事时漆灰有多处已经剥落。这间老堂屋的铺地的箩底砖（方砖）的边角都磨圆了，而且特别容易返潮。天将下雨，砖地上就是潮乎乎的，若遇连阴天，地面简直像涂了一层油，滑的，我很小就知道"础润而雨"。用不着看柱础，从正堂屋砖地，就知道雨一时半会儿晴不了。一想到正堂屋，总会想到下雨，有时接连下几天，真是烦人。雨老不停，我的一个堂姐就会剪一个纸人贴在墙上，这纸人一手拿着簸箕，一手拿笤帚，风一吹，就摇动起来，叫"扫晴娘"。也真奇怪，扫晴娘扫了一天，第二天多少会放晴。

这间正堂屋的用处是：过年时敬神，清明祭祖。祭祖时在正中的方桌上放一大碗饭,这碗特别的大,有一个小号洗脸盆那样大，很厚，是白色的古瓷的，除了祭祖装饭外，不做别的用处。饭压得很实，鼓起如坟头，上面插了好多双红漆的筷子。筷子插多少双，是有定数的，这事总是由我的祖母做。另有四样祭菜。有一盘白切肉，一盘方块粉——绿豆粉，切成名片大小，三分厚。这方块粉在祭祖后分给两房，这粉一点味道都没有，实在不好吃，所以我一直记得。其余两样祭菜已无印象。十月朝（旧历十月初一）"烧包子"，即北方的"送寒衣"。一个一个纸口袋，内装纸钱，包上写明各代考妣冥中收用，一袋一袋排在祭桌前，上面铺一层稻草。磕头之后，由大爷点火焚化。每年除夕，要在这方桌上吃一顿团圆饭。我们家吃饭的制度是：一口锅里盛饭，大房、二房都吃同一锅饭，以示并未分家；菜则各房自炒，又似分爨。但大年三十晚上，祖父和两房男丁要同桌吃一顿。菜都是太太手制的，照例有一大碗鸭羹汤，鸭丁、山药丁、慈菇丁合烩。这鸭羹汤很好吃，平常不做，据说是徽州做法。我们的老家是徽州（姓汪的很多人的老家都是徽州），我们家有些菜的做法还保持徽州传统，比如肉丸蘸糯米蒸熟，有些地方叫珍珠丸子或蓑衣丸子，我们家则叫"徽团"。

我对大堂屋有一点特殊的记忆，是我曾在这里当过一回孝子。我的二伯父（二爷）死得早，立嗣时经过一番讨论。按说应该由长房次子，我的堂弟曾炜过继，但我的二伯母（二妈）不同意，她要我，因为她和我的生母感情很好，从小喜欢我。我是次房长子，长子过继，不合古理。后来定了一个折中方案，曾炜和我都过继给二妈，一个是"派继"，一个是"爱继"。二妈死后，娘家提了一些条件，一是指定要用我的祖父的寿材盛殓。太爷五十岁时就打好了寿材，逐年加漆，漆皮已经很厚了。因为二妈是年轻守节，娘家提出，不能不同意。一是要在正堂屋停灵，也只好同意了（本来上有老人，是不该在正屋停灵的）。我和曾炜于是履行孝子的职责，亲视含殓（围着棺材走一圈），戴孝披麻，一切如制。最有意思的是逢七的时候得陪张牌李牌吃饭。逢七，鬼魂要回来接受烧纸，由两个鬼役送回来，这两个鬼役即张牌李牌。一个较大的方机凳，两副筷子，一碟白肉，二碟豆腐，两杯淡酒，我和曾炜各用一个小板凳陪着坐一会儿。陪鬼役吃饭，我还是头一回。六七开吊，我是孝子一直在场，所以能看到全部过程。家里办丧事，气氛和平常全不一样，所有的人都变得庄严肃穆起来。开吊像是演一场戏，大家都演得很认真，"初献"、"亚献"、"终献"，有条不紊，节奏井然。最后是"点主"，点主要一个功名高的人，给我的二伯母点主的是一个叫李芳的翰林，外号李三麻子。"点主"是在神主上加点。神主（木制小牌位）事前写好"×孺人之神王"，李三麻子就位后，礼生喝道："凝神，想象，请加墨主。"李三麻子拈起一支新笔在"王"字上加一墨点。礼生再赞："凝神，想象，请加朱主。"李三麻子用朱笔在黑点上加一点。这样死者的魂灵就进入神主了。我对"凝神，想象"印象很深，因为这很有点诗意。其实李三麻子对我的二伯母无从想象，因为他根本没有见过我的二伯母。

正堂屋对面，隔一个天井，是穿堂。

穿堂对面原来有一排三开间的房子，是我的叔曾祖父的一个老姨太太住的。房子很旧了，屋顶上长了很多瓦松，隔扇上糊的白纸都已成了灰色。这位老姨太太多年衰病，总是躺着。这一排房子里听不到一点声音，非常寂静，只有这位老姨太太的女儿——我们叫她小姑奶奶，带着孩子来住一阵，才有一点活气。

老姨太太死了，她没有儿子，由我一个叔祖父过继给她。这位叔祖父行六，我们叫他六太爷。这是个很有风趣的人，很喜欢孩子。老姨太太逢七，六太爷要来守灵烧纸。烧了纸，他弄一壶酒，慢慢喝着，给孩子讲故事——说书，说"大侠甘凤池"，一直说到深夜。因此，我们总是盼着老姨太太逢七。

祖父过六十岁的头年，把东边的房屋改建了一下，正堂屋没动，穿堂加大了。老姨太太原来住的一排房子拆了，盖了一个"敞厅"。房屋翻盖的情况我还记得，先由瓦匠头、木匠头挖出整整齐齐的一方土，供在老爷柜上。破土后，请全体瓦木匠在正堂屋吃一次饭，这顿饭的特别处是有一碗泥鳅，泥鳅我们家是不进门的，但是请瓦木匠必得有这道菜，这是规矩。我觉得这规矩对瓦木匠颇有嘲讽意味。接着是上梁竖柱，放鞭炮，撒糕馒，如式。

敞厅的特点是敞，很宽敞。盖得后，祖父的六十大寿在这里布置过寿堂，宴过客，此外就没有怎么用过，平常总是空着。我的堂姐姐有时把两张方桌拼起来，在上面缝被子。

敞厅对面，一道砖墙之外，是花园。花园原来没有园名，祖父命之曰"民圃"，因为他字铭甫，取其谐音。我父亲选了两块方砖，刻了"民圃"两个小篆，嵌在一个六角小门的额上。但是我们还是叫它花园，不叫民圃。祖父六十大寿时自撰了一副长联，末署"民圃叟六十自寿"，"民圃"字样也只在长联里出现过，别处没有用过。

西边半截的房屋大概是祖父手里盖的，格局较小，主要房屋只是两个堂屋，上堂屋和下堂屋。

上堂屋两边的套间，东侧是三房，西侧是二房。

我的二伯父早逝，我没有见过。他房间里的板壁上挂着他的八寸放大照片，半侧身，穿着一身古典燕尾服，前身无下摆，雪白的圆角硬领衬衫，一只胳臂夹着一根象牙头的短手杖，完全是年轻的英国绅士派头，很英俊。听我父亲说，二伯父是个性格很刚烈的人。他是新党，但崇拜的不是孙文而是黄兴。有一次历史教员（那时叫作"教习"）在课堂上讲了黄兴几句不恭敬的话，他上去就给了这个教员一个嘴巴。二伯父和我父亲那时都在南京读中学（旧制中学），他的死也跟他的负气任性的脾气有关。放暑假从南京回来，路过镇江，带着行李，镇江车站的搬运工人敲了他们一下，索价很高。二伯父一生气，把几个人的行李绑在一起，一个人就背了起来。没有走几步，一口血吐在地上，从此不起。

二伯母守节有年，她变得有些古怪。我的小说《珠子灯》里所写的孙小姐的原型，就是我的二伯母。

她变得有点古怪了，她屋里的东西都不许人动。王常生活着的时候是什么样子，永远是什么样子，不许挪动一点。王常生用过的手表、座钟、文具，还有他养的一盆雨花石，都放在原来的位置。孙小姐原是个爱洁成癖的人，屋里的桌子、椅子、茶壶、茶杯，每天都要用清水洗三遍。自从王常生死后，除了过年之前，她亲自监督着一个从娘家陪嫁过来的女佣人大洗一天之外，平常不许擦拭。里屋炕几上有一套茶具：一个白瓷的茶盘，一把茶壶，四个茶杯。茶杯倒扣着，上面落了细细的尘土。茶壶是荸荠形扁圆的，茶壶的鼓肚子下面落不着尘土，茶盘里就清清楚楚留下一个干净的圆印子。

她病了，说不清是什么病。除了逢年过节起来几天，其余的时间都在床上躺着，整天地躺着，除那个女佣人，没有人上她屋里去。

有一个人是常上她屋里去的，我。我去了，坐在她床前的杌凳上，陪她一会儿。她精神好的时候，教我《长恨歌》、《西厢记·长亭》。

春风桃李花开日，
秋雨梧桐叶落时。

碧云天，

黄花地，
西风紧，
北雁南飞。
晓来谁染霜林醉，
都是离人泪。

也有的时候，她也会讲一点轻松一些的文学故事，念苏东坡嘲笑小妹的诗：

人前走不上三五步，
额头先到画堂前。

这样的时候，她脸上也会有一点笑意。她的记忆很好，教我念诗，都是背出来的。她背诗，抑扬顿挫，节奏很强，富于感情，因此她教过我的诗词，我一直记得很清楚。她的诗词，是邑中一个老名士教的。

她老是叫我坐在她床前吃东西，吃饭，吃点心。吃两口，她就叫我张开嘴让她看看，接着就自言自语："王二娘个猫，王二娘个猫，王二娘个猫。"不知道这是什么意思。她是王二娘，我是她的猫？有时我不在跟前，她一个人在屋里也叨咕："王二娘个猫，王二娘个猫。"

每年夏天，她要回娘家住一阵，归宁那天，且出不了房门哩。跨出来，转身又跨进去，跨出来，又跨进去。轿子等在大门口（她回娘家都是坐轿子），轿前两盏灯笼换了几次蜡烛，她还没跨出房门。

这种精神状态，我们那里叫作"魔"。

下堂屋左边是我父亲的画室，右边是"下房"，女佣人住的地方。

下堂屋南，一道花瓦墙外，即是花园，墙上也有一个小六角门。

开开六角门，是一片砖墁的平地。更南，是花厅。花厅是我们这所住宅里最明亮的屋子，南边一溜全是大玻璃窗，听说我父亲年轻时常请一些朋友来，在花厅里喝酒、唱戏、吹弹歌舞，到我记事的时候，就没有看过这种热闹，花厅也总是闲着。放暑假，我们到花厅里来做假期作业。每年做酱的时候，我的祖母在花厅里摊晾煮熟的黄豆和烤过的发面饼，让豆、饼长毛发酵。花厅外的砖地上有一口大缸，装着豆酱，一口浅缸，装着甜面酱。

砖地东面，是一个花台，种着四棵很大的腊梅花，主干都有碗口粗，每年开很多花。这种腊梅的花心是紫檀色的，按说"磬石檀心"是腊梅的名种，但是我们那里重白心的，叫作"冰心腊梅"，而将檀心者起一个不好听的名称，叫"狗心腊梅"。下雪之后，上树摘花，是我的事，腊梅的骨朵很密，相中一大枝，折下来，养在大胆瓶里，过年。

腊梅花的对面，是两棵桂花，一棵金桂，一棵银桂，每年秋天，吐蕊开花。桂花树下，长了一片萱草，也没人管它，自己长得很旺盛。萱花未尽开时摘下，阴干，我们那里叫作金针，北方叫作黄花菜。我小时最讨厌黄花菜，觉得淡而无味。到了北方，学做打卤面，才知道缺这玩意儿还不行。

桂花树后，是南北向的花瓦墙，墙上开一圆门，即北方所说的月亮门。

出圆门，是一畦菜地，我的祖母每年在这里种乌青菜，即上海人所说的塌苦菜。这块菜地土很瘦，乌青菜都不肥大，而茎叶液汁浓厚，旋摘煮食，味道极好，远胜市上买来的，叫作"起水鲜"，经霜后，叶缘皆作紫红色，尤其甜美。

菜畦左侧有一棵紫薇，一房多高，开花时乱红一片，晃人眼睛。游蜂无数——齐白石爱画的那种大个的黑蜂，穿花抢蕊，非常热闹。西侧，有一座六角亭，可以小坐。

菜畦东边有一条砖路，砖路尽处是一棵木瓜，一棵矾杏，一棵柿树，都很少结果。

树之外，是一座船亭，这是祖父六十大寿头年盖的。船头向东，两边墙上各开了海棠形的窗户。祖父盖船亭，是为了"无事此静坐"，但是他只来坐过几次，平常不来，经常锁着。隔着正面的玻璃隔扇，可以看到里面铁梨木琴几上摆着几件彝器，几把檀木椅子，萧萧爽爽。

船亭对面，有一棵很大的柳树。挨着柳树，是一个高高的花坛，花坛上原来想是栽了不少花的，但因为无人料理，只剩下一棵石榴，一丛鱼儿牡丹。鱼儿牡丹开一串一串粉红的花，花作鸡心形，像是童话里的植物。

花坛对面，是土山，这座土山不知是哪年堆成的。这些土是从园里挖出的，还是从外面运进来的，均不知道。土山左脚，种了两棵碧桃，一棵白的，一棵浅红的。碧桃花其实是很好看的，花开得很繁茂，花期也长，应该对它珍贵一点，但是大家都不把它当回事，也许因为它花开得太多，也太容易养活了。土山正面，种了四棵香橼，每年都要结很多，香橼就是"橘逾淮南则为枳"的枳，但其实枳和橘是两种植物。香橼秋天成熟，香橼的香气很冲，不大好闻，但香橼花的气味是很好的，苦甜苦甜的。花白色，瓣微

151

厚，五出深裂，如小酒盏，很好看。山顶有两棵龙爪槐，一在东，一在西。西边的一棵是我的读书树，我常常爬上去，在分杈的树干上靠好，带一块带筋的干牛肉或一块榨菜，一边慢慢嚼着，一边看小说。土山外隔一道墙是一个尼庵，靠在树上可以看见小尼姑从井里汲水浇菜。这尼庵的尼姑是带发修行的，因此我看的小尼姑是一头黑发。

从土山东边下山，是一片空地，空地上有一口很大的缸，养着很大的金鱼，这是大伯父养的，因此，在我们的印象里这一边是大爷的地方。但是我们并未分家，小孩子是可以自由来去的。

金鱼缸的西北边有一架紫藤，盛花时，紫云拂地；花谢，垂下一根一根长长的刀豆。

鱼缸正北，一棵白丁香，一棵紫丁香。

丁香之左，一片紫鸢。

往南，墙边一丛金雀花。

紫鸢的东边，荒草而已。这片草地每年下面结不少甘露，我们那里叫作螺蛳菜或宝塔菜，甘露洗净后装白布袋，可入甜面酱缸腌渍。

草地之东有一排很大的冬青树，夏天开密密的小白花，也有香味，秋后结了很多紫色的胡椒粒大的果实。

冬青之外，是"草房"，堆草的屋子。我们那里烧草——芦柴，一次要置很多担草，垛积在一排空屋里。

冬青的北面，是花房，房顶南檐是玻璃盖的，原是大爷养花的地方，但他后来不养花了，花房就空着。一壁挂着一个老鹰风筝，据我父亲说这个老鹰是独脑线的——只有一根脑线。老鹰风筝是大爷年轻时放过的。听我父亲说，放上去之后，曾有真的老鹰和它打过架。空空的花房里只有两盆颇大的夹竹桃，夹竹桃红花殷殷的，我忽然觉得有些紧张，因为天忽然黑下来了，只有我一个人，在空空的花园里。

听大人说，这花园里有一个白胡子老头，这白胡子老头是神仙？还是妖怪？但是，晚上是没有人到花园里去的，东边和西边的小六角门都上了铁锁。

我们这座花园实在很难叫作花园，没有精心安排布置过，草木也都是随意种植的，常有一点半自然的状态。但是这确是我童年的乐园，我在这里掬过很多蟋蟀，捉过知了、天牛、蜻蜓，捅过马蜂窝——这马蜂窝结在冬青树上，有蒲扇大！

一九九一年九月十九日

载一九九一年《作家》第十二期

多年父子成兄弟

这是我父亲的一句名言。

父亲是个绝顶聪明的人，他是画家，会刻图章，画写意花卉。图章初宗浙派，中年后治汉印。他会摆弄各种乐器，弹琵琶，拉胡琴，笙箫管笛，无一不通。他认为乐器中最难的其实是胡琴，看起来简单，只有两根弦，但是变化很多，两手都要有功夫。他拉的是老派胡琴，弓子硬，松香滴得很厚——现在拉胡琴的松香都只滴了薄薄的一层，他的胡琴音色刚亮。胡琴码子都是他自己刻的，他认为买来的不中使。他养蟋蟀养金铃子，他养过花，他养的一盆素心兰在我母亲病故那年死了，从此他就不再养花。我母亲死后，他亲手给她做了几箱子冥衣——我们那里有烧冥衣的风俗。按照母亲生前的喜好，选购了各种花素色纸作衣料，单夹皮棉，四时不缺。他做的皮衣能分得出小麦穗、羊羔、灰鼠、狐肷。

父亲是个很随和的人，我很少见他发过脾气，对待子女，从无疾言厉色。他爱孩子，喜欢孩子，爱跟孩子玩，带着孩子玩，我的姑妈称他为"孩子头"。春天，不到清明，他领一群孩子到麦田里放风筝，放的是他自己糊的蜈蚣（我们那里叫"百脚"），是用染了色的绢糊的。放风筝的线是胡琴的老弦，老弦结实而轻，这样风筝可笔直地飞上去，没有"肚儿"。用胡琴弦放风筝，我还未见过第二人。清明节前，小麦还没有"起身"，是不怕践踏的，而且越踏会越长得旺。孩子们在屋里闷了一冬天，在春天的田野里奔跑跳跃，身心都极其畅快。他用钻石刀把玻璃裁成不同形状的小块，再一块一块斗拢，接缝处用胶水粘牢，做成小桥、小亭子、八角玲珑水晶球。桥、亭、球是中空的，里面养了金铃子，从外面可以看到金铃子在里面自在爬行，振翅鸣叫。他会做各种灯，用浅绿透明的"鱼鳞纸"扎了一只纺织娘，栩栩如生。用西洋红染了色，上深下浅，通草做花瓣，做了一个重瓣荷花灯，真是美极了。用小西瓜（这是拉秧的小瓜，因其小，不中吃，叫作"打瓜"或"笃瓜"）上开小口挖净瓜瓤，在瓜皮上雕镂出极细的花纹，做成西瓜灯。我们在这些灯里点了蜡烛，穿街过巷，邻居的孩子都跟过来看，非常羡慕。

父亲对我的学业是关心的，但不强求。我小时候，国文成绩一直是全班第一，我的作文，时得佳评，他就拿出去到处给人看。我的数学不好，他也不责怪，只要能及格，就行了。他画画，我小时也喜欢画画，但他从不指点我。他画画时，我在旁边看，其余时间由我自己乱翻画谱，瞎抹。我对写意花卉那时还不太会欣赏，只是画一些鲜艳的大桃子，或者我从来没有见过的瀑布。我小时字写得不错，他倒是给我出过一点主意，在我写过一阵《圭峰碑》和《多宝塔》以后，他建议我写写《张猛龙》。这建议是很好的，到现在我写的字还有《张猛龙》的影响。我初中时爱唱戏，唱青衣，我的嗓子很好，高亮甜润。在家里，他拉胡琴，我唱。我的同学有几个能唱戏的，学校开园乐会，他应我的邀请，到学校去伴奏。

几个同学都只是清唱，有一个姓费的同学借到一顶纱帽，一件蓝官衣，扮起来唱"朱砂井"，但是没有配角，没有衙役，没有犯人，只是一个赵廉，摇着马鞭在台上走了两圈，唱了一段"郡坞县在马上心神不定"便完事下场。父亲那么大的人陪着几个孩子玩了一下午，还挺高兴。我十七岁初恋，暑假里，在家写情书，他在一旁瞎出主意。我十几岁就学会了抽烟喝酒，他喝酒，给我也倒一杯；抽烟，一次抽出两根他一根我一根，他还总是先给我点上火。我们的这种关系，他人或以为怪，父亲说："我们是多年父子成兄弟。"

我和儿子的关系也是不错的，我戴了"右派分子"的帽子下放张家口农村劳动，他那时才从幼儿园刚毕业，刚刚学会汉语拼音，用汉语拼音给我写了第一封信。我也只好赶紧学会汉语拼音，好给他写回信。"文化大革命"期间，我被打成"黑帮"，送进"牛棚"，偶尔回家，孩子们对我还是很亲热。我的老伴告诫他们"你们要和爸爸'划清界限'"，儿子反问母亲："那你怎么还给他打酒？"只有一件事，两代之间，曾有分歧。他下放山西忻县"插队落户"，按规定，春节可以回京探亲。我们等着他回来，不料他同时带回了一个同学，他这个同学的父亲是一位正受林彪迫害，搞得人囚家破的空军将领。这个同学在北京已经没有家，按照大队的规定是不能回北京的，但是孩子很想回北京，在一伙同学的秘密帮助下，我的儿子就偷偷地把他带回来了。他连"临时户口"也不能上，是个"黑人"，我们留他在家住，等于"窝藏"了他，公安局随时可以来查户口，街道办事处的大妈也可能举报。当时人人自危，自顾不暇，儿子惹了这么一个麻烦，使我们非常为难。

我和老伴把他叫到我们的卧室，对他的冒失行为表示不满，我责备他："怎么事前也不和我们商量一下！"我的儿子哭了，哭得很委屈，很伤心。我们当时立刻明白了：他是对的，我们是错的。我们这种怕担干系的思想是庸俗的，我们对儿子和同学之间义气缺乏理解，对他的感情不够尊重。他的同学在我们家一直住了四十多天才离去。

对儿子的几次恋爱，我采取的态度是"闻而不问"。了解，但不干涉。我们相信他自己的选择，他的决定。最后，他悄悄和一个小学时期女同学好上了，结了婚，有了一个女儿，已近七岁。

我的孩子有时叫我"爸"，有时叫我"老头子"！连我的孙女也跟着叫，我的亲家母说这孩子"没大没小"。我觉得一个现代化的、充满人情味的家庭，首先必须做到"没大没小"；父母叫人敬畏，儿女"笔管条直"最没有意思。

儿女是属于他们自己的，他们的现在和他们的未来，都应由他们自己来设计。一个想用自己理想的模式塑造自己的孩子的父亲是愚蠢的，而且，可恶！另外作为一个父亲，应该尽量保持一点童心。

一九九〇年九月一日

载一九九一年《福建文学》第一期

西南联大中文系

西南联大中文系的教授有清华的，有北大的。应该也有南开的，但是哪一位教授是南开的，我记不起来了。清华的教授和北大的教授有什么不同，我实在看不出来。联大的系主任是轮流坐庄，朱自清先生当过一段系主任。担任系主任时间较长的，是罗常培先生，学生背后都叫他"罗长官"。罗先生赴美讲学，闻一多先生代理过一个时期。在他们"当政"期间，中文系还是那个老样子，他们都没有一套"施政纲领"。事实上当时的系主任"为官清简"，近于无为而治。中文系的学风和别的系也差不多：民主、自由、开放。当时没有"开放"这个词，但有这个事实。中文系似乎比别的系更自由。工学院的机械制图总要按期交卷，并且要严格评分的；理学院要做实验，数据不能马虎。中文系就没有这一套。记得我在皮名举先生的"西洋通史"课上交了一张规定的马其顿国的地图，皮先生阅后，批了两行字："阁下之地图美术价值甚高，科学价值全无。"似乎这样也可以了。总而言之，中文系的学生更为随便，中文系体现的"北大"精神更为充分。

如果说西南联大中文系有一点什么"派"，那就只能说是"京派"。西南联大有一本《大一国文》，是各系共同必修。这本书编得很有倾向性，文言文部分突出地选了《论语》，其中最突出的是《子路、曾皙、冉有、公西华侍坐》："暮春者，春服既成，冠者五六人，童子六七人，浴乎沂，风乎舞雩，咏而归。"这种超功利的生活态度，接近庄子思想的率性自然的儒家思想对联大学生有相当深广的潜在影响。还有一篇李清照的《金石录后序》，一般中学生都读过一点李清照的词，不知道她能写这样感情深挚、挥洒自如的散文，这篇散文对联大文风是有影响的。语体文部分，鲁迅的选的是《示众》；选一篇徐志摩的《我所知道的康桥》，是意料中事；选了丁西林的《一只马蜂》，就有点特别；更特别的是选了林徽因的《窗子以外》。这一本《大一国文》可以说是一本"京派国文"。严家炎先生编《中国流派文学史》，把我算作最后一个"京派"，这大概跟我读过联大有关，甚至是和这本《大一国文》有点关系。这是我走上文学道路的一本启蒙的书，这本书现在大概是很难找到了，如果找得到，翻印一下，也怪有意思的。

"京派"并没有人老挂在嘴上，联大教授的"派性"不强。唐兰先生讲甲骨文，讲王观堂（国维）、董彦堂（董作宾），也讲郭鼎堂（沫若）——他讲到郭沫若时总是叫他"郭沫（读如妹）若"。闻一多先生讲（写）过"擂鼓的诗人"，是大家都知道的。

联大教授讲课从来无人干涉，想讲什么就讲什么，想怎么讲就怎么讲。刘文典先生讲了一年的《庄子》，我只记住开头一句："《庄子》嘿，我是不懂的喽，也没有人懂。"他讲课是东拉西扯，有时扯到和《庄子》毫不相干的事。倒是有些骂人的话，留给我的印象颇深。他说有些搞校勘的人，只会说甲本作某，乙本作某——"到底应该作什么？"骂有些注释家，只会说甲如何说，乙如何说，"你怎么说？"他还批评有些教授，自己拿了一个有注解的本子，发给学生的是白文。"你把注解发给学生！要不，你也拿一本白文！"他的这些意见，我以为是对的。他讲了一学期《文选》，只讲了半篇木玄虚的《海赋》，好几堂课大讲"拟声法"。他在黑板上写了一个挺长的法国字，举了好些外国例子。曾见过几篇老同学的回忆文章，说闻一多先生讲《楚辞》，一开头总是"痛饮酒熟读《离骚》，方称名士"。有人问我"是不是这样？"是这样。他上课，抽烟；上他的课的学生，也抽。他讲唐诗，不蹈袭前人一语。讲晚唐诗和后期印象派的画一起讲，特别讲到"点画派"。中国用比较文学的方法讲唐诗的，闻先生当为第一人。他讲《古代神话与传说》非常"叫座"，上课时，连工学院的同学都穿过昆明城，从拓东路赶来听，那真是"满坑满谷"，昆中北院大教室里里外外都是人。闻先生把自己在整张毛边纸上手绘的伏羲女娲图钉在黑板上，把相当繁琐的考证，讲得有声有色，非常吸引人。还有一堂"叫座"的课是罗庸（膺中）先生讲杜诗。罗先生上课，不带片纸，不但杜诗能背写在黑板上，连仇注都背出来。唐兰（立庵）先生讲课是另一种风格。他是教古文字学的，有一年忽然开了一门"词选"，不知道是没有人教，还是他自己感兴趣。他讲"词选"主要讲《花间集》（他自己一度也填词，极艳），他讲词的方法是：不讲。有时只是用无锡腔调念（实是吟唱）一遍："'双鬓隔香红，玉钗头上风'——好！真好！"这首词就 pass 了。沈从文先生在联大开过三门课："各体文习作"、"创作实习"、"中国小说史"。沈先生怎样教课，我已写了一篇《沈从文先生在西南联大》，发表在《人民文学》上，兹不赘述。他讲创作的精义，只有一句"贴到人物来写"。听他的课需要举一隅而三隅反，否则就会觉得"不知所云"。

联大教授之间，一般是不互论长短的，你讲你的，我讲我的。但有时放言月旦，也无所谓，比如唐立庵先生有一次在办公室当着一些讲师助教，就评论过两位教授，说一个"集穿凿附会之大成"，一个"集啰嗦之大成"。他不考虑有人会去"传小话"，也没有考虑这两位教授会因此而发脾气。

西南联大中文系教授对学生的要求是不严格的，除了一些基础课，如文字学（陈梦家先生授）、声韵学（罗常培先生授）要按时听课，其余的，都较随便。比较严一点的是朱自清先生的"宋诗"，他一首一首地讲，要求学生记笔记、背诵，还要定期考试，小考、大考。有些课，也有考试，考试也就是那么回事，一般都只是学期终了，交一篇读书报告。联大中文系读书报告不重抄书，而重有无独创性的见解，有的可以说是怪论。有一个同学交了一篇关于李贺的报告给闻先生，说别人的诗都是在白地子上画画，李贺的诗是在黑地子上画画，所以颜色特别浓烈，大为闻先生激赏。有一个同学在杨振声先生教的"汉魏六朝诗选"课上，就"车轮生四角"这样的合乎情悖乎理的想象写了一篇很短的报告《方车轮》。就凭这份报告，在期终考试时，杨先生宣布该生可以免考。

联大教授大都很爱才。罗常培先生说过，他喜欢两种学生：一种，刻苦治学；一种，有才。他介绍一个学生到联大先修班去教书，叫学生拿了他的亲笔介绍信去找先修班主任李继侗先生，介绍信上写的是"……该生素具创作夙慧。……"一个同学根据另一个同学的一句新诗（题一张抽象派的画的）"愿殿堂毁塌于建成之先"填了一首词，作为"诗法"课的练习交给王了一先生，王先生的

162

评语是："自是君身有仙骨，剪裁妙处不须论。"具有"夙慧"，有"仙骨"，这种对于学生过甚其辞的评价，恐怕是不会出之于今天的大学教授的笔下的。

我在西南联大是一个不用功的学生，常不上课，但是乱七八糟看了不少书。有一个时期每天晚上到系图书馆去看书，有时只我一个人。中文系在新校舍的西北角，墙外是坟地，非常安静。在系里看书不用经过什么借书手续，架上的书可以随便抽下一本来看，而且可抽烟。有一天，我听到墙外有一派细乐的声音。半夜里怎么会有乐声，在坟地里？我确实是听见的，不是错觉。

我要不是读了西南联大，也许不会成为一个作家，至少不会成为一个像现在这样的作家。我也许会成为一个画家，如果考不取联大，我准备考当时也在昆明的国立艺专。

一九八八年

七载云烟

天地一瞬

◉

　　我在云南住过七年，一九三九年至一九四六年。准确地说，只能说在昆明住了七年。昆明以外，最远只到过呈贡，还有滇池边一片沙滩极美、柳树浓密的叫作斗南村的地方，连富民都没有去过。后期在黄土坡、白马庙各住过年把二年，这只能算是郊区。到过金殿、黑龙潭、大观楼，都只是去游逛，当日来回。我们经常活动的地方是市内，市内又以正义路及其旁出的几条横街为主。正义路北起华山南路，南至金马碧鸡牌坊，当时是昆明的贯通南北的干线，又是市中心所在。我们到南屏大戏院去看电影，——演的都是美国片子。更多的时间是无目的地闲走、闲看。

　　我们去逛书店，当时书店都是开架售书，可以自己抽出书来看。有的穷大学生会靠在柜台一边，看一本书，一看两三个小时。

　　逛裱画店，昆明几乎家家都有钱南园的写得四方四正的颜字对联，还有一个吴忠荩老先生写得极其流利但用笔扁如竹篾的行书四扇屏。慰情聊胜无，看看也是享受。

　　武成路后街有两家做锡箔的作坊，我每次经过，都要停下来看做锡箔的师傅在一个木墩上垫了很厚的粗草纸，草纸间衬了锡片，用一柄很大的木槌，使劲夯砸那一垛草纸。师傅浑身是汗，于是锡箔就槌成了。没有人愿意陪我欣赏这种槌锡箔艺术，他们都以为："这有什么看头！"

逛茶叶店，茶叶店有什么逛头？有！华山西路有一家茶叶店，一壁挂了一副嵌在镜框里的米南宫体的小对联，字写得好，联语尤好：

静对古碑临黑女
闲吟绝句比红儿

我觉得这对得很巧，但至今不知道这是谁的句子。尤其使我不明白的是，这家茶叶店为什么要挂这样一副对子？

我们每天经过，随时往来的地方，还是大西门一带。大西门里的文林街，大西门外的凤翥街、龙翔街。"凤翥"、"龙翔"，不知道是哪位善于辞藻的文人起下的富丽堂皇的街名，其实这只是两条丁字形的小小的横竖街。街虽小，人却多，气味浓稠，这是来往滇西的马锅夫卸货、装货、喝酒、吃饭、抽鸦片、睡女人的地方。我们在街上很难"深入"这种生活的里层，只能切切实实地体会到：这是生活！我们在街上闲看，看卖木柴的、卖木炭的，卖粗瓷碗、卖砂锅的，并且常常为一点细节感动不已。

但是我生活得最久，接受影响最深，使我成为这样一个人，这样一个作家，——不是另一种作家的地方，是西南联大新校舍。

◉

> 万里长征，
> 辞却了五朝官阙。
> 暂驻足，
> 衡山湘水，
> 又成离别。
> 绝徼移栽桢干质，
> 九州遍洒黎元血。
> 尽笳吹弦诵在山城，
> 情弥切……
>
> ——西南联大校歌

日寇侵华，平津沦陷，北大、清华、南开被迫南迁，组成一个大学，在长沙暂住，名为"临时大学"。后迁云南，改名"国立西南联合大学"，简称"西南联大"。这是一座战时的临时性的大学，但却是一个产生天才，影响深远，可以彪炳于世界大学之林，与牛津、剑桥、哈佛、耶鲁平列而无愧色的，窳陋而辉煌的，奇迹一样的，"空前绝后"的大学。喔，我的母校，我的西南联大！

像蜜蜂寻找蜜源一样飞向昆明的大学生，大概有几条路径。

一条是陆路。三校部分同学组成"西南旅行团"，由北平出发，走向大西南。一路夜宿晓行，埋锅造饭，过的完全是军旅生活。他们的"着装"是短衣，打绑腿，布条编的草鞋，背负薄薄的一卷行李，行李卷上横置一把红油纸伞，有点像后来的大串联的红卫兵。除了摆渡过河外，全是徒步。自北平至昆明，全程三千五百里，算得是一个壮举。旅行团有部分教授参加，闻一多先生就是其中之一。闻先生一路画了不少铅笔速写。其时闻先生已经把胡子留起来了，——闻先生曾发愿：抗战不胜，誓不剃须！

另一路是海程。由天津或上海搭乘怡和或太古轮船，经香港，到越南海防，然后坐滇越铁路火车，由老街入境，至昆明。

有意思的是，轮船上开饭，除了白米饭之外，还有一箩高粱米饭，这是给东北学生预备的。吃高粱米饭，就咸鱼、小虾，可以使"我的家在东北松花江上"的流亡学生得到一点安慰，这种举措很有人情味。

我们在上海就听到滇越路有瘴气，易得恶性疟疾，沿路的水不能喝，于是带了好多瓶矿泉水。当时的矿泉水是从法国进口的，很贵。

没有想到恶性疟疾照顾上了我！到了昆明，就发了病，高烧超过四十度，进了医院，医生就给我打了强心针（我还跟护士开玩笑，问"要不要写遗书！"）。用的药是606，我赶快声明：我没有生梅毒！

出了院，晕晕忽忽地参加了全国统一招生考试。上帝保佑，竟以第一志愿被录取，我当时真是像做梦一样。

当时到昆明来考大学的，取道各有不同。

有一位历史系姓刘的同学是自己挑了一担行李，从家乡河南一步一步走来的。这人的样子完全是一个农民，说话乡音极重，而且四年不改。

有一位姓应的物理系的同学，是在西康买了一头毛驴，一路骑到昆明来的。此人精瘦，外号"黑鬼"，宁波人。

这样一些莘莘的学子，不远千里，从四面八方奔到昆明来，考入西南联大，他们来干什么，寻找什么？

大部分同学是来寻找真理，寻找智慧的。

也有些没有明确目的，糊里糊涂的。我在报考申请书上填了西南联大，只是听说这三座大学，尤其是北大的学风是很自由的，学生上课、考试，都很随便，可以吊儿郎当。我就是冲着吊儿郎当来的。

我寻找什么？

寻找潇洒。

斯是陋室

◉

西南联大的校舍很分散，很多处是借用昆明原有的房屋，学校、祠堂。自建的，集中，成片的校舍叫"新校舍"。

新校舍大门南向，进了大门是一条南北大路。这条路是土路，下雨天滑不留足，摔倒的人很多。这条土路把新校舍划分成东西两区。

西边是学生宿舍，土墙，草顶。土墙上开了几个方洞，方洞上竖了几根不去皮的树棍，便是窗户。挨着土墙排了一列双人木床，一边十张，一间宿舍可住四十人，桌椅是没有的。两个装肥皂的大箱摞起来，既是书桌，也是衣柜。昆明不知道哪里来的那么多肥皂箱，很便宜，男生女生多数都有这样一笔"财产"。有的同学在同一宿舍中一住四年不挪窝，也有占了一个床位却不来住的。有的不是这个大学的，却住在这里。有一位，姓曹，是同济大学的，

学的是机械工程，可是他从来不到同济大学去上课，却从早到晚趴在木箱上写小说。有些同学成天在一起，乐数晨夕，堪称知己；也有老死不相往来，几乎等于不认识的。我和那位姓刘的历史系同学就是这样，我们俩同睡一张木床，他住上铺，我住下铺，却很少见面。他是个很守规矩，很用功的人，每天按时作息。我是个夜猫子，每天在系图书馆看一夜书，即天亮才回宿舍。等我回屋就寝时，他已经在校园树下苦读英文了。

大路的东侧，是大图书馆，这是新校舍唯一的一座瓦顶的建筑。每天一早，就有人等在门外"抢图书馆"，——抢位置，抢指定参考书。大图书馆藏书不少，但指定参考书总是不够用的。

每月月初要在这里开一次"国民精神总动员月会"，简称"国民月会"。把图书馆大门关上，钉了两面交叉的党国旗，便是会场。所谓月会，就是由学校的负责人讲一通话，讲的次数最多的是梅贻琦，他当时是主持日常校务的校长（北大校长蒋梦麟，南开校长张伯苓）。梅先生相貌清癯，人很严肃，但讲话有时很幽默。有一个时期昆明闹霍乱，梅先生告诫学生不要在外面乱吃，说："有同学说'我在外面乱吃了好多次，也没有得一次霍乱'。同学们！这种事情是不能有第二次的。"

更东，是教室区，土墙，铁皮屋顶（涂了绿漆）。下起雨来，铁皮屋顶被雨点打得乒乒乓乓地响，让人想起王禹偁的《黄岗竹楼记》。

这些教室方向不同，大小不一，里面放了一些一边有一块平板，可以在上面记笔记的木椅，都是本色，不漆油漆。木椅的设计可能还是从美国传来的，我在爱荷华·耶鲁都看见过。这种椅子的好处是不固定，可以从这个教室到那个教室任意搬来搬去。吴宓（雨僧）先生讲《红楼梦》，一看下面有女生还站着，就放下手杖，到别的教室去搬椅子，于是一些男同学就也赶紧到别的教室去搬椅子。到宝姐姐、林妹妹都坐下了，吴先生才开始讲。

这样的陋室之中，却培养了很多优秀的人才。

联大五十周年校庆时，校友从各地纷纷返校。一位从国外赶回来的老同学（是个男生），进了大门就跪在地下放声大哭。

前几年我重回昆明，到新校舍旧址（现在是云南师范大学）看了看，全都变了样，什么都没有了，只有东北角还保存了一间铁皮屋顶的教室，也岌岌可危了。

不衫不履

⊙

联大师生服装各异，但似乎又有一种比较一致的风格。

女生的衣着是比较整洁的，有的有几件华贵的衣服，那是少数军阀商人的小姐，但是她们也只是参加 Party 时才穿，上课时不会穿得花里胡哨的。一般女生都是一身阴丹士林旗袍，上身套一件红的毛衣。低年级的女生爱穿"工裤"，——劳动布的长裤，上面有两条很宽的带子，白色或浅花的衬衫。这大概本是北京的女中学生流行的服装，这种风气被贝满等校的女生带到昆明来了。

男同学原来有些西装革履，裤线笔直的，也有穿麂皮夹克的，后来就日渐少了，绝大多数是蓝布衫，长裤。几年下来，衣服破旧，就想各种办法"弥补"，如贴一张橡皮膏之类。有人裤子破了洞，

171

不会补，也无针线，就找一根麻筋，把破洞结了一个疙瘩。这样的疙瘩名士不止一人。

教授的衣服也多残破了。闻一多先生有一个时期穿了一件一个亲戚送给他的灰色夹袍，式样早就过时，领子很高，袖子很窄。朱自清先生的大衣破得不能再穿，就买了一件云南赶马人穿的深蓝毡毡的一口钟（大概就是彝族察尔瓦）披在身上，远看有点像一个侠客。有一个女生从南院（女生宿舍）到新校舍去，天已经黑了，路上没有人，她听到后面有梯里突鲁的脚步声，以为是坏人追了上来，很紧张。回头一看，是化学教授曾昭抡。他穿了一双空前（露着脚趾）绝后鞋（后跟烂了，提不起来，只能半趿着），因此发出此梯里突鲁的声音。

联大师生破衣烂衫，却每天孜孜不倦地做学问，真是"穷且益坚，不坠青云之志"，这种精神，人天可感。

当时"下海"的，也有。有的学生跑仰光、腊戍，趸卖"玻璃丝袜"、"旁氏口红"；有一个华侨同学在南屏街开了一家很大的咖啡馆，那是极少数。

采　薇

⊙

大学生大都爱吃，食欲很旺，有两个钱都吃掉了。

初到昆明，带来的盘缠尚未用尽，有些同学和家乡邮汇尚通，不时可以得到接济，一到星期天就出去到处吃馆子。汽锅鸡、过桥米线、新亚饭店的过油肘子、东月楼的锅贴乌鱼、映时春

172

的油淋鸡、小西门马家牛肉馆的牛肉、厚德福的铁锅蛋、松鹤楼的腐乳肉、"三六九"（一家上海面馆）的大排骨面，全都吃了一个遍。

钱逐渐用完了，吃不了大馆子，就只能到米线店里吃米线、饵块。当时米线的浇头很多，有焖鸡（其实只是酱油煮的小方块瘦肉，不是鸡）、㸑（音川）肉（即肉末，云南人不知道为什么爱写这样一个笔画繁多的怪字）、鳝鱼、叶子（油炸肉皮煮软，有的地方叫"响皮"，有的地方叫"假鱼肚"）。米线上桌，都加很多辣椒，——"要解馋，辣加咸"。如果不吃辣，进门就得跟堂倌说："免红！"

到连吃米线、饵块的钱也没有的时候，便只有老老实实到新校舍吃大食堂的"伙食"。饭是"八宝饭"，通红的糙米，里面有沙子、木屑、老鼠屎。菜，偶尔有一碗回锅肉、炒猪血（云南谓之"旺子"），常备的菜是盐水煮芸豆，还有一种叫"魔芋豆腐"，为紫灰色的，烂糊糊的淡而无味的奇怪东西。有一位姓郑的同学告诫同学：饭后不可张嘴——恐怕飞出只鸟来！

一九四四年，我在黄土坡一个中学教了两个学期。这个中学是联大办的，没有固定经费，薪水很少，到后来连一点极少的薪水也发不出来，校长（也是同学）只能设法弄一点米来，让教员能吃上饭。菜，对不起，想不出办法。学校周围有很多野菜，我们就吃野菜，校工老鲁是我们的技术指导。老鲁是山东人，原是个老兵，照他说，可吃的野菜简直太多了。但我们吃得最多的是野苋菜（比园种的家苋菜味浓）、灰菜（云南叫作灰藋菜，"藋"字见于《庄子》，是个很古的字），还有一种样子像一根鸡毛掸子的扫帚苗。野菜吃得我们真有些面有菜色了。

有一个时期附近小山下柏树林里飞来很多硬壳昆虫，黑色，形状略似金龟子，老鲁说这叫豆壳虫，是可以吃的，好吃！他捉了一些，撕去硬翅，在锅里干爆了，撒了一点花椒盐，就起酒来。在他的示范下，我们也爆了一盘，闭着眼睛尝了尝，果然好吃，有点像盐爆虾。而且有一股柏树叶的清香，——这种昆虫只吃柏树叶，别的树叶不吃。于是我们有了就酒的酒菜和下饭的荤菜。这玩意多得很，一会儿的工夫就能捉一大瓶。

要写一写我在昆明吃过的东西，可以写一大本，撮其大要写了一首打油诗。怕读者看不明白，加了一些注解。诗曰：

重升肆里陶杯绿①，
饵块摊来炭火红②。
正义路边养正气③，
小西门外试撩青④。

①昆明的白酒分市酒和升酒。市酒是普通白酒，升酒大概是用市酒再蒸一次，谓之"玫瑰重升"，似乎有点玫瑰香气。昆明酒店都是盛在绿陶的小碗里，一碗可盛二小两。
②饵块分两种，都是米面蒸熟了的。一种状如小枕头，可作汤饵块、炒饵块。一种是椭圆的饼，犹如鞋底，在炭火上烤得发泡，一面用竹片涂了芝麻酱、花生酱、甜酱油、油辣子，对合而食之，谓之"烧饵块"。
③汽锅鸡以正义路牌楼旁一家最好，这家无字号，只有一块匾，上书大字"培养正气"。昆明人想吃汽锅鸡，就说："我们今天去培养一下正气。"
④小西门马家牛肉极好。牛肉是蒸或煮熟的，不炒菜，分部位，如"冷片"、"汤片"……有的名称很奇怪，如"大筋"（牛鞭）、"领肝"（牛肚）。最特别的是"撩青"（牛舌，牛的舌头可不是撩青草的么？但非懂行人觉得这很费解），很好吃。

人间至味干巴菌[①]，
世上馋人大学生。
尚有灰藋堪漫吃[②]，
更循柏叶捉昆虫。

一束光阴付苦茶

⊙

　　昆明的大学生（男生）不坐茶馆的大概没有，不可一日无此君，有人一天不喝茶就难受。有人一天喝到晚，可称为"茶仙"。茶仙大抵有两派，一派是固定茶座。有一位姓陆的研究生，每天在一家茶馆里喝三遍茶，早，午，晚。他的牙刷、毛巾、洗脸盆就放在这家茶馆里，一起来就上茶馆。另一派是流动茶客。有一姓朱的，也是研究生，他爱到处遛，腿累了就走进一家茶馆，坐下喝一气茶，全市的茶馆他都喝遍了。他不但熟悉每一家茶馆，并且知道附近哪是公共厕所，喝足了茶可以小便，不致被尿憋死。

　　关于喝茶，我写过一篇《泡茶馆》，已经发表过，写得相当详细，不再重复，有诗为证：

---

①昆明菌子种类甚多，如"鸡㙡"这是菌之王，但至今我还不知道为什么只在白蚁窝上长"牛肝菌"（色如牛肝，生时熟后都像牛肝，有小毒，不可多吃，且须加大量的蒜，否则会昏倒。有个女同学吃多了牛肝菌，竟至休克）。"青头菌"，菌盖青绿，菌丝白色，味较清雅。味道最为隽永深长、不可名状的是干巴菌，这东西中吃不中看，颜色紫褐，不成模样，简直像一堆牛屎，里面又夹杂了一些松毛、杂草。可是收拾干净了撕成蟹腿状的小片，加青辣椒同炒，一箸入口，酒兴顿涨，饭量猛开。这真是人间至味！
②藋字云南读平声。

175

水厄囊空亦可赊[①]，
枯肠三碗嗑葵花[②]。
昆明七载成何事？
一束光阴付苦茶。

水流云在

⊙

云南人对联大学生很好，我们对云南、对昆明也很有感情。我们为云南做了一些什么事，留下一点什么？

有些联大师生为云南做了一些有益的实事，比如地质系师生完成了《云南矿产普查报告》，生物系师生写出了《中国植物志·云南卷》的长编初稿。其他还有多少科研成果，我不大知道，我不是搞科研的。

比较明显的、普遍的影响是在教育方面。联大学生在中学兼课的很多，连闻一多先生都在中学教过国文，这对昆明中学生学业成绩的提高，是有很大作用的。

更重要的是使昆明学生接受了民主思想，呼吸到独立思考、学术自由的空气，使他们为学为人都比较开放，比较新鲜活泼。

---

①我们和凤翥街几家茶馆很熟，不但喝茶、吃芙蓉糕可以欠账，甚至可以向老板借钱去看电影。
②茶馆常有女孩子来卖炒葵花子，绕桌轻唤："瓜子瓜，瓜子瓜。"

这是精神方面的东西，是抽象的，是一种气质，一种格调，难于确指。但是这种影响确实存在，如云如水，水流云在。

一九九四年二月十五日
载一九九四年《中国作家》第四期

晚翠园曲会

　　云南大学西北角有一所花园，园内栽种了很多枇杷树，"晚翠"是从《千字文》"枇杷晚翠"摘下来的。月亮门的门额上刻了"晚翠园"三个大字，是胡小石写的，很苍劲。胡小石当时在重庆中央大学教书，云大校长熊庆来和他是至交，把他请到昆明来，在云大住了一些时候。胡小石在云大、昆明写了不少字。当时正值昆明开展捕鼠运动，胡小石请有关当局给他拔了很多老鼠胡子，做了一束鼠须笔，准备带到重庆去，自用、送人。鼠须笔我从书上看到过，不想有人真用鼠须为笔，这三个字不知是不是鼠须笔所书。晚翠园除枇杷外，其他花木少，很幽静。云大中文系有几个同学搞了一个曲社，活动（拍曲子、开曲会）多半在这里借用一个小教室，摆两张乒乓球桌，二三十张椅子，曲友毕集，就拍起曲子来。

　　曲社的策划人实为陶光（字重华），有两个云大中文系同学为其助手，管石印曲谱、借教室、打开水等杂务。陶光是西南联大中文系教员，教"大一国文"的作文，"大一国文"各系大一学生必修。联大的大一国文课有一些和别的大学不同的特点，一是课文的选择。《诗经》选了《关雎》，好像是照顾面子。《楚辞》选《九歌》，不选《离骚》，大概因为《离骚》太长了。《论语》选《子路、曾晳、冉有、公西华侍坐》："暮春者，春服既成，冠者五六人，童子六七人，浴乎沂，风乎舞雩，咏而归。"这不仅是训练学生的文字表达能力，这种重个性，轻利禄，潇洒自如的人生态度，对于联大学生的思想素质的形成，有很大的关系，这段文章的影响是很深远的。联大学生为人处世不俗，夸大一点说，是因为读了这样的文章。这是真正的教育作用，也是选文的教授的用心所在。

魏晋不选庾信、鲍照，除了陶渊明，用相当多篇幅选了《世说新语》，这和选《子路、曾晳、冉有、公西华侍坐》，其用意有相通处。唐人文选柳宗元《永州八记》而舍韩愈。宋文突出地全录了李易安的《金石录后序》，这实在是一篇极好的文章，声情并茂。到现在为止，对李清照，她的词，她的这篇《金石录后序》还没有给予应有的重视，她在文学史上的位置还没有摆准，偏低了，这是不公平的。古人的作品也和今人的作品一样，其遭际有幸有不幸，说不清是什么缘故。白话文部分的特点就更鲜明了，鲁迅当然是要选的，哪一派也得承认鲁迅，但选的不是《阿Q正传》而是《示众》，可谓独具只眼。选了林徽因的《窗子以外》、丁西林的《一只马蜂》（也许是《压迫》）。林徽因的小说进入大学国文课本，不但当时有人议论纷纷，直到今天，接近二十一世纪了，恐怕仍为一些铁杆"左"派（也可称之为"左霸"，现在不是什么最好的东西都称为"霸"么）所反对，所不容。但我却从这一篇小说知道小说有这种写法，知道什么是"意识流"，扩大了我的文学视野。"大一国文"课的另一个特点是教课文和教作文的是两个人，教课文的是教授、副教授，教作文的是讲师、教员、助教。

为什么要这样分开，我至今也不知道是什么道理。我的作文课是陶重华先生教的，他当时大概是教员。

陶光（我们背后都称之为陶光，没有人叫他陶重华），面白皙，风神朗朗。他有一个特别的地方，是同时穿两件长衫，里面是一件咖啡色的夹袍，外面是一件罩衫，银灰色，都是细毛料的。于此可见他的生活一直不很拮据——当时教员、助教大都穿布长衫，有家累的更是衣履敝旧。他走进教室，脱下外衣，搭在椅背上，就把作文分发给学生，摘其佳处，很"投入"地（那时还没有这个词）评讲起来。

陶光的曲子唱得很好，他是唱冠生的，在清华大学时曾受红豆馆主（傅侗）亲授。他嗓子好，宽、圆、亮、足，有力度。他常唱的是"三醉"、"迎像"、"哭像"，唱得苍苍莽莽，淋漓尽致。

不知道为什么，我觉得陶光在气质上有点感伤主义。

有一个女同学交了一篇作文，写的是下雨天，一个人在弹三弦。有几句，不知道这位女同学的原文是怎样的，经陶先生润改后成了这样："那湿冷的声音，湿冷了我的心。"这两句未见得怎么好，只是"湿冷了"以形容词作动词用，在当时是颇为新鲜的。我一直不忘这件事。我认为这其实是陶光的感觉，并且由此觉得他有点感伤主义。

说陶光是寂寞的，常有孤独感，当非误识。他的朋友不多，很少像某些教员、助教常到有权势的教授家走动问候，也没有哪个教授特别赏识他，只有一个刘文典（叔雅）和他关系不错。刘叔雅目空一切，谁也看不起。他抽鸦片，又嗜食宣威火腿，被称为"二云居士"——云土、云腿。他教《文选》，一个学期只讲了多半篇木玄虚的《海赋》，他倒认为陶光很有才。他的《淮南子校注》是陶光编辑的，扉页的"淮南子校注"也是陶光题署的。从扉页题署，我才知道他的字写得很好。

他是写二王的，临《圣教序》功力甚深。他曾把张充和送他的一本影印的《圣教序》给我看，字帖的缺字处有张充和题的字：

以此赠别　充和

陶光对张充和是倾慕的，但张充和似只把陶光看作一般的朋友，并不特别垂青。

陶光不大为人写字，书名不著。我曾看到他为一个女同学写的小条幅，字较寸楷稍大，写在冷金笺上，气韵流转，无一败笔。写的是唐人诗：

故园东望路漫漫，
双袖龙钟泪不干。
马上相逢无纸笔，
凭君传语报平安。

这条字反映了陶光的心情。"炮仗响了"（日本投降那天，昆明到处放鞭炮，云南把这天叫作"炮仗响"的那天）后，联大三校准备北返，三校人事也基本定了，清华、北大都没有聘陶光，他只好滞留昆明。后不久，受聘云大，对"洛阳亲友"，只能"凭君传语"了。

我们回北平，听到一点陶光的消息，经刘文典撮合，他和一个唱滇戏的演员结了婚。

后来听说和滇剧女演员离婚了。

又听说他到台湾教了书，郁悒潦倒，竟至客死台北街头。遗诗一卷，嘱人转交张充和。

正晚上拍着曲子，从窗外飞进一只奇怪的昆虫，不像是动物，像植物，体细长，约有三寸，完全像一截青翠的竹枝。大家觉得很稀罕，吴征镒捏在手里看了看，说这是竹节虫。吴征镒是读生物系的，故能认识这只怪虫，但他并不研究昆虫，竹节虫在他只是常识而已，他钻研的是植物学，特别是植物分类学。他记性极好，"文化大革命"被关在牛棚里，一个看守他的学生给了他一个小笔记本、一支铅笔，他竟能在一个小笔记本上完成一部著作，天头地脚满满地写了蠓虫大的字。有些资料不在手边，他凭记忆引用，出牛棚后，找出资料核对，基本准确。他是学自然科学的，但对文学很有兴趣，写了好些何其芳体的诗，厚厚的一册。他很早就会唱昆曲，——吴家是扬州文史世家，唱老生。他身体好，中气足，能把《弹词》的"九转货郎儿"一气唱到底，这在专业的演员都办不到——戏曲演员有个说法："男怕弹词。"他常唱的还有《疯僧扫秦》。

每次做"同期"（唱昆爱好者约期集会唱曲，叫作同期）必到的是崔芝兰先生，她是联大为数不多的女教授之一，多年来研究蝌蚪的尾巴，运动中因此被斗，资料标本均被毁尽。崔先生几乎每次都唱《西楼记》，女教授，举止自然很端重，但是唱起曲子来却很"嗲"。

崔先生的丈夫张先生也是教授，每次都陪崔先生一起来。张先生不唱，只是端坐着听，听得很入神。

除了联大、云大师生，还有一些外来的客人来参加同期。

有一个女士大概是某个学院的教授的或某个高级职员的夫人。她身材匀称，小小巧巧，穿浅色旗袍，眼睛很大，眉毛的弧线异常清楚，神气有点天真，不作态，整个脸明明朗朗。我给她起了个外号"简单明了"，朱德熙说："很准确。"她一定还要操持家务，照料孩子，但只要接到同期通知，就一定放下这些，欣然而来。

有一位先生，大概是襄理一级的职员，我们叫他"聋山门"。他是唱大花面的，而且总是唱《山门》，他是个聋子，——并不是板聋，只是耳音不准，总是跑调。真也亏给他撖笛的张宗和先生，能随着他高低上下来回跑。聋子不知道他跑调，还是气势磅礴地高唱：

树大叉桠，峰峦如画，堪潇洒，喂呀，闷煞洒家，烦恼天来大！

给大家吹笛子的是张宗和，几乎所有人唱的时候笛子都由他包了。他笛风圆满，唱起来很舒服。夫人孙凤竹也善唱曲，常唱的是《折柳·阳关》，唱得很宛转。"叫他关河到处休离剑，驿路逢人数寄书"，闻之使人欲涕。她身弱多病，不常唱。张宗和温文尔雅，孙凤竹风致楚楚，有时在晚翠园（他们就住在晚翠园一角）并肩散步，让人想起"拣名门一例一例里神仙眷"（《惊梦》）。他们有一个女儿，美得像一块玉。张宗和后调往贵州大学，教中国通史，孙凤竹死于病。不久，听说宗和也在贵阳病殁。他们岁数都不大，宗和只三十左右。

有一个人，没有跟我们一起拍过曲子，也没有参加过同期，但是她的唱法却在曲社中产生很大的影响，张充和。她那时好像不在昆明。

张家姊妹都会唱曲，大姐因为爱唱曲，嫁给了昆曲传习所的顾传玠。张家是合肥望族，大小姐却和一个昆曲演员结了婚，门不当，户不对，张家在儿女婚姻问题上可真算是自由解放，突破了常规。二姐是个无事忙，她不大唱，只是对张罗办曲会之类的事非常热心。三姐兆和即我的师母，沈从文先生的夫人。她不太爱唱，但我却听过她唱"扫花"，是由我给她吹的笛子。四妹充和小时没有进过学校，只是在家里延师教诗词，折曲子。她考北大，数学是零分，国文是一百分，北大还是录取了她。她在北大很活跃，爱戴一顶红帽子，北大学生都叫她"小红帽"。

她能戏很多，唱得非常讲究，运字行腔，精微细致，真是"水磨腔"。我们唱的"思凡"、"学堂"、"瑶台"，都是用的她的唱法（她灌过几张唱片）。她唱的"受吐"，娇慵醉媚，若不胜情，难可比拟。

张充和兼擅书法，结体用笔似晋朝人。

许宝騄先生是数论专家，但是曲子唱得很好。许家是昆曲大家，会唱曲子的人很多，俞平伯先生的夫人许宝驯就是许先生的姐姐。许先生听过我唱的一支曲子，跟我们的系主任罗常培（莘田）说，他想教我一出"刺虎"。罗先生告诉了我，我自然是愿意的，但稍感意外。我不知道许先生会唱曲子，更没想到他为什么主动提出要教我一出戏。我按时候去了，没有说多少话，就拍起曲子来：

银台上晃晃的风烛燉，金猊内袅袅的香烟喷……

许先生的曲子唱得很大方，"刺虎"完全是正旦唱法。他的"擞"特别好，摇曳生姿而又清清楚楚。

184

许茹香是每次同期必到的，他在昆明航空公司供职，是经理查阜西的秘书。查先生有时也来参加同期，他不唱曲子，是来试吹他所创制的十二平均律的无缝钢管的笛子的（查先生是"国民政府"的官员，但是雅善音乐，除了研究曲律，还搜集琴谱，解放后曾任中国音协副主席）。许茹香，同期的日子他是不会记错的，因为同期的帖子是他用欧底赵面的馆阁体小楷亲笔书写的。许茹香是个戏篓子，什么戏都会唱，包括"花判"（《牡丹亭》）这样的专业演员都不会的戏。他上了岁数，吹笛子气不够，就带了一支"老人笛"，吹着玩玩。

这是一个非常有趣的老人，他做过很多事，走过很多地方，会说好几种地方的话。有一次说了一个小笑话。有四个人，苏州人、绍兴人、宁波人、扬州人，一同到一个庙里，看到四大金刚，苏州人、绍兴人、宁波人各人说了几句话，都有地方特点。轮到扬州人，扬州人赋诗一首：

四大金刚不出奇，
里头是草外头是泥。
你不要夸你个子大，
你敢跟我洗澡去！

扬州人好洗澡，早上皮包水，晚上水包皮。"去"读"ki"，是扬州口音。

同期只供茶水，偶在拍曲后亦作小聚，大馆子吃不起，只能吃花不了多少钱的小馆，是"打平伙"——北京人谓之"吃公墩"，各人自己出钱。翠湖西路有一家北京人开的小馆，卖馅儿饼，大米粥，我们去吃了几次。吃完了结账，掌柜的还在低头扒算盘，许宝骅先生已经把钱敛齐了交到柜上。掌柜的诧异：怎么算得那么快？他不知道算账的是一位数论专家，这点小九九还在话下吗？

参加同期、曲会的，多半生活清贫，然而在百物飞腾、人心浮躁之际，他们还能平平静静地做学问，并能在高吟浅唱、曲声笛韵中自得其乐，对复兴民族大业不失信心、不颓唐、不沮丧，他们是浊世中的清流，旋涡中的砥柱。他们中不少人对文化、科学作出了很大的成绩，安贫乐道，恬淡冲和，是中国的知识分子优良的传统。这个传统应该得到继承，得到扶植发扬。

审如此，则曲社同期无可非议。晚翠园是可怀念的。

一九九六年春节
载一九九六年《当代人》第五期

翠湖心影

有一个姑娘，牙长得好。有人问她：

"姑娘，你多大了？"

"十七。"

"住在哪里？"

"翠湖西。"

"爱吃什么？"

"辣子鸡。"

过了两天，姑娘摔了一跤，磕掉了门牙。有人问她：

"姑娘多大了？"

"十五。"

"住在哪里？"

"翠湖。"

"爱吃什么？"

"麻婆豆腐。"

这是我在四十四年前听到的一个笑话，当时觉得很无聊（是在一个座谈会上听一个本地才子说的），现在想起来觉得很亲切，因为它让我想起翠湖。

昆明和翠湖分不开，很多城市都有湖，杭州西湖、济南大明湖、扬州瘦西湖。然而这些湖和城的关系都还不是那样密切，似乎把这些湖挪开，城市也还是城市。翠湖可不能挪开，没有翠湖，昆明就不成其为昆明了。翠湖在城里，而且几乎就挨着市中心，城中有湖，这在中国，在世界上，都是不多的。说某某湖是某某城的眼睛，这是一个俗得不能再俗的比喻了。然而说到翠湖，这个比喻还是躲不开，只能说：翠湖是昆明的眼睛。有什么办法呢！因为它非常贴切。

　　翠湖是一片湖，同时也是一条路。城中有湖，并不妨碍交通。湖之中，有一条很整齐的贯通南北的大路，从文林街、先生坡、府甬道，到华山南路、正义路，这是一条直达的捷径。——否则就要走翠湖东路或翠湖西路，那就绕远多了。昆明人特意来游翠湖的也有，不多，多数人只是从这里穿过。翠湖中游人少而行人多，但是行人到了翠湖，也就成了游人了。从喧嚣扰攘的闹市和刻板枯燥的机关里，匆匆忙忙地走过来，一进了翠湖，即刻就会觉得浑身轻松下来；生活的重压、柴米油盐、委屈烦恼，会冲淡一些。人们不知不觉地放慢了脚步，甚至可以停下来，在路边的石凳上坐一坐，抽一支烟，四边看看。即使仍在匆忙地赶路，人在湖光树影中，精神也很不一样了。翠湖每天每日，给了昆明人多少浮世的安慰和精神的疗养啊！因此，昆明人——包括外来的游子，对翠湖充满感激。

　　翠湖这个名字起得好！湖不大，也不小，正合适。小了，不够一游；太大了，游起来怪累。湖的周围和湖中都有堤，堤边密密地栽着树，树都很高大，主要的是垂柳。"秋尽江南草未凋"，昆明的树好像到了冬天也还是绿的，尤其是雨季，翠湖的柳树真是绿得好像要滴下来。湖水极清，我的印象里翠湖似没有蚊子，夏天的夜晚，我们在湖中漫步或在堤边浅草中坐卧，好像都没有被蚊子咬过。湖水常年盈满，我在昆明住了七年，没有看见过翠湖干得见了底。偶尔接连下了几天大雨，湖水涨了，湖中的大路也被淹没，不能通过了，但这样的时候很少。翠湖的水不深，浅处没膝，深处也不过齐腰，因此没有人到这里来自杀。我们有一个广东籍的同学，因为失恋，曾投过翠湖，但是他下湖在水里走了一截，又爬上来了。因为他大概还不太想死，而且翠湖里也淹不死人。翠湖不种荷花，但是有许多水浮莲，肥厚碧绿的猪耳状的叶子，开着一望无际的粉紫色的蝶形的花，很热闹。我是在翠湖才认识这种水生植物的，我以后再也没看到过这样大片大片的水浮莲。湖中多红鱼，很大，都有一尺多长。这些鱼已经习惯于人声脚步，见人不惊，整天只是安安静静的，悠然地浮沉游动着。有时夜晚从湖中大路上过，会忽然拨剌一声，从湖心跃起一条极大的大鱼，吓你一跳。湖水、柳树、粉紫色的水浮莲、红鱼，共同组成一个印象：翠。

一九三九年的夏天我到昆明来考大学，寄住在青莲街的同济中学的宿舍里，几乎每天都要到翠湖。学校已经发了榜，还没有开学，我们除了骑马到黑龙潭、金殿，坐船到大观楼，就是到翠湖图书馆去看书。这是我这一生去过次数最多的一个图书馆，也是印象极佳的一个图书馆。图书馆不大，形制有一点像一个道观，非常安静整洁。有一个侧院，院里种了好多盆白茶花，这些白茶花有时整天没有一个人来看它，就只是安安静静地欣然地开着。

图书馆的管理员是一个妙人，他没有准确的上下班时间，有时我们去得早了，他还没有来，门没有开，我们就在外面等着。他来了，谁也不理，开了门，走进阅览室，把壁上一个不走的挂钟的时针"喀拉拉"一拨，拨到八点，这就上班了，开始借书。这个图书馆的藏书室在楼上，楼板上挖出一个长方形的洞，从洞里用绳子吊下一个长方形的木盘，借书人开好借书单，——管理员把借书单叫作"飞子"，昆明人把一切不大的纸片都叫作"飞子"，买米的发票、包裹单、汽车票，都叫"飞子"——这位管理员看一看，放在木盘里，一拽旁边的铃铛，"哐啷啷"，木盘就从洞里吊上去了。——上面大概有个滑车。不一会儿，上面拽一个铃铛，木盘又系了下来，你要的书来了。这种古老而有趣的借书手续我以后再也没有见过。这个小图书馆藏书似不少，而且有些善本，我们想看的书大都能够借到。过了两三个小时，这位干瘦而沉默的有点像陈老莲画出来的古典的图书管理员站起来，把壁上不走的挂钟的时针"喀拉拉"一拨，拨到十二点：下班！我们对他这种以意为之的计时方法完全没有意见，因为我们没有一定要看完的书，到这里来只是享受一点安静。我们看书，是没有目的的，从《南诏国志》到福尔摩斯，逮着什么看什么。

翠湖图书馆现在还有么？这位图书管理员大概早已作古了。不知道为什么，我会常常想起他来，并和我所认识的几个孤独、贫穷而有点怪癖的小知识分子的印象掺和在一起，越来越鲜明。总有一天，这个人物的形象会出现在我的小说里的。

翠湖的好处是建筑物少，我最怕风景区挤满了亭台楼阁。除了翠湖图书馆，有一簇洋房，是法国人开的翠湖饭店，这所饭店似乎是终年空着的。大门虽开着，但我从未见过有人进去，不论是中国人还是法国人。此外，大路之东，有几间黑瓦朱栏的平房，狭长的，按形制似应该叫作"轩"。也许里面是有一方题作什么轩的横匾的，但是我记不得了，也许根本没有。轩里有一阵曾有人卖过面点，大概因为生意不好，停歇了。轩内空荡荡的，没有桌椅，只在廊下有一个卖"糠虾"的老婆婆。"糠虾"是只有皮壳没有肉的小虾，晒干了，卖给游人喂鱼。花极少的钱，便可从老婆婆手里买半碗，一把一把撒在水里，一尺多长的红鱼就很兴奋地游过来，抢食水面的糠虾，唼喋有声。糠虾喂完，人鱼俱散，轩中又是空荡荡的，剩下老婆婆一个人寂然地坐在那里。

路东伸进湖水，有一个半岛，半岛上有一个两层的楼阁，阁上是个茶馆。茶馆的地势很好，四面有窗，入目都是湖水。夏天，在阁子上喝茶，很凉快。这家茶馆，夏天，是到了晚上还卖茶的（昆明的茶馆都是这样，收市很晚），我们有时会一直坐到十点多钟。茶馆卖盖碗茶，还卖炒葵花子、南瓜子、花生米，都装在一个个白铁敲成的方碟子里。昆明的茶馆计账的方法有点特别：瓜子、花生，都是一个价钱，按碟算。喝完了茶，"收茶钱！"堂倌走过来，数一数碟子，就报出个钱数。我们的同学有时临窗饮茶，嗑完一碟瓜子，随手把铁皮碟往外一扔，"Pia——"，碟子就落进了水里。堂倌算账，还是照碟算。这些堂倌们晚上清点时，自然会发现碟子少了，并且也一定会知道这些碟子上哪里去了。但是从来没有一次收茶钱时因此和顾客吵起来过，并且在提着大铜壶用"凤凰三点头"手法为客人续水时，也从不拿眼睛"贼"着客人。把瓜子碟扔进水里，自然是不大道德，不过堂倌不那么斤斤计较的风度却是很可佩服的。

除了到翠湖图书馆看书,喝茶,我们更多的时候是到翠湖去"穷遛"。这"穷遛"有两层意思,一是不名一钱地遛,一是无穷无尽地遛。"园日涉以成趣",我们遛翠湖没有个够的时候。尤其是晚上,踏着斑驳的月光树影,可以在湖里一遛遛好几圈。一面走,一面海阔天空,高谈阔论。我们那时都是二十岁上下的人,似乎有很多话要说,可说,我们都说了些什么呢?我现在一句都记不得了!

我是一九四六年离开昆明的,一别翠湖,已经三十八年了,时间过得真快!

我是很想念翠湖的。

前几年,听说因为搞什么"建设",挖断了水脉,翠湖没有水了。我听了,觉得怅然,而且,愤怒了。这是怎么搞的!谁搞的?翠湖会成了什么样子呢?那些树呢?那些水浮莲呢?那些鱼呢?

最近听说,翠湖又有水了,我高兴!我当然会想到这是三中全会带来的好处,这是拨乱反正。

但是我又听说,翠湖现在很热闹,经常举办"蛇展"什么的,我又有点担心,这又会成了什么样子呢?我不反对翠湖游人多,甚至可以有游艇,甚至可以设立摊篷卖破酥包子、焖鸡米线、冰激凌、雪糕,但是最好不要搞"蛇展"。我希望还有一个明爽安静的翠湖,我想这也是很多昆明人的希望。

一九八四年五月九日

载一九八四年《滇池》第八期

金岳霖先生

　　西南联大有许多很有趣的教授，金岳霖先生是其中的一位。金先生是我的老师沈从文先生的好朋友，沈先生当面和背后都称他为"老金"，大概时常来往的熟朋友都这样称呼他。关于金先生的事，有一些是沈先生告诉我的，我在《沈从文先生在西南联大》一文中提到过金先生，有些事情在那篇文章里没有写进，觉得还应该写一写。

　　金先生的样子有点怪，他常年戴着一顶呢帽，进教室也不脱下。每一学年开始，给新的一班学生上课，他的第一句话总是："我的眼睛有毛病，不能摘帽子，并不是对你们不尊重，请原谅。"他的眼睛有什么病，我不知道，只知道怕阳光，因此他的呢帽的前檐压得比较低，脑袋总是微微地仰着。他后来配了一副眼镜，这副眼镜一只镜片是白的，一只是黑的，这就更怪了。后来在美国讲学期间把眼睛治好了，——好一些，眼镜也换了，但那微微仰着脑袋的姿态一直还没有改变。他身材相当高大，经常穿一件烟草黄色的麂皮夹克，天冷了就在里面围一条很长的驼色的羊绒围巾。联大的教授穿衣服是各色各样的。闻一多先生有一阵穿一件式样过时的灰色旧夹袍，是一个亲戚送给他的，领子很高，袖口极窄。联大有一次在龙云的长子、蒋介石的干儿子龙绳武家里开校友会，——龙云的长媳是清华校友，闻先生在会上大骂"蒋介石，王八蛋！混蛋！"那天穿的就是这件高领窄袖的旧夹袍。朱自清先生有一阵披着一件云南赶马人穿的蓝色毡子的一口钟。除了体育教员，教授里穿夹克的，好像只有金先生一个人。他的眼神即使是到美国治了后也还是不大好，走起路来有点深一脚浅一脚。他就这样穿着黄夹克，微仰着脑袋，深一脚浅一脚地在联大新校舍的一条土路上走着。

金先生教逻辑，逻辑是西南联大规定文学院一年级学生的必修课，班上学生很多，上课在大教室，坐得满满的。在中学里没有听说有逻辑这门学问，大一的学生对这课很有兴趣。金先生上课有时要提问，那么多的学生，他不能都叫得上名字来，——联大是没有点名册的，他有时一上课就宣布："今天，穿红毛衣的女同学回答问题。"于是所有穿红衣的女同学就都有点紧张，又有点兴奋。那时联大女生在蓝阴丹士林旗袍外面套一件红毛衣成了一种风气。——穿蓝毛衣、黄毛衣的极少。问题回答得流利清楚，也是件出风头的事。金先生很注意地听着，完了，说："Yes！请坐！"

学生也可以提出问题，请金先生解答。学生提的问题深浅不一，金先生有问必答，很耐心。有一个华侨同学叫林国达，操广东普通话，最爱提问题，问题大都奇奇怪怪。他大概觉得逻辑这门学问是挺"玄"的，应该提点怪问题。有一次他又站起来提了一个怪问题，金先生想了一想，说："林国达同学，我问你一个问题：Mr 林国达 is perpenticular to the blackboard（林国达君垂直于黑板），这什么意思？"林国达傻了。林国达当然无法垂直于黑板，但这句话在逻辑上没有错误。

林国达游泳淹死了，金先生上课，说："林国达死了，很不幸。"这一堂课，金先生一直没有笑容。

有一个同学，大概是陈蕴珍，即萧珊，曾问过金先生："您为什么要搞逻辑？"逻辑课的前一半讲三段论，大前提、小前提、结论、周延、不周延、归纳、演绎……还比较有意思。后半部全是符号，简直像高等数学。她的意思是：这种学问多么枯燥！金先生的回答是："我觉得它很好玩。"

除了文学院大一学生必修逻辑，金先生还开了一门"符号逻辑"，是选修课，这门学问对我来说简直是天书。选这门课的人很少，教室里只有几个人。学生里最突出的是王浩，金先生讲着讲着，有时会停下来，问："王浩，你以为如何？"这堂课就成了他们师生二人的对话。王浩现在在美国，前些年写了一篇关于金先生的较长的文章，大概是论金先生之学的，我没有见到。

王浩和我是相当熟的，他有个要好的朋友王景鹤，和我同在昆明黄土坡一个中学教书，王浩常来玩。来了，常打篮球，大都是吃了午饭就打，王浩管吃了饭就打球叫"练盲肠"。王浩的相貌颇"土"，脑袋很大，剪了一个光头，——联大同学剪光头的很少，说话带山东口音。他现在成了洋人——美籍华人，国际知名的学者，我实在想象不出他现在是什么样子。前年他回国讲学，托一个同学要我给他画一张画。我给他画了几个青头菌、牛肝菌、一根大葱、两头蒜，还有一块很大的宣威火腿，——火腿是很少入画的。我在画上题了几句话，有一句是"以慰王浩异国乡情"。王浩的学问，原来是师承金先生的。一个人一生哪怕只教出一个好学生，也值得了。当然，金先生的好学生不止一个人。

金先生是研究哲学的，但是他看了很多小说，从普鲁斯特到福尔摩斯，都看。听说他很爱看平江不肖生的《江湖奇侠传》。有几个联大同学住在金鸡巷，陈蕴珍、王树藏、刘北汜、施载宣（萧荻）。楼上有一间小客厅，沈先生有时拉一个熟人去给少数爱好文学、写写东西的同学讲一点什么。金先生有一次也被拉了去，他讲的题目是《小说和哲学》，题目是沈先生给他出的。大家以为金先生一定会讲出一番道理，不料金先生讲了半天，结论却是：小说和哲学没有关系。有人问："那么《红楼梦》呢？"金先生说："《红楼梦》里的哲学不是哲学。"他讲着讲着，忽然停下来："对不起，我这里有个小动物。"他把右手伸进后脖颈，捉出了一个跳蚤，捏在手指里看看，甚为得意。

金先生是个单身汉（联大教授里不少光棍，杨振声先生曾写过一篇游戏文章《释鳏》，在教授间传阅），无儿无女，但是过得自得其乐。他养了一只很大的斗鸡（云南出斗鸡），这只斗鸡能把脖子伸上来，和金先生一个桌子吃饭。他到处搜罗大梨、大石榴，拿去和别的教授的孩子比赛。比输了，就把梨或石榴送给他的小朋友，他再去买。

金先生朋友很多，除了哲学家的教授外，时常来往的，据我所知，有梁思成、林徽因夫妇，沈从文、张奚若……君子之交淡如水，坐定之后，清茶一杯，闲话片刻而已。金先生对林徽因的谈吐才华，十分欣赏。现在的年轻人多不知道林徽因，她是学建筑的，但是对文学的趣味极高，精于鉴赏，所写的诗和小说如《窗子以外》、

《九十九度中》风格清新，一时无二。林徽因死后，有一年，金先生在北京饭店请了一次客，老朋友收到通知，都纳闷：老金为什么请客？到了之后，金先生才宣布："今天是徽因的生日。"

金先生晚年深居简出，毛主席曾经对他说："你要接触接触社会。"金先生已经八十岁了，怎么接触社会呢？他就和一个蹬平板三轮车的约好，每天蹬着他到王府井一带转一大圈。我想象金先生坐在平板三轮上东张西望，那情景一定非常有趣。王府井人挤人，熙熙攘攘，谁也不会知道这位东张西望的老人是一位一肚子学问，为人天真、热爱生活的大哲学家。

金先生治学精深，而著作不多。除了一本大学丛书里的《逻辑》，我所知道的，还有一本《论道》。其余还有什么，我不清楚，须问王浩。

我对金先生所知甚少，希望熟知金先生的人把金先生好好写一写。

联大的许多教授都应该有人好好地写一写。

一九八七年二月二十三日
载一九八七年《读书》第五期

星斗其文，赤子其人

　　沈先生逝世后，傅汉斯、张充和从美国电传来一幅挽辞。字是晋人小楷，一看就知道是张充和写的。词想必也是她拟的，只有四句：

　　不折不从　亦慈亦让
　　星斗其文　赤子其人

　　这是嵌字格，但是非常贴切，把沈先生的一生概括得很全面。这位四妹对三姐夫沈二哥真是非常了解。——荒芜同志编了一本《我所认识的沈从文》，写得最好的一篇，我以为也应该是张充和写的《三姐夫沈二哥》。

　　沈先生的血管里有少数民族的血液，他在填履历表时，"民族"一栏里填土家族或苗族都可以，可以由他自由选择。湘西有少数民族血统的人大都有一股蛮劲，狠劲，做什么都要作出一个名堂。黄永玉就是这样的人。沈先生瘦瘦小小（晚年发胖了），但是有用不完的精力。他小时是个顽童，爱游泳（他叫"游水"），进城后好像就不游了，三姐（师母张兆和）很想看他游一次泳，但是没有看到，我当然更没有看到过。他少年当兵，漂泊转徙，很少连续几晚睡在同一张床上。吃的东西，最好的不过是切成四方的大块猪肉（煮在豆芽菜汤里）。行军、拉船，锻炼出一副极富耐力的体魄。二十岁冒冒失失地闯到北平来，举目无亲，连标点符号都不会用，就想用手中一支笔打出一个天下。经常为弄不到一点东西"消化消化"而发愁，冬天屋里生不起火，用被子围起来，还是不停地写。我一九四六年到上海，因为找不到职业，情绪很坏，他写信把我大骂了一顿，说："为了一时的困难，就这样哭哭啼啼的，甚至想到要自杀，真是没出息！你手中有一支笔，怕什么！"他在信里说了一些他刚到北京时的情形——同时又叫三姐从苏州写了一封很长的信安慰我。他真的用一支笔打出了一个天下了。一个只读过小学的人，竟成了一个大作家，而且积累了那么多的学问，真是一个奇迹。

沈先生很爱用一个别人不常用的词"耐烦"，他说自己不是天才（他应当算是个天才），只是耐烦。他对别人的称赞，也常说"要算耐烦"。看见儿子小虎搞机床设计时，说"要算耐烦"；看见孙女小红做作业时，也说"要算耐烦"。他的"耐烦"，意思就是锲而不舍，不怕费劲。一个时期，沈先生每个月都要发表几篇小说，每年都要出几本书，被称为"多产作家"，但是写东西不是很快的，从来不是一挥而就。他年轻时常常日以继夜地写。他常流鼻血，血液凝聚力差，一流起来不易止住，很怕人。有时夜间写作，竟至晕倒，伏在自己的一摊鼻血里，第二天才被人发现。我就亲眼看到过他的带有鼻血痕迹的手稿。他后来还常流鼻血，不过不那么厉害了。他自己知道，并不惊慌。很奇怪，他连续感冒几天，一流鼻血，感冒就好了。他的作品看起来很轻松自如，若不经意，但都是苦心刻琢出来的。《边城》一共不到七万字，他告诉我，写了半年。他这篇小说是在《国闻周报》上连载的，每期一章，小说共二十一章，21×7=147，我算了算，差不多正是半年。这篇东西是他新婚之后写的，那时他住在达子营，巴金住在他那里。他们每天写，巴老在屋里写，沈先生搬个小桌子，在院子里树荫下写。巴老写了一个长篇，沈先生写了《边城》。他称他的小说为"习作"，并不完全是谦虚。有些小说是为了教创作课给学生示范而写的，因此试验了各种方法。为了教学生写对话，有的小说通篇都用对话组成，如《若墨医生》;有的，一句对话也没有。《月下小景》确是为了履行许给张家小五的诺言"写故事给你看"而写的。同时，当然是为了试验一下"讲故事"的方法（这一组"故事"明显地看得出受了《十日谈》和《一千零一夜》的影响）。同时，也为了试验一下把六朝译经和口语结合的文体；这种试验，后来形成一种他自己说是"文白夹杂"的独特的沈从文体，在四十年代的文字（如《烛虚》）中尤为成熟。他的亲戚、语言学家周有光曾说"你的语言是古英语"，甚至是拉丁文。沈先生讲创作，不大爱说"结构"，他说是"组织"。我也比较喜欢"组织"这个词，"结构"过于理智，"组织"更带感情，较多作者的主观。他曾把一篇小说一条一条地裁开，用不同方法组织，看看哪一种形式更为合适。沈先生爱改自己的文章，他的原稿，一改再改，天头地脚页边，都是修改的字迹。蜘蛛网似的，这里牵出一条，那里牵出一条。作品发表了，改；成书了，改。看到自己的文章，总要改。有时改了多次，反而不如原来的，以至三姐后来不许他改了（三姐是沈先生文集的一个极其细心、极其认真的义务责任编辑）。沈先生的作品写得最快，最顺畅，改得最少的，只有一本《从文自传》。这本自传没有经过冥思苦想，只用了三个星期，一气呵成。

他不大用稿纸写作，在昆明写东西，是用毛笔写在当地出产的竹纸上的，自己折出印子。他也用钢笔，蘸水钢笔，他抓钢笔的手势有点像抓毛笔（这一点可以证明他不是洋学堂出身）。《长河》就是用钢笔写的，写在一个硬面的练习簿上，直行，两面写。他的原稿的字很清楚，不潦草，但写的是行书，不熟悉他的字体的排字工人是会感到困难的。他晚年写信写文章爱用秃笔淡墨，用秃笔写那样小的字，不但清楚，而且顿挫有致，真是一个功夫。

他很爱他的家乡，他的《湘西》、《湘行散记》和许多篇小说可以作证。他不止一次和我谈起棉花坡，谈起枫树坳，——一到秋天满城落了枫树的红叶。一说起来，不胜神往。黄永玉画过一张凤凰沈家门外的小巷，屋顶墙壁颇零乱，有大朵大朵的红花——不知是不是夹竹桃，画面颜色很浓，水气泱泱。沈先生很喜欢这张画，说："就是这样！"八十岁那年，和三姐一同回了一次凤凰，领着她看了他小说中所写的各处，都还没有大变样。家乡人闻知沈从文回来了，简直不知怎样招待才好。他说："他们为我捉了一只锦鸡！"锦鸡毛羽很好看，他很爱那只锦鸡，还抱着它照了一张相，后来知道竟作了他的盘中餐，对三姐说："真煞风景！"锦鸡肉并不怎么好吃。沈先生说及时大笑，但也表现出对乡人的殷勤十分感激。他在家乡听了傩戏，这是一种古调犹存的很老的弋阳腔。打鼓的是一位七十多岁的老人，他对年轻人打鼓失去旧范很不以为然。沈先生听了，说："这是楚声，楚声！"他动情地听着"楚声",泪流满面。

沈先生八十岁生日,我曾写了一首诗送他,开头两句是:

犹及回乡听楚声,
此身虽在总堪惊。

端木蕻良看到这首诗,认为"犹及"二字很好。我写下来的
时候就有点觉得这不大吉利,没想到沈先生再也不能回家乡听一
次了!他的家乡每年有人来看他,沈先生非常亲切地和他们谈话,
一坐半天。每当同乡人来了,原来在座的朋友或学生就只有退避
在一边,听他们谈话。沈先生很好客,朋友很多,老一辈的有林
宰平、徐志摩。沈先生提及他们时充满感情,没有他们的提挈,
沈先生也许就会当了警察,或者在马路旁边"瘪了"。我认识他后,
他经常来往的有杨振声、张奚若、金岳霖、朱光潜诸先生,梁思
成、林徽因夫妇。他们的交往真是君子之交,既无朋党色彩,也
无酒食征逐,清茶一杯,闲谈片刻。杨先生有一次托沈先生带信,
让我到南锣鼓巷他的住处去,我以为有什么事。去了,只是他亲
自给我煮一杯咖啡,让我看一本他收藏的姚茫父的册页。这册页
的芯子只有火柴盒那样大,横的,是山水,用极富金石味的墨线
勾轮廓,设极重的青绿,真是妙品。杨先生对待我这个初露头角
的学生如此,则其接待沈先生的情形可知。杨先生和沈先生夫妇
曾在颐和园住过一个时期,想来也不过是清晨或黄昏到后山谐趣
园一带走走,看看湖里的金丝莲,或写出一张得意的字来,互相
欣赏欣赏,其余时间各自在屋里读书做事,如此而已。

沈先生对青年的帮助真是不遗余力,他曾经自己出钱为一个

诗人出了第一本诗集。一九四七年，诗人柯原的父亲故去，家中拉了一笔债，沈先生提出卖字来帮助他。《益世报》登出了沈从文卖字的启事，买字的可定出规格，而将价款直接寄给诗人。柯原一九八〇年去看沈先生，沈先生才记起有这回事。他对学生的作品细心修改，寄给相熟的报刊，尽量争取发表。他这辈子为学生寄稿的邮费，加起来是一个相当可观的数字。抗战时期，通货膨胀，邮费也不断涨，往往寄一封信，信封正面反面都得贴满邮票。为了省一点邮费，沈先生总是把稿纸的天头地脚页边都裁去，只留一个稿芯，这样分量轻一点。稿子发表了，稿费寄来，他必为亲自送去。李霖灿在丽江画玉龙雪山，他的画都是寄到昆明，由沈先生代为出手的。我在昆明写的稿子，几乎无一篇不是他寄出去的。一九四六年，郑振铎、李健吾先生在上海创办《文艺复兴》，沈先生把我的《小学校的钟声》和《复仇》寄去。这两篇稿子写出已经有几年，当时无地方可发表。稿子是用毛笔楷书写在学生作文的绿格本上的，郑先生收到，发现稿纸上已经叫蠹虫蛀了好些洞，使他大为激动。沈先生对我这个学生是很喜欢的。为了躲避日本飞机空袭，他们全家有一阵住在呈贡新街，后迁跑马山桃源新村。沈先生有课时进城住两三天，他进城时，我都去看他，交稿子，看他收藏的宝贝，借书。沈先生的书是为了自己看，也为了借给别人看的。"借书一痴，还书一痴"，借书的痴子不少，还书的痴子可不多，有些书借出去一去无踪。有一次，晚上，我喝得烂醉，坐在路边，沈先生到一处演讲回来，以为是一个难民，生了病，走近看看，是我！他和两个同学把我扶到他住处，灌了好些酽茶，我才醒过来。有一回我去看他，牙疼，腮帮子肿得老高。沈先生开了门，一看，一句话没说，出去买了几个大橘子抱着回来了。沈先生的家庭是我见到的最好的家庭，随时都在亲切和谐气氛中。两个儿子，小龙小虎，兄弟怡怡。他们都很高尚清白，无丝毫庸俗习气，无一句粗鄙言语，——他们都很幽默，但幽默得很温雅。一家人于钱上都看得很淡，《沈从文文集》的稿费寄到，九千多元，大概开过家庭会议，又从存款中取出几百元，凑成一万，寄到家乡办学。沈先生也有生气的时候，也有极度烦恼痛苦的时候，在昆明，在北京，我都见到过，但多数时候都是笑眯眯的。他总是用一种善意的、含情的微笑，来看这个世界的一切。到了晚年，喜欢放声大笑，笑得合不拢嘴，且摆动双手作势，真像一个孩子。只有看破一切人事乘除，得失荣辱，全置度外，心地明净无渣滓的人，才能这样畅快地大笑。

沈先生五十年代后放下写小说散文的笔（偶然还写一点，笔下仍极活泼，如写纪念陈翔鹤文章，实写得极好），改业钻研文物，而且钻出了很大的名堂，不少中国人、外国人都很奇怪。实不奇怪，沈先生很早就对历史文物有很大兴趣。他写的关于展子虔《游春图》的文章，我以为是一篇重要文章，从人物服装颜色式样考订图画的年代和真伪，是别的鉴赏家所未注意的方法。他关于书法的文章，特别是对宋四家的看法，很有见地。在昆明，我陪他去遛街，总要看看市招，到裱画店看看字画。昆明市政府对面有一堵大照壁，写满了一壁字（内容已不记得，大概不外是总理遗训），字有七八寸见方大，用二爨掺一点北魏造像题记笔意，白墙蓝字，是一位无名书家写的，写得实在好。我们每次经过，都要去看看。昆明有一位书法家叫吴忠荩，字写得极多，很多人家都有他的字，家家裱画店都有他的刚刚裱好的字。字写得很熟练，行书，只是用笔枯扁，结体少变化。沈先生还去看过他，说："这位老先生写了一辈子字！"意思颇为他水平受到限制而惋惜。昆明碰碰撞撞都可见到黑漆金字抱柱楹联上钱南园的四方大颜字，也还值得一看。沈先生到北京后即喜欢搜集瓷器，有一个时期，他家用的餐具都是很名贵的旧瓷器，只是不配套，因为是一件一件地买回来的。他一度专门搜集青花瓷，买到手，过一阵就送人，西南联大好几位助教、研究生结婚时都收到沈先生送的雍正青花的茶杯或酒杯。沈先生对陶瓷赏鉴极精，一眼就知是什么朝代的。一个朋友送我一个梨皮色釉的粗瓷盒子，我拿去给他看，他说："元朝东西，民间窑！"有一阵搜集旧纸，大都是乾隆以前的，多是染过色的，瓷青的、豆绿的、水红的，触手细腻到像煮熟的鸡蛋白外的薄皮，真是美极了。至于茧纸、高丽发笺，那是凡品了。（他搜集旧纸，但自己舍不得用来写字。晚年写字用糊窗户的高丽纸，他说："我的字值三分钱。"）

在昆明，搜集了一阵耿马漆盒，这种漆盒昆明的地摊上很容易买到，且不贵。沈先生搜集器物的原则是"人弃我取"。其实这种竹胎的，涂红黑两色漆，刮出极繁复而奇异的花纹的圆盒是很美的。装点心，装花生米，装邮票杂物均合适，放在桌上也是个摆设。这种漆盒也都陆续送人了，客人来，坐一阵，临走时大都能带走一个漆盒。有一阵研究中国丝绸，弄到许多"大藏经"的封面，各种颜色都有，宝蓝的、茶褐的、肉色的，花纹也是各式各样。沈先生后来写了一本《中国丝绸图案》。有一阵研究刺绣，除了衣服、裙子，弄了好多扇套、眼镜盒、香袋，不知他是从哪里"寻摸"来的。这些绣品的针法真是多种多样，我只记得有一种绣法叫"打子"，是用一个一个丝线疙瘩缀出来的。他给我看一种绣品，叫"七色晕"，用七种颜色的绒绣成一个团花，看了真叫人发晕。他搜集、研究这些东西，不是为了消遣，是从发现、证实中国历史文化的优越这个角度出发的，研究时充满感情。我在他八十岁生日写给他的诗里有一联：

玩物从来非丧志，
著书老去为抒情。

这全是纪实，沈先生提及某种文物时常是赞叹不已，马王堆那副不到一两重的纱衣，他不知说了多少次。刺绣用的金线原来是盲人用一把刀，全凭手感，就金箔上切割出来的。他说起时非常感动。有一个木俑（大概是楚俑）一尺多高，衣服非常特别：上衣的一半（连同袖子）是黑色，一半是红的；下裳正好相反，一半是红的，一半是黑的。沈先生说："这真是现代派！"如果照这样式（一点不用修改）做一件时装，拿到巴黎去，由一个长身细腰的模特儿穿起来，到表演台上转那么一转，准能把全巴黎都"镇"了！他平生搜集的文物，在他生前全都分别捐给了几个博物馆、工艺美术院校和工艺美术工厂，连收条都不要一个。

沈先生自奉甚薄，穿衣服从不讲究。他在《湘行散记》里说他穿了一件细毛料的长衫，这件长衫我可没见过。我见他时总是一件洗得褪了色的蓝布长衫，夹着一摞书，匆匆忙忙地走。解放后是蓝卡其布或涤卡的干部服，黑灯芯绒的"懒汉鞋"。有一年做了一件皮大衣（我记得是从房东手里买的一件旧皮袍改制的，灰

206

色粗线呢面），他穿在身上，说是很暖和，高兴得像一个孩子。吃得很清淡，我没见他下过一次馆子。在昆明，我到文林街二十号他的宿舍去看他，到吃饭时总是到对面米线铺吃一碗一角三分钱的米线。有时加一个西红柿，打一个鸡蛋，超不过两角五分。三姐是会做菜的，会做八宝糯米鸭，炖在一个大砂锅里，但不常做。他们住在中老胡同时，有时张充和骑自行车到前门月盛斋买一包烧羊肉回来，就算加了菜了。在小羊宜宾胡同时，常吃的不外是炒四川的菜头，炒茨菰。沈先生爱吃茨菰，说："这个好，比土豆'格'高。"他在《自传》中说他很会炖狗肉，我在昆明、在北京都没见他炖过一次。有一次他到他的助手王亚蓉家去，先来看看我（王亚蓉住在我们家马路对面，——他七十多了，血压高到二百多，还常为了一点研究资料上的小事到处跑），我让他过一会儿来吃饭。他带来一卷画，是古代马戏图的摹本，实在是很精彩。他非常得意地问我的女儿："精彩吧？"那天我给他做了一只烧羊腿，一条鱼。他回家一再向三姐称道："真好吃。"他经常吃的荤菜是：猪头肉。

　　他的丧事十分简单。他凡事不喜张扬，最反对搞个人的纪念活动，反对"办生做寿"。他生前累次嘱咐家人，他死后，不开追悼会，不举行遗体告别。但火化之前，总要有一点仪式。新华社消息的标题是"沈从文告别亲友和读者"，是合适的。只通知少数亲友。——有一些景仰他的人是未接通知自己去的。不收花圈，只有约二十多个布满鲜花的花篮，很大的白色的百合花、康乃馨、菊花、菖兰。参加仪式的人也不戴纸制的白花，但每人发给一枝半开的月季，行礼后放在遗体边。不放哀乐，放沈先生生前喜爱的音乐，如贝多芬的《悲怆奏鸣曲》等。沈先生面色如生，很安详地躺着。我走近他身边，看着他，久久不能离开。这样一个人，就这样地去了。我看他一眼，又看一眼，我哭了。

沈先生家有一盆虎耳草，种在一个椭圆形的小小钧窑盆里。很多人不认识这种草，这就是《边城》里翠翠在梦里采摘的那种草，沈先生喜欢的草。

一九八八年五月二十六日
载一九八八年《人民文学》第七期

沈从文转业之谜

　　沈先生忽然改了行，他的一生分成了两截：一九四九年以前，他是作家，写了四十几本小说和散文；一九四九年以后，他变成了一个文物研究专家，写了一些关于文物的书，其中最重大（真是又重又大）的一本是《中国古代服饰研究》。近十年沈先生的文学作品重新引起注意，尤其是青年当中，形成了"沈从文热"。一些读了他的小说的年轻一些的读者觉得非常奇怪：他为什么不再写了呢？国外有些研究中国现代文学的学者也为之大惑不解。我是知道一点内情的，但也说不出个究竟。在他改业之初，我曾经担心他能不能在文物研究上搞出一个名堂，因为从我和他的接触（比如讲课）中，我觉得他缺乏"科学头脑"。后来发现他"另有一功"，能把抒情气质和科学条理完美地结合起来，搞出了成绩，我松了一口气，觉得"这样也好"，我就不大去想他的转业的事了。沈先生去世后，沈虎雏整理沈先生遗留下来的稿件、信件。我因为刊物约稿，想起沈先生改行的事，要找虎雏谈谈。我爱人打电话给三姐（师母张兆和），三姐说："叫曾祺来一趟，我有话跟他说。"我去了，虎雏拿出几封信：一封是给一个叫吉六的青年作家的退稿信（一封很重要的信）。一封是沈先生在一九六一年二月二日写给我的很长的信（这封信真长，是在练习本撕下来的纸上写的，钢笔小字，两面写，共十二页，估计不下六千字，是在医院里写的），这封信，他从医院回家后用毛笔在竹纸上重写了一遍寄给我，这是底稿；其时我正戴了"右派分子"帽子，下放张家口沙岭子劳动（沈先生寄给我的原信我一直保存着，在"文化大革命"中遗失了）。还有一九四七年我由上海寄给沈先生的两封信。看了这几封信，我对沈先生转业的前因后果，逐渐形成一个比较清晰的轮廓。

从一个方面说，沈先生的改行，是"逼上梁山"，是他多年挨骂的结果，左、右都骂他。沈先生在写给我的信中说：

我希望有些人不要骂我，不相信，还是要骂。根本连我写什么也不看，只图个痛快。于是骂倒了，真的倒了，但是究竟是谁的损失？

沈先生的挨骂，以前的，我不知道。我知道的，对他的大骂，大概有三次。

一次是抗日战争时期，约在一九四二年顷，从桂林发动，有几篇很锐利的文章。我记得有一篇是聂绀弩写的，聂绀弩我后来认识，是一个非常好的人。他后来也因黄永玉之介去看过沈先生，认为那全是一场误会，聂和沈先生成了很好的朋友，彼此毫无芥蒂。

第二次是一九四七年，沈先生写了两篇杂文，引来一场围攻。那时我在上海，到巴金先生家，李健吾先生在座。李健吾先生说，劝从文不要写这样的杂论，还是写他的小说。巴金先生很以为然。我给沈先生写的两封信，说的便是这样的意思。

第三次是从香港发动的。一九四八年三月，香港出了一本《大众文艺丛刊》，撰稿人为党内外的理论家。其中有一篇郭沫若写的《斥反动文艺》，文中说沈从文"一直是有意识地作为反动派而活动着"，这对沈先生是致命的一击。可以说，是郭沫若的这篇文章，把沈从文从一个作家骂成了一个文物研究者。事隔三十年，沈先生的《中国古代服饰研究》却由前中国科学院院长郭沫若写了序。人事变幻，云水悠悠，逝者如斯，谁能逆料？这也是历史。

已经有几篇文章披露了沈先生在解放前后神经混乱的事（我本来是不愿意提及这件事的），但是在这以前，沈先生对形势的估计和对自己前途的设想是非常清醒，非常理智的。他在一九四八年十二月七日写给吉六君的信中说：

大局玄黄未定……一切终得变。从大处看发展，中国行将进入一个崭新时代，则无可怀疑。

基于这样的信念，才使沈先生在北平解放前下决心留下来。留下来不走的，还有朱光潜先生、杨振声先生。朱先生和沈先生同住在中老胡同，杨先生也常来串门。对于"玄黄未定"之际的行止，他们肯定是多次商量过的。他们决定不走，但是心境是惶然的。

一天，北京大学贴出了一期壁报，大字全文抄出了郭沫若的《斥反动文艺》。不知道这是地下党的授意，还是进步学生社团自己干的。在那样的时候，贴出这样的大字报，是什么意思呢？这不是"为渊驱鱼"，把本来应该争取、可以争取的高级知识分子一齐推出去么？这究竟是谁的主意，谁的决策？

这篇壁报对沈先生的压力很大，沈先生由神经极度紧张，到患了类似迫害狂的病症（老是怀疑有人监视他，制造一些尖锐声音来刺激他），直接的原因，就是这张大字壁报。

沈先生在精神濒临崩溃的时候，脑子却又异常清楚，所说的一些话常有很大的预见性。四十年前说的话，今天看起来还是很准确。

"一切终得变"，沈先生是竭力想适应这种"变"的。他在写给吉六君的信上说：

用笔者求其有意义，有作用，传统写作方式以及对社会的态度，值得严肃认真加以检讨，有所抉择。对于过去种种，得决心放弃，重新起始来学习。这个新的起始，并不一定即能配合当前需要，唯必能把握住一个进步原则来肯定，来完成，来促进。

但是他又估计自己很难适应：

人近中年，情绪凝固，又或因情绪内向，缺乏适应能力，用笔方式，二十年三十年统统由一个"思"字出发，此时却必须用"信"字起步，或不容易扭转。过不多久，即未被迫搁笔，亦终得把笔搁下。这是我们一代若干人必然结果。

不幸而言中。沈先生对自己搁笔的原因分析得再清楚不过了。不断挨骂，是客观原因；不能适应，有主观成分，也有客观因素。解放后搁笔的，在沈先生一代人中不止沈先生一个人，不过不像沈先生搁得那样彻底，那样明显，其原因，也不外是"思"与"信"的矛盾。三十多年来，直到"文化大革命"结束，中国文艺的主要问题也是强调"信"，忽略"思"。十一届三中全会以后，新时期十年文学的转机，也正是由"信"回复到"思"，作家可以真正地独立思考，可以用自己的眼睛观察生活，用自己的脑和心思索生活，用自己的手表现生活了。

北平一解放，我们就觉得沈先生无法再写作，也无法再在北京大学教书。教什么呢？在课堂上他能说些什么话呢？他的那一套肯定是不行的。

沈先生为自己找到一条出路，也可以说是一条退路：改行。

沈先生的改行并不是没有准备、没有条件的。据沈虎雏说，他对文物的兴趣比对文学的兴趣产生得更早一些。他十八岁时曾在一个统领官身边做书记，这位统领官收藏了百来轴自宋至明清的旧画，几十件铜器及古瓷，还有十来箱书籍，一大批碑帖。这些东西都由沈先生登记管理，由于应用，沈先生学会了许多知识。无事可做时，就把那些古画一轴一轴地取出，挂到壁间独自欣赏，或翻开《西清古鉴》、《薛氏彝器钟鼎款识》来看。"我从这方面对于这个民族在一段长长的年份中，用一片颜色，一把线，一块青铜或一堆泥土，以及一组文字，加上自己生命做成的种种艺术，皆得了一个初步普遍的认识。由于这点初步知识，使一个以鉴赏人类生活与自然现象为生的乡下人，进而对人类智慧光辉的领会，发生了极宽泛而深切的兴味。"（见《从文自传·学历史的地方》）沈先生对文物的兴趣，自始至终，一直是从这一点出发的，是出于对民族，对于民族的历史和文化的深爱。他的文学创作、文物研究，都浸透了爱国主义的感情。从热爱祖国这一点上看，也可以说沈先生并没有改行。我心匪石，不可转也，爱国爱民，始终如一，只是改变了一下工作方式。

沈先生的转业并不是十分突然的，是逐渐完成的。北平解放前一年，北大成立了博物馆系，并设立了一个小小的博物馆。这个博物馆是在杨振声、沈从文等几位热心的教授的赞助下搞起来的，馆中的陈列品很多是沈先生从家里搬去的。中国历史博物馆成立以后，因与馆长很熟，时常跑去帮忙。后来就离开北大，干脆调过去了。沈先生改行，心情是很矛盾的，他有时很痛苦，有时又觉得很轻松。他名心很淡，不大计较得失。沈先生到了历史博物馆，除了鉴定文物，还当讲解员。常书鸿先生带了很多敦煌壁画的摹本在午门楼上展览，他自告奋勇，每天都去。我就亲眼看见他非常热情兴奋地向观众讲解，一个青年问我："这人是谁？他怎么懂得这么多？"从一个大学教授到当讲解员，沈先生不觉有什么"丢份"。他那样子不但是自得其乐，简直是得其所哉。只是熟人看见他在讲解，心里总不免有些凄然。

　　沈先生对于写作也不是一下就死了心，"跛者不忘履"，一个人写了三十年小说，总不会彻底忘情，有时是会感到手痒的。他对自己写作是很有信心的，在写给我的信上说："拿破仑是伟人，可是我们羡慕也学不来。至于雨果、莫里哀、托尔斯泰、契诃夫等等的工作，想效法却不太难（我初来北京还不懂标点时，就想到这并不太难）。"直到一九六一年写给我的长信上还说，因为高血压，馆（历史博物馆）中已决定"全休"，他想用一年时间"写本故事"（一个长篇），写三姐家堂兄三代闹革命。他为此两次到宣化去，"已得到十万字材料，估计写出来必不会太坏……"想重新提笔，反反复复，经过多次。终于没有实现，一是客观环境不允许，他自己心理障碍很大。他在写给我的信上说："幻想……照

214

我的老办法，呆头呆脑用契诃夫作个假对象，竞赛下去，也许还会写个十来个本本的。……可是万一有个什么人在刊物上寻章摘句，以为这是什么'修正主义'，如此或如彼的一说，我还是招架不住，也可说不费吹灰之力，一切努力，即等于白费。想到这一点，重新动笔的勇气，不免就消失一半。"二是，他后来一头扎进了文物，"越陷越深"，提笔之念，就淡忘了。他手里有几十个研究选题待完成，他有很大的责任感和紧迫感，时间精力全为文物占去，实在顾不上再想写作了。

从写小说到改治文物，而且搞出丰硕的成果，失之东隅，收之桑榆，就沈先生个人说，无所谓得失。就国家来说，失去一个作家，得到一个杰出的文物研究专家，也许是划得来的。但是从一个长远的历史角度来看，这算不算损失？如果是损失，那么，是谁的损失？谁为为之？孰令致之？这问题还是很值得我们深思的，我们应该从沈从文的转业得出应有的历史教训。

一九八八年八月二十四日

老舍先生

　　北京东城迺兹府丰富胡同有一座小院，走进这座小院，就觉得特别安静，异常豁亮，这院子似乎经常布满阳光。院里有两棵不大的柿子树（现在大概已经很大了），到处是花，院里、廊下、屋里，摆得满满的。按季更换，都长得很精神，很滋润，叶子很绿，花开得很旺。这些花都是老舍先生和夫人胡絜青亲自莳弄的，天气晴和，他们把这些花一盆盆抬到院子里，一身热汗；刮风下雨，又一盆一盆抬进屋，又是一身热汗。老舍先生曾说："花在人养。"老舍先生爱花，真是到了爱花成性的地步，不是可有可无的了。汤显祖曾说他的词曲"俊得江山助"，老舍先生的文章也可以说是"俊得花枝助"。叶浅予曾用白描为老舍先生画像，四面都是花，老舍先生坐在百花丛中的藤椅里，微仰着头，意态悠远。这张画不是写实，意思恰好。

　　客人被让进了北屋当中的客厅，老舍先生就从西边的一间屋子走出来。这是老舍先生的书房兼卧室，里面陈设很简单，一桌、一椅、一榻。老舍先生腰不好，习惯睡硬床。老舍先生是文雅的、彬彬有礼的，他的握手是轻轻的，但是很亲切。茶已经沏出色了，老舍先生执壶为客人倒茶，据我的印象，老舍先生总是自己给客

216

人倒茶的。

老舍先生爱喝茶，喝得很勤，而且很酽。他曾告诉我，到莫斯科去开会，旅馆里倒是为他特备了一只暖壶。可是他沏了茶，刚喝了几口，一转眼，服务员就给倒了。"他们不知道，中国人是一天到晚喝茶的！"

有时候，老舍先生正在工作，请客人稍候，你也不会觉得闷得慌，你可以看看花。如果是夏天，就可以闻到一阵一阵香白杏的甜香味儿；一大盘香白杏放在条案上，那是专门为了闻香而摆设的。你还可以站起来看看西壁上挂的画。

老舍先生藏画甚富，大都是精品，所藏齐白石的画可谓"绝品"。壁上所挂的画是时常更换的，挂的时间较久的，是白石老人应老舍点题而画的四幅屏，其中一幅是很多人在文章里提到过的"蛙声十里出山泉"。"蛙声"如何画？白石老人只画了一脉活泼的流泉，两旁是乌黑的石崖，画的下端画了几只摆尾的蝌蚪。画刚刚裱起来时，我上老舍先生家去，老舍先生对白石老人的设想赞叹不止。

老舍先生极其爱重齐白石，谈起来总是充满感情，我所知道的一点白石老人的逸事，大都是从老舍先生那里听来的。老舍先生谈这四幅里原来点的题有一句是苏曼殊的诗（是哪一句我忘记了），要求画卷心的芭蕉。老人踌躇了很久，终于没有应命，因为他想不起芭蕉的心是左旋还是右旋的了，不能胡画。老舍先生说："老人是认真的。"老舍先生谈起过，有一次要拍齐白石的画的电影，想要他拿出几张得意的画来，老人说："没有！"后来由他的学生再三说服动员，他才从画案的隙缝中取出一卷（他是木匠出身，他的画案有他自制的"消息"），外面裹着好几层报纸，写着四个大字"此是废纸"。打开一看，都是惊人的杰作——就是后来纪录片里所拍摄的。白石老人家里人口很多，每天煮饭的米都是老人亲自量，用一个香烟罐头。"一下、两下、三下……行了！"——"再添一点，再添一点！"——"吃那么多呀！"有人曾提出把老人接出来住，这么大岁数了，不要再操心这样的家庭琐事。老舍先生知道了，给拦了，说："别！他这么着惯了。不叫他干这些，他就活不成了。"老舍先生的意见表现了他对人的理解，对一个人生活习惯的尊重，同时也表现了对白石老人真正的关怀。

老舍先生很好客，每天下午，来访的客人不断，作家、画家、戏曲、曲艺演员……老舍先生都是以礼相待，谈得很投机。

每年，老舍先生要把市文联的同人约到家里聚两次：一次是菊花开的时候，赏菊；一次是他的生日，——我记得是腊月二十三。酒菜丰盛，而有特点。酒是"敞开供应"，汾酒、竹叶青、伏特加，愿意喝什么喝什么，能喝多少喝多少。有一次很郑重地拿出一瓶葡萄酒，说是毛主席送来的，让大家都喝一点。菜是老舍先生亲自搭配的，老舍先生有意叫大家尝尝地道的北京风味。我记得有一次用一瓷钵芝麻酱炖黄花鱼，这道菜我从未吃过，以后也再没有吃过。老舍家的芥末墩是我吃过的最好的芥末墩！有一年，他特意订了两大盒"盒子菜"，直径三尺许的朱红扁圆漆盒，里面分开若干格，装的不过是火腿、腊鸭、小肚、口条之类的切片，但都很精致。熬白菜端上来了，老舍先生举起筷子："来来来！这才是真正的好东西！"

老舍先生对他下面的干部很了解，也很爱护。当时市文联的干部不多，老舍先生对每个人都相当清楚。他不看干部的档案，也从不找人"个别谈话"，只是从平常的谈吐中就了解一个人的水平和才气，那是比看档案要准确得多的。老舍先生爱才，对有才华的青年，常常在各种场合称道，"平生不解藏人善，到处逢人说项斯"。而且所用的语言在有些人听起来是有点过甚其词，不留余地的。老舍先生不是那种惯说模棱两可、含糊其词、温暾水一样的官话的人。我在市文联几年，始终感到领导我们的是一位作家，他和我们的关系是前辈与后辈的关系，不是上下级关系。老舍先生这样"作家领导"的作风在市文联留下很好的影响，大家都平等相处，开诚布公，说话很少顾虑，都有点书生气、书卷气。他的这种领导风格，正是我们今天很多文化单位的领导所缺少的。

老舍先生是市文联的主席，自然也要处理一些"公务"，看文件，开会，作报告（也是由别人起草的）……但是作为一个北京市的文化工作的负责人，他常常想一些别人没有想到或想不到的问题。

北京解放前有一些盲艺人，他们沿街卖艺，有时还兼带算命，生活很苦。他们的"玩意儿"和睁眼的艺人不全一样。老舍先生和一些盲艺人熟识，就提议把这些盲艺人组织起来，使他们的生活有出路，别让他们的"玩意儿"绝了。为了引起各方面的重视，他把盲艺人请到市文联演唱了一次。老舍先生亲自主持，作了介绍，还特烦两位老艺人翟少平、王秀卿唱了一段《当皮箱》。这是一个喜剧性的牌子曲，里面有一个人物是当铺的掌柜，说山西话；有一牌子叫"鹦哥调"，句尾和声用喉舌作出有点像母猪拱食的声音，很特别，很逗。这个段子和这个牌子，是睁眼艺人没有的。老舍先生那天显得很兴奋。

北京有一座智化寺，寺里的和尚做法事和别的庙里的不一样，演奏音乐。他们演奏的乐调不同凡响，很古。所用乐谱别人不能识，记谱的符号不是工尺，而是一些奇奇怪怪的笔道。乐器倒也和现在常见的差不多，但主要的乐器却是管，据说这是唐代的"燕乐"。解放后，寺里的和尚多半已经各谋生计了，但还能集拢在一起。老舍先生把他们请来，演奏了一次。音乐界的同志对这堂活着的古乐都很感兴趣，老舍先生为此也感到很兴奋。

《当皮箱》和"燕乐"的下文如何，我就不知道了。

老舍先生是历届北京市人民代表，当人民代表就要替人民说话，以前人民代表大会的文件汇编是把代表提案都印出来的。有一年老舍先生的提案是：希望政府解决芝麻酱的供应问题。那一年北京芝麻酱缺货，老舍先生说："北京人夏天离不开芝麻酱！"不久，北京的油盐店里有芝麻酱卖了，北京人又吃上了香喷喷的麻酱面。

老舍是属于全国人民的，首先是属于北京人的。

一九五四年，我调离北京市文联，以后就很少上老舍先生家里去了，听说他有时还提到我。

一九八四年三月三十日

载一九八四年《北京文学》第五期

赵树理同志二三事

赵树理同志身高而瘦，面长鼻直，额头很高。眉细而微弯，眼狭长，与人相对，特别是倾听别人说话时，眼角常若含笑。听到什么有趣的事，也会咕咕地笑出声来；有时他自己想到什么有趣的事，也会咕咕地笑起来。赵树理是个非常富于幽默感的人，他的幽默是农民式的幽默，聪明、精细而含蓄，不是存心逗乐，也不带尖刻伤人的芒刺，温和而有善意。他只是随时觉得生活很好玩，某人某事很有意思，可发一笑，不禁莞尔。他的幽默感在他的作品里和他的脸上随时可见（我很希望有人写一篇文章，专谈赵树理小说中的幽默感，我以为这是他的小说的一个很大的特点）。赵树理走路比较快（他的腿长，他的身体各部分都偏长，手指也长），总好像在侧着身子往前走，像是穿行在热闹的集市的人丛中，怕碰着别人，给别人让路。赵树理同志是我见到过的最没有架子的作家，一个让人感到亲切的、妩媚的作家。

树理同志衣着朴素，一年四季，总是一身蓝卡其布的制服。但是他有一件很豪华的"行头"，一件水獭皮领子、礼服呢面的狐皮大衣。他身体不好，怕冷，冬天出门就穿起这件大衣来。那是刚"进城"的时候买的，那时这样的大衣很便宜，拍卖行里总挂

221

着几件。奇怪的是他下乡体验生活，回到上党农村，也是穿了这件大衣去。那时作家下乡，总得穿得像个农民，至少像个村干部，哪有穿了水獭领子狐皮大衣下去的？可是家乡的农民并不因为这件大衣就和他疏远隔阂起来，赵树理还是他们的"老赵"，老老少少，还是跟他无话不谈。看来，能否接近农民，不在衣裳。但是敢于穿了狐皮大衣而不怕农民见外的，恐怕也只有赵树理同志一人而已。——他根本就没有考虑穿什么衣服"下去"的问题。

他吃得很随便，家眷未到之前，他每天出去"打游击"。他总是吃最小的饭馆，霞公府（他在霞公府市文联宿舍住了几年）附近有几家小饭馆，树理同志是常客。这种小饭馆只有几个菜，最贵的菜是小碗坛子肉，最便宜的菜是"炒和菜盖被窝"——菠菜炒粉条，上面盖一层薄薄的摊鸡蛋。树理同志常吃的菜便是炒和菜盖被窝。他工作得很晚，每天十点多钟要出去吃夜宵，和霞公府相平行的一个胡同里有一溜卖夜宵的摊子，树理同志往长板凳上一坐，要一碗馄饨，两个烧饼夹猪头肉，喝二两酒，自得其乐。

喝了酒，不即回宿舍，坐在传达室，用两个指头当鼓箭，在一张三屉桌上打鼓。他打的是上党梆子的鼓，上党梆子的锣经和京剧不一样，很特别。如果有外人来，看到一个长长脸的中年人，在那里如醉如痴地打鼓，绝不会想到这就是作家赵树理。

赵树理是一个多才多艺的农村才子，王春同志在一篇文章中提到过树理同志曾在一个集上一个人唱了一台戏：口念锣经过门，手脚并用作身段，还误不了唱。这是可信的。我就亲眼见过树理同志在市文联内部晚会上表演过起霸，见过高盛麟、孙毓堃起霸的同志，对他的上党起霸不是那么欣赏，他还是口念锣经，一丝不苟地起了一趟"全霸",并不是比画两下就算完事。虽是逢场作戏,但是也像他写小说、编刊物一样地认真。

赵树理同志很能喝酒,而且善于划拳,他的划拳是一绝:两只手同时用,一会儿出右手,一会儿出左手。老舍先生那几年每年要请两次客,把市文联的同志约去喝酒。一次是秋天,菊花盛开的时候,赏菊(老舍先生家的菊花养得很好,他有个哥哥,精于艺菊,称得起是个"花把式");一次是腊月二十三,那天是老舍先生的生日。酒、菜都很丰盛而有北京特点,老舍先生豪饮(后来因血压高戒了酒),而且划拳极精,划拳打通关,很少输的时候。划拳是个斗心眼的事,要捉摸对方的拳路,判定他会出什么拳。年轻人斗不过他,常常是第一个"俩好"就把小伙子"一板打死"。对赵树理,他可没有办法,树理同志这种左右开弓的拳法,他大概还没有见过,很不适应,结果往往败北。

赵树理同志讲话很"随便",那一阵很多人把中国农村说得过于美好,文艺作品尤多粉饰,他很有意见。他经常回家乡,回来总要作一次报告,说说农村见闻。他认为农村还是很穷,日子过得很艰难。他戏称他戴的一块表为"五驴表",说这块表的钱在农村可以买五头毛驴,——那时候谁家能买五头毛驴,算是了不起的富户了。他的这些话是不合时宜的,后来挨了批评,以后说话就谨慎一点了。

赵树理同志抽烟抽得很凶,据王春同志的文章说,在农村的时候,嫌烟袋锅子抽了不过瘾,用一个山药蛋挖空了,插一根小竹管,装了一"蛋"烟,狂抽几口,才算解气。进城后,他抽烟卷,但总是抽最次的烟,他抽的是什么牌子的烟,我不记得了,只记

223

得是棕黄的皮儿，烟味极辛辣。他逢人介绍这种牌子的烟，说是价廉物美。

赵树理同志担任《说说唱唱》的副主编，不是挂一个名，他每期都亲自看稿、改稿。常常到了快该发稿的日期，还没有合用的稿子，他就把经过初、二审的稿子抱到屋里去，一篇一篇地看，差一点的，就丢在一边，弄得满室狼藉。忽然发现一篇好稿，就欣喜若狂，即交编辑部发出。他把这种编辑方法叫作"绝处逢生法"。有时实在没有较好的稿子，就由编委之一自己动手写一篇。有一次没有像样的稿子，大概是康濯同志说："老赵，你自己搞一篇！"老赵于是关起门来炮制，《登记》（即《罗汉钱》）就是在这种等米下锅的情况下急就出来的。

赵树理同志的稿子写得很干净清楚，几乎不改一个字。他对文字有"洁癖"，容不得一个看了不舒服的字。有一个时候，有人爱用"妳"字，有的编辑也喜欢把作者原来用的"你"改"妳"，树理同志为此极为生气。两个人对面说话，本无需标明对方是不是女性，世界语言中第二人称代名词也极少分性别的。"妳"字读"奶"，不读"你"。有一次树理同志在他的原稿第一页页边写了几句话："编辑、排版、校对同志注意：文中所有'你'字一律不得改为'妳'字，否则要负法律责任。"

树理同志的字写得很好，他写稿一般都用红格直行的稿纸、钢笔，字体略长，如其人，看得出是欧字、柳字的底子。他平常不大用毛笔，他的毛笔字我只见过一幅，字极潇洒，而有功力，是在劳动人民文化宫见到的。劳动人民文化宫刚成立，负责"宫务"的同志请十几位作家用宣纸毛笔题词，嵌以镜框，挂在会议室里。

也请树理同志写了一幅，树理同志写了六句李有才体的通俗诗：

古来数谁大，
皇帝老祖宗。
今天数谁大，
劳动众弟兄。
还是这座庙①，
换了主人翁！

一九九〇年六月八日
载一九九〇年《今古传奇》第五期

---

①劳动人民文化宫原是太庙。

闻一多先生上课

　　闻先生性格强烈坚毅。日寇南侵，清华、北大、南开合成临时大学，在长沙少驻，后改为西南联合大学，将往云南。一部分师生组成步行团，闻先生参加步行，万里长征，他把胡子留了起来，声言：抗战不胜，誓不剃须。他的胡子只有下巴上有，是所谓"山羊胡子"，而上髭浓黑，近似"一"字。他的嘴唇稍薄微扁，目光灼灼。有一张闻先生的木刻像，回头侧身，口衔烟斗，用炽热而又严冷的目光审视着现实，很能表达闻先生的内心世界。

　　联大到云南后，先在蒙自呆了一年。闻先生还在专心治学，把自己整天关在图书馆里。图书馆在楼上。那时不少教授爱起斋名，如朱自清先生的斋名叫"贤于博弈斋"，魏建功先生的书斋叫"学无不暇斝"。有一位教授戏赠闻先生一个斋主的名称"何妨一下楼主人"，因为闻先生总不下楼。

　　西南联大校舍安排停当，学校即迁至昆明。

　　我在读西南联大时，闻先生先后开过三门课：楚辞、唐诗、古代神话。

　　楚辞班人不多，闻先生点燃烟斗，我们能抽烟的也点着了烟（闻先生的课可以抽烟的），闻先生打开笔记，开讲："痛饮酒，熟读《离骚》，乃可以为名士。"闻先生的笔记本很大，长一尺有半，宽近一尺，是写在特制的毛边纸稿纸上的。字是正楷，字体略长，一笔不苟。他写字有一特点，是爱用秃笔。别人用过的废笔，他都收集起来，秃笔写篆楷蝇头小字，真是一个功夫。我跟闻先生读一年楚辞，真读懂的只有两句："嫋嫋兮秋风，洞庭波兮木叶下。"也许还可加上几句："成礼兮会鼓，传葩兮代舞，姱女倡兮容与，春兰兮秋菊，长毋绝兮终古。"

闻先生教古代神话，非常"叫座"，不单是中文系的、文学院的学生来听讲，连理学院、工学院的同学也来听。工学院在拓东路，文学院在大西门，听一堂课得穿过整整一座昆明城。闻先生讲课"图文并茂"，他用整张的毛边纸墨画出伏羲、女娲的各种画像，用按钉钉在黑板上，口讲指画，有声有色，条理严密，文采斐然，高低抑扬，引人入胜。闻先生是一个好演员。伏羲女娲，本来是相当枯燥的课题，但听闻先生讲课让人感到一种美，思想的美，逻辑的美，才华的美。听这样的课，穿一座城，也值得。

能够像闻先生那样讲唐诗的，并世无第二人。他也讲初唐四杰、大历十才子、《河岳英灵集》，但是讲得最多，也讲得最好的，是晚唐。他把晚唐诗和后期印象派的画联系起来，讲李贺，同时讲到印象派里的 pointlism（点画派），说点画看起来只是不同颜色的点，这些点似乎不相连属，但凝视之，则可感觉到点与点之间的内在联系。这样讲唐诗，必须本人既是诗人，也是画家，有谁能办到？闻先生讲唐诗的妙悟，应该记录下来。我是个大大咧咧的人，上课从不记笔记。听说比我高一班的同学郑临川记录了，而且整理成一本《闻一多论唐诗》，出版了，这是大好事。

我颇具歪才，善能胡诌，闻先生很欣赏我。我曾替一个比我低一班的同学代笔写了一篇关于李贺的读书报告，——西南联大一般课程都不考试，只于学期终了时交一篇读书报告即可给学分。闻先生看了这篇读书报告后，对那位同学说："你的报告写得很好，比汪曾祺写的还好！"其实我写李贺，只写了一点：别人的诗都是画在白底子上的画，李贺的诗是画在黑底子上的画，故颜色特别浓烈。这也是西南联大许多教授对学生鉴别的标准：不怕新，不怕怪，而不尚平庸，不喜欢人云亦云，只抄书，无创见。

一九九七年三月十二日
载一九九七年五月三十日《南方周末》

铁凝印象

　　"我对给他人写印象记一直持谨慎态度，我以为真正理解一个人是困难的，通过一篇短文便对一个人下结论则更显得滑稽。"[1]铁凝说得很对。我接受了让我写写铁凝的任务，但是到快交卷的时候，想了想，我其实并不了解铁凝；也没有更多的时间温习一下一些印象的片段，考虑考虑。文章发排在即，只好匆匆忙忙把一枚没有结熟的"生疙瘩"送到读者面前，——张家口一带把不熟的瓜果叫作"生疙瘩"。

　　四次作代会期间，有一位较铁凝年长的作家问铁凝："铁凝，你是姓铁吗？"她正儿八经地回答："是呀。"这是一点小狡狯。她不姓铁，姓屈，屈原的屈。我不知道她为什么不告诉那年纪稍长的作家实话。姓屈，很好嘛！她父亲作画署名"铁扬"，她们姊妹就跟着一起姓起铁来。铁凝有一个值得叫人羡慕的家庭，一个艺术的家庭。铁凝是在一个艺术的环境长大的，铁扬是个"不凡"的画家。——铁凝拿了我在石家庄写的大字对联给铁扬看，铁扬说了两个字"不凡"。我很喜欢这个高度概括，无可再简的评语，

---

①《铁凝文集》5《写在卷首》。

这两个字我可以回赠铁扬，也同样可以回赠给他的女儿。铁凝的母亲是教音乐的，铁扬夫妇是更叫人羡慕的，因他们生了铁凝这样的女儿，"生子当如孙仲谋"，生女当如属铁凝。上帝对铁扬一家好像特别钟爱。且不说别的，铁凝每天要供应父亲一瓶啤酒。一瓶啤酒，能值几何？但是倒在啤酒杯里的是女儿的爱！

上帝在人的样本里挑了一个最好的，造成了铁凝，又聪明，又好看。四次作代会之后，作协组织了一场晚会，让有模有样的作家登台亮相。策划这场晚会的是疯疯癫癫的张辛欣和《人民文学》的一个胖胖乎乎的女编辑，——对不起，我忘了她叫什么。二位一致认为，一定得让铁凝出台。那位小胖子也是小疯子的编辑说："女作家里，我认为最漂亮的是铁凝！"我准备投她一票，但我没有表态，因为女作家选美，不干我这大老头什么事。

铁凝长得不高不矮，不胖不瘦，两腿修长，双足秀美，行步动作都很矫健轻快。假如要用最简练的语言形容铁凝的体态，只有两个最普通的字：挺拔。她面部线条清楚，不是圆乎乎的像一颗大香白杏儿。眉浓而稍直，眼亮而略狭长。不论什么时候都是精精神神，清清爽爽的，好像是刚刚洗了一个澡。我见过铁凝的一些照片，她的照片大致可分为两类：一类是露齿而笑的，不是"巧笑情兮"那样自我欣赏也叫人欣赏的"巧笑"，而是坦率真诚，胸无渣滓的开怀一笑。一类是略带忧郁地沉思。大概这是同时写在她的眉宇间的性格的两个方面。她有时表现出有点像英格丽·褒曼的气质，天生的纯净和高雅。有一张放大的照片，梳着蓬松的鬈发（铁凝很少梳这样的发型），很像费雯丽。我当面告诉铁凝，铁凝笑了，说："又说我像费雯丽，你把我越说越美了。"她没有表示反对。但是铁凝不是英格丽·褒曼，也不是费雯丽，铁凝就是铁凝，世间只有一个铁凝。

铁凝胆子很大。我没想到她爱玩枪，而且枪打得不错。她大概也敢骑马！她还会开汽车。在她挂职到涞水期间，有一次乘车回涞水，从驾驶员手里接过方向盘，呼呼就开起来。后排坐着两个干部，一个歪着脑袋睡着了，另一个推醒了他，说："快醒醒！你知道谁在开车吗？——铁凝！"睡着了的干部两眼一睁，睡意全消。把性命交给这么个姑奶奶手上，那可太玄乎了！她什么都敢干。她写东西也是这样：什么都敢写。

铁凝爱说爱笑。她不是腼腆的，不是矜持幽默的，但也不是家雀一样叽叽喳喳，哨起来没个完。有一次我说了一个嘲笑河北人的有点粗俗的笑话：一个保定老乡到北京，坐电车，车门关得急，把他夹住了。老乡大叫："夹住俺腚了！夹住俺腚了！"售票员问："怎么啦！"——"夹住俺腚了！"售票员明白了，说："北京这不叫腚。"——"叫什么？"——"叫屁股。"——"哦！"——"老大爷你买票吧。您到哪儿呀。"——"安屁股门！"铁凝大笑，她给续了一段："车开了，车上人多，车门被挤开了，老乡被挤下去了，——'哦，自动的！'"铁凝很有幽默感，这在女作家里是比较少见的。

关于铁凝的作品，我不想多谈，因为我只看过一部分，没有时间通读一遍。就印象言，铁凝的小说也可以大致分为两类，一类《哦，香雪》一样清新秀润的。"清新"二字被人用滥了，其实这是很不容易做到的。河北省作家当得起"清新"二字的，我看只有两个人，一是孙犁，一是铁凝。这一类作品抒情性强，笔下含蓄。另一类，则是社会性较强的，笔下比较老辣。像《玫瑰门》里的若干章节，如"生吃大黄猫"，下笔实可谓带着点残忍，惊心动魄。王蒙深为铁凝丢失了清新而惋惜，我见稍有不同。现实生活有时是梦，有时是严酷的、粗粝的，对粗粝的生活只能用粗粝的笔触写之。即便是女作家，也不能一辈子只是写"女郎诗"。我以为铁凝小说有时亦有男子气，这正是她在走向成熟的路上迈出的坚实的一步。

我很希望能和铁凝相处一段时间，仔仔细细读一遍她的全部作品，好好地写一写她，但是恐怕没有这样的机遇。而且一个人感觉到有人对她跟踪观察，便会不自然起来。那么，到哪儿算哪儿吧！

一九九七年五月八日凌晨
载一九九七年六月十六日《北京晚报》

花　园

⦿

在任何情形之下，那座小花园是我们家最亮的地方。虽然它的动人处不是，至少不仅在于这点。

每当家像一个概念一样浮现于我的记忆之上，它的颜色是深沉的。

祖父年轻时建造的几进，是灰青色与褐色的。我自小养育于这种安定与寂寞里，报春花开放在这种背景前是好的，它不致被晒得那么多粉。固然报春花在我们那儿很少见，也许没有，不像昆明。

曾祖留下的则几乎是黑色的，一种类似眼圈上的黑色（不要说它是青的），里面充满了影子，这些影子足以使供在神龛前的花消失。晚间点上灯，我们常觉那些布灰布漆的大柱子一直伸拔到无穷高处。神堂屋里总挂一只鸟笼，我相信即使现在也挂一只的。那只青裆子永远眯着眼假寐（我想它做个哲学家，似乎身子太小了）。只有巳时将尽，它唱一会儿，洗个澡，抖下一团小雾在伸展到廊内片刻的夕阳光影里。

一下雨，什么颜色都郁起来，屋顶，墙，壁上花纸的图案，甚至鸽子:铁青子,瓦灰,点子,霞白。宝石眼的好处这时才显出来。于是我们，等斑鸠叫单声，在我们那个园里叫。等着一棵榆梅稍经一触，落下碎碎的瓣子，等着重新着色后的草。

我的脸上若有从童年带来的红色，它的来源是那座花园。

我的记忆有菖蒲的味道，然而我们的园里可没有菖蒲呵。它是哪儿来的，那些草？这是一个无法解决的问题，但是我此刻把它们没有理由地纠在一起。

"巴根草，绿茵茵，唱个唱，把狗听。"每个小孩子都这么唱过吧。有时什么也不做，我躺着，用手指绕住它的根，用一种不露锋芒的力量拉，听顽强的根胡一处一处断。这种声音只有拔草的人自己才能听得。当然我嘴里是含着一根草了，草根的甜味和它的似有若无的水红色是一种自然的巧合。

草被压倒了，有时我的头动一动，倒下的草又慢慢站起来。我静静地注视它，很久很久，看它的努力快要成功时，又把头枕上去，嘴里叫一声"嗯！"有时，不在意，怜惜它的苦心，就算了。这种性格呀！那些草有时会吓我一跳的，它在我的耳根伸起腰来了，当我看天上的云。

我的鞋底是滑的，草磨得它发了光。

莫碰臭芝麻，沾惹一身，瞎，难闻死人。沾上身子，不要用手指去拈，用刷子刷。这种籽儿有带钩儿的毛，讨嫌死了。至今我不能忘记它:因为我急于要捉住那个"都溜"（一种蝉，叫得最好听），我举着我的网，蹑手蹑脚，抄近路过去，循它的声音找着时，拍，得了。可是回去，我一身都是那种臭玩意。想想我捉过多少"都溜"！

我觉得虎耳草有一种腥味。

紫苏的叶子上的红色呵，暑假快过去了。

那棵大垂柳上常常有天牛，有时一个，两个的时候更多。它们总像有一桩事情要做，六只脚不停地运动，有时停下来，那动着的便是两根有节的触须了。我们以为天牛触须有一节它就有一岁。捉天牛用手，不是如何困难的工作，即使它在树枝上转来转去，你等一个合适地点动手。常把脖子弄累了，但是失望的时候很少。这小小生物完全如一个有教养惜身份的绅士，行动从容不迫，虽有翅膀可从不想到飞；即使飞，也不远。一捉住，它便吱吱咕咕地叫，表示不同意，然而行为依然是温文尔雅的。黑地白斑的天牛最多，也是极瑰丽颜色的，有一种还似乎带点玫瑰香味。天牛的玩法是用线扣在脖子上看它走。令人想起……不说也好。

蟋蟀已经变成大人玩意儿了，但是大人的兴趣在斗，而我们对于捉蟋蟀的兴趣恐怕要更大些。我看过一本秋虫谱，上面除了苏东坡、米南宫，还有许多济癫和尚说的话，都神乎其神的不大好懂。捉到一个蟋蟀，我不能看出它颈子上的细毛是瓦青还是朱砂，它的牙是米牙还是菜牙，但我仍然是那么欢喜。听，瞿瞿瞿瞿，哪里？这儿是的，这儿了！用草掏，手扒，水灌，嚯，蹦出来了。顾不得螺螺藤拉了手，扒，追着扒。有时正在外面玩得很好，忽然想起我的蟋蟀还没喂呐，于是赶紧回家。我每吃一个梨，一段藕，吃石榴吃菱，都要分给它一点。正吃着晚饭，我的蟋蟀叫了，我会举着筷子听半天，听完了对父亲笑笑，得意极了。一捉蟋蟀，那就整个园子都得翻个身。我最怕翻出那种软软的鼻涕虫，可是堂弟有的是办法，撒一点盐，立刻它就化成一摊水了。

有的蝉不会叫，我们称之为哑巴，捉到哑巴比捉到"红娘"更坏。但哑巴也有一种玩法，用两个马齿苋的瓣子套起它的眼睛，那是刚刚合适的，仿佛马齿苋的瓣子天生就为了这种用处才长成那么个小口袋样子，一放手，哑巴就一直向上飞，决不偏斜转弯。

蜻蜓一个个选定地方息下，天就快晚了。有一种通身铁色的蜻蜓，翅膀较窄，称"鬼蜻蜓"。看它款款地飞在墙角花阴，不知什么道理，心里有一种说不出来的难过。

好些年看不到土蜂了，这种蠢头蠢脑的家伙，我觉得它也在花朵上把屁股撅来撅去的，有点不配，因此常常愚弄它。土蜂是在泥地上掘洞当作窠的，看它从洞里把个有绒毛的小脑袋钻出来（那神气像个东张西望的近视眼），嗡，飞出去了，我便用一点点湿泥把那个洞封好，在原来的旁边给它重掘一个，等着，一会儿，它拖着肚子回来了，找呀找，找到我掘的那个洞，钻进去，看看，不对，于是在四近大找一气。我会看着它那副急样笑个半天。或者，干脆看它进了洞，用一根树枝塞起来，看它从别处开了洞再出来。好容易，可重见天日了，它老先生于是坐在新大门旁边息息，吹吹风。神情中似乎是生了一点气，因为到这时已一声不响了。

祖母叫我们不要玩螳螂，说是它吃了土谷蛇的脑子，肚里会生出一种铁丝蛇，缠到马脚脚就断，什么东西一穿就过去了，穿到皮肉里怎么办？

它的眼睛如金甲虫，飞在花丛里五月的夜。

故乡的鸟呵。

我每天醒在鸟声里，我从梦里就听到鸟叫，直到我醒来。我听得出几种极熟悉的叫声，那是每天都叫的，似乎每天都在那个

固定的枝头。

有时一只鸟冒冒失失飞进那个花厅里，于是大家赶紧关门，关窗子，吆喝，拍手，用书扔，竹竿打，甚至把自己帽子向空中摔去。可怜的东西这一来完全没了主意，只是横冲直撞地乱飞，碰在玻璃上，弄得一身蜘蛛网，最后大概都是从两椽之间空隙脱走。

园子里时时晒米粉，晒灶饭，晒碗儿糕，怕鸟儿来吃，都放一片红纸。为了这个警告，鸟儿照例就不来，我有时把红纸拿掉让它们大吃一阵，到觉得它们太不知足时，便大喝一声赶去。

我为一只鸟哭过一次，那是一只麻雀或是癞花，也不知从什么人处得来的，欢喜得了不得，把父亲不用的细篾笼子挑出一个最好的来给它住，配一个最好的雀碗，在插架上放了一个荸荠，安了两根风藤跳棍，整整忙了一半天。第二天起得格外早，把它挂在紫藤架下。正是花开的时候，我想那是全园最好的地方了。一切弄得妥妥当当后，独自还欣赏了好半天，我上学去了。一放学，急急回来，带着书便去看我的鸟。笼子掉在地下，碎了，雀碗里还有半碗水，"我的鸟，我的鸟呐！"父亲正在给碧桃花接枝，听见我的声音，忙走过来，把笼子拿起来看看，说："你挂得太低了，鸟在大伯的玳瑁猫肚子里了。"哇的一声，我哭了。父亲推着我的头回去，一面说："不害羞，这么大人了。"

有一年，园里忽然来了许多夜哇子。这是一种鹭鸶属的鸟，灰白色，据说它们头上那根毛能破天风。所以有那么一种名，大概是因为它的叫声如此吧。故乡古话说这种鸟常带来幸运。我见它们吃吃喳喳做窠了，我去告诉祖母，祖母去看了看，没有说什么话。我想起它们来了，也有一天会像来了一样又去了的。我尽想，从来处来，从去处去，一路走，一路望着祖母的脸。

园里什么花开了，常常是我第一个发现。祖母的佛堂里那个铜瓶里的花常常是我换新，对于这个孝心的报酬是有需掐花供奉时总让我去。父亲一醒来，一股香气透进帐子，知道桂花开了，他常是坐起来，抽支烟，看着花，很深远地想着什么。冬天，下雪的冬天，一早上，家里谁也还没有起来，我常去园里摘一些冰心腊梅的朵子，再掺着鲜红的天竺果，用花丝穿成几柄，清水养在白瓷碟子里放在妈（我的第一个继母）和二伯母妆台上，再去上学。我穿花时，服侍我的女佣人小莲子，常拿着掸帚在旁边看，她头上也常戴着我的花。

我们那里有这么个风俗，谁拿着掐来的花在街上走，是可以抢的，表姐姐们每带了花回去，必是坐车。她们一来，都得上园里看看，有什么花开得正好，有时竟是特地为花来的。掐花的自然又是我，我乐于干这项差事。爬在海棠树上，梅树上，碧桃树上，丁香树上，听她们在下面说："这枝，唉，这枝这枝，再过来一点，弯过去的，喏，唉，对了对了！"冒一点险，用一点力，总给办到。有时我也贡献一点意见，以为某枝已经盛开，不两天就全落在台布上了，某枝花虽不多，样子却好。有时我陪花跟她们一道回去，路上看见有人看过这些花一眼，心里非常高兴。碰到熟人同学，路上也会分一点给她们。

想起绣球花，必连带想起一双白缎子绣花的小拖鞋，这是一个小姑姑房中东西。那时候我们在一处玩，从来只叫名字，不叫姑姑。只有时写字条时如此称呼，而且写到这两个字时心里颇有种近于滑稽的感觉。我轻轻揭开门帘，她自己若是不在，我便看到这两样东西了。太阳照进来，令人明白感觉到花在吸着水，仿佛自己真分享到吸水的快乐。我可以坐在她常坐的椅子上，随便找一本书看看，找一张纸写点什么，或有心无意地画一个枕头花样，把一切再恢复原来样子不留什么痕迹，又自去了。但她大都能发觉谁来过了，那第二天碰到，必指着手说："还当我不知道呢。你在我绷子上戳了两针，我要拆下重来了！"那自然是吓人的话。那些绣球花，我差不多看见它们一点一点地开，在我看书做事时，它会无声地落两片在花梨木桌上。绣球花可由人工着色，在瓶里加一点颜色，它便会吸到花瓣里。除了大红的之外，别种颜色看上去都极自然，我们常以骗人说是新得的异种。这只是一种游戏，姑姑房里常供的仍是白的。为什么我把花跟拖鞋画在一起呢？真不可解。——姑姑已经嫁了，听说日子极不如意。绣球快开花了，昆明渐渐暖起来。

花园里旧有一间花房，由一个花匠管理。那个花匠仿佛姓夏。关于他的机灵促狭，和女人方面的恩怨，有些故事常为旧日佣仆谈起，但我只看到他常来要钱，样子十分狼狈，局局促促，躲避人的眼睛，尤其是说他的故事的人的。花匠离去后，花房也跟着改造园内房屋而拆掉了。那时我认识花名极少，只记得黄昏时，夹竹桃特别红，我忽然又害怕起来，急急走回去。

我爱逗弄含羞草，触遍所有叶子，看都合起来了，我自低头看我的书，偷眼瞧它一片片地开张了，再猝然又来一下。他们都说这是不好的，有什么不好呢。

荷花像是清明栽种，我们吃吃螺蛳，抹抹柳球，便可看佃户把马粪倒在几口大缸里盘上藕秧，再盖上河泥。我们在泥里找蚬子，小虾，觉得这些东西搬了这么一次家，是非常奇怪有趣的事。缸里泥晒干了，便加点水，一次又一次，有一天，紫红色的小觜子冒出来了水面，夏天就来了。赞美第一朵花。荷叶上哗啦哗响了，母亲便把雨伞寻出来，小莲子会给我送去。

大雨忽然来了，一个青色的闪照在槐树上，我赶紧跑到柴草房里去，那是距我所在处最近的房屋。我爬到堆近屋顶的芦柴上，听水从高处流下来，响极了，訇——，空心的老桑树倒了，葡萄架塌了，我的四近越来越黑，雨点在我头上乱跳。忽然一转身，墙角两个碧绿的东西在发光！哦，那是我常看见的老猫。老猫又生了一群小猫了，原来它每次生养都在这里。我看它们攒着吃奶，听着雨，雨慢慢小了。

那棵龙爪槐是我一个人的，我熟悉它的一切好处，知道哪个枝子适合哪种姿势。云从树叶间过去，壁虎在葡萄上爬，杏子熟了。何首乌的藤爬上石笋了，石笋那么黑。蜘蛛网上一只苍蝇，蜘蛛呢？花天牛半天吃了一片叶子，这叶子有点甜么，那么嫩。金雀花那儿好热闹，多少蜜蜂！波——，金鱼吐出一个泡，破了，下午我们去捞金鱼虫。香橼花蒂的黄色仿佛有点忧郁，别的花是飘下，香橼花是掉下的，花落在草叶上，草稍微低头又弹起。大伯母掐了枝珠兰戴上，回去了。大伯母的女儿，堂姐姐看金鱼，看见了自己。石榴花开，玉兰花开，祖母来了，"莫掐了，回去看看，瓶里是什么？""我下来了，下来扶您。"

槐树种在土山上，坐在树上可看见隔壁佛院。看不见房子，看到的是关着的那两扇门，关在门外的一片田园。门里是什么岁月呢？钟鼓整日敲，那么悠徐，那么单调。门开时，小尼姑来抱一捆草，打两桶水，随即又关上了。水咚咚地滴回井里。那边有人看我，我忙把书放在眼前。

家里宴客，晚上小方厅和花厅有人吃酒打牌（我记得有个人吹得极好的笛子）。灯光照到花上，树上，令人极欢喜也十分忧郁。点一个纱灯，从家里到园里，又从园里到家里，我一晚上总走了无数趟。有亲戚来去，多是我照路，说哪里高，哪里低，哪里上阶，哪里下坎。若是姑妈舅母，则多是扶着我肩膀走。人影人声都如在梦中。但这样的时候并不多，平日夜晚园子是锁上的。

小时候胆小害怕，黑魆魆的，树影风声，令人却步。而且相信园里有个"白胡子老头子"，一个土地花神，晚上会出来，在那个土山后面，花树下，冉冉地转圈子，见人也不避让。

有一年夏天，我已经像个大人了，天气郁闷，心上另外又有一点小事使我睡不着，半夜到园里去。一进门，我就停住了，我看见一个火星。咳嗽一声，招我前去，原来是我的父亲，他也正因为睡不着觉在园中徘徊。他让我抽一支烟（我刚会抽烟），我搬了一张藤椅坐下，我们一直没有说话。那一次，我感觉我跟父亲靠得近极了。

四月二日，月光清极，夜气大凉。似乎该再写一段作为收尾，但又似无须了，便这样吧，日后再说。逝者如斯！

载一九四五年六月《文艺》第二卷第三期

葡萄月令

一月，下大雪。

雪静静地下着，果园一片白，听不到一点声音。

葡萄睡在铺着白雪的窖里。

二月里刮春风。

立春后，要刮四十八天"摆条风"。风摆动树的枝条，树醒了，忙忙地把汁液送到全身。树枝软了，树绿了。

雪化了，土地是黑的。

黑色的土地里，长出了茵陈蒿，碧绿。

葡萄出窖。

把葡萄窖一锹一锹挖开。挖下的土，堆在四面。葡萄藤露出来了，乌黑的。有的梢头已经绽开了芽苞，吐出指甲大的苍白的小叶。它已经等不及了。

把葡萄藤拉出来，放在松松的湿土上。

不大一会儿，小叶就变了颜色，叶边发红；——又不大一会儿，绿了。

三月，葡萄上架。

先得备料，把立柱、横梁、小棍，槐木的、柳木的、杨木的、桦木的，按照树棵大小，分别堆放在旁边。立柱有汤碗口粗的、饭碗口粗的、茶杯口粗的。一棵大葡萄得用八根、十根，乃至十二根立柱。中等的，六根、四根。

先刨坑，竖柱；然后搭横梁，用粗铁丝摽紧；然后搭小棍，用细铁丝缚住。

然后，请葡萄上架。把在土里趴了一冬的老藤扛起来，得费一点劲。大的，得四五个人一起来。"起！——起！"哎，它起来了。把它放在葡萄架上，把枝条向三面伸开，像五个指头一样的伸开，扇面似的伸开。然后，用麻筋在小棍上固定住。葡萄藤舒舒展展、凉凉快快地在上面呆着。

上了架，就施肥。在葡萄根的后面，距主干一尺，挖一道半月形的沟，把大粪倒在里面。葡萄上大粪，不用稀释，就这样把原汁大粪倒下去。大棵的，得三四桶；小葡萄，一桶也就够了。

四月，浇水。

挖窖挖出的土，堆在四面，筑起垄，就成一个池子。池里放满了水，葡萄园里水气泱泱，沁人心肺。

葡萄喝起水来是惊人的，它真是在喝哎！葡萄藤的组织跟别的果树不一样，它里面是一根一根细小的导管。这一点，中国的古人早就发现了。《图经》云："根苗中空相通。圃人将货之，欲得厚利，暮溉其根，而晨朝水浸子中矣，故俗呼其苗为木通。""暮溉其根，而晨朝水浸子中矣"，是不对的，葡萄成熟了，就不能再浇水了;再浇，果粒就会涨破。"中空相通"却是很准确的，浇了水，不大一会儿，它就从根直吸到梢,简直是小孩嗳奶似的拼命往上嗳。浇过了水，你再回来看看吧：梢头切断过的破口，就嗒嗒地往下

244

滴水了。

是一种什么力量使葡萄拼命地往上吸水呢？

施了肥，浇了水，葡萄就使劲抽条、长叶子。真快！原来是几根根枯藤，几天工夫，就变成青枝绿叶的一大片。

五月，浇水、喷药、打梢、掐须。

葡萄一年不知道要喝多少水，别的果树都不这样。别的果树都是刨一个"树碗"，往里浇几担水就得了，没有像它这样的"漫灌"，整池子地喝。

喷波尔多液，从抽条长叶，一直到坐果成熟，不知道要喷多少次。喷了波尔多液，太阳一晒，葡萄叶子就都变成蓝的了。

葡萄抽条，丝毫不知节制，它简直是瞎长！几天工夫，就抽出好长一截的新条。这样长法还行呀，还结不结果呀？因此，过几天就得给它打一次条。葡萄打条，也用不着什么技巧，是个人就能干，拿起树剪，劈劈啪啪，把新抽出来的一截都给它铰了就得了。一铰，一地的长着新叶的条。

葡萄的卷须，在它还是野生的时候是有用的，好攀附在别的什么树木上。现在，已经有人给它好好地固定在架上了，就一点用也没有了。卷须这东西最耗养分，——凡是作物，都是优先把养分输送到顶端，因此，长出来就给它掐了，长出来就给它掐了。

葡萄的卷须有一点淡淡的甜味，这东西如果腌成咸菜，大概不难吃。

五月中下旬，果树开花了，果园美极了。梨树开花了，苹果树开花了，葡萄也开花了。

都说梨花像雪，其实苹果花才像雪，雪是厚重的，不是透明的。

梨花像什么呢？——梨花的瓣子是月亮做的。

有人说葡萄不开花，哪能呢，只是葡萄花很小，颜色淡黄微绿，不钻进葡萄架是看不出的。而且它开花期很短，很快就结出了绿豆大的葡萄粒。

六月，浇水、喷药、打条、掐须。

葡萄粒长了一点了，一颗一颗，像绿玻璃料做的纽子，硬的。

葡萄不招虫。葡萄会生病，所以要经常喷波尔多液。但是它不像桃，桃有桃食心虫；梨，梨有梨食心虫。葡萄不用疏虫果。——果园每年疏虫果是要费很多工的。虫果没有用，黑黑的一个半干的球，可是它耗养分呀！所以，要把它"疏"掉。

七月，葡萄"膨大"了。

掐须、打条、喷药，大大地浇一次水。

追一次肥，追硫铵。在原来施粪肥的沟里撒上硫铵，然后就把沟填平了，把硫铵封在里面。

汉朝是不会追这次肥的，汉朝没有硫铵。

八月，葡萄"着色"。

你别以为我这里是把画家的术语借用来了，不是的，这是果农语言，他们就叫"着色"。

下过大雨，你来看看葡萄园吧，那叫好看！白的像白玛瑙，红的像红宝石，紫的像紫水晶，黑的像黑玉。一串一串，饱满、磁棒、挺括，璀璨琳琅。你就把《说文解字》里的带玉字偏旁的字都搬了来吧，那也不够用呀！

可是你得快来！明天，对不起，你全看不到了。我们要喷波尔多液了，一喷波尔多液，它们的晶莹鲜艳全都没有了，它们蒙上一层蓝兮兮、白糊糊的东西，成了磨砂玻璃。我们不得不这样干，葡萄是吃的，不是看的，我们得保护它。

过不了两天，就下葡萄了。

一串一串剪下来，把病果、瘪果去掉，妥妥地放在果筐里。果筐满了，盖上盖，要一个棒小伙子跳上去蹦两下，用麻筋缝的筐盖。——新下的果子，不怕压，它很结实，压不坏。倒怕是装不紧，咣里咣当的。那，来回一晃悠，全得烂！

葡萄装上车，走了。

去吧，葡萄，让人们吃去吧！

九月的果园像一个生过孩子的少妇，宁静、幸福而慵懒。

我们还要给葡萄喷一次波尔多液。哦，下了果子，就不管了？人，总不能这样无情无义吧。

十月，我们有别的农活，我们要去割稻子。葡萄，你愿意怎么长，就怎么长着吧。

十一月，葡萄下架。

把葡萄架拆下来，检查一下，还能再用的，搁在一边；糟朽了的，只好烧火。立柱、横梁、小棍，分别堆垛起来。

剪葡萄条，干脆得很，除了老条，一概剪光。葡萄又成了一个大秃子。

剪下的葡萄条，挑有三个芽眼的，剪成二尺多长的一截，捆起来，放在屋里，准备明春插条。

其余的，连枝带叶，都用竹笤帚扫成一堆，装走了。

葡萄园光秃秃。

十一月下旬，十二月上旬，葡萄入窖。

这是个重活，把老本放倒，挖土把它埋起来。要埋得很厚实，外面要用铁锹拍平。这个活不能马虎，都要经过验收，才给记工。

葡萄窖，一个一个长方形的土墩墩；一行一行，整整齐齐地排列着。风一吹，土色发了白。

这真是一年的冬景了，热热闹闹的果园，现在什么颜色都没有了。眼界空阔，一览无余，只剩下发白的黄土。

下雪了，我们踏着碎玻璃碴似的雪，检查葡萄窖，扛着铁锹。

一到冬天，要检查几次，不是怕别的，怕老鼠打了洞。葡萄窖里很暖和，老鼠爱往这里面钻。它倒是暖和了，咱们的葡萄可就受了冷啦！

载一九八一年《安徽文学》第十二期

四川杂忆

四川是个好地方

⊙

四川的气候好，多雾，雾养百谷；土好，不需要怎么施肥。在一块岩石上甩几坨泥巴，硬是能长出一片胡豆。这不是夸张想象，是亲眼目睹。我们剧团的一个演员在汽车里看到这奇特情景，招呼大家："快来看！石头上长蚕豆！"

成　都

⊙

在我到过的城市里，成都是最安静、最干净的。在宽平的街上走走，使人觉得很轻松，很自由。成都人的举止言谈都透着悠闲，这种悠闲似乎脱离了时代，以致何其芳在抗日战争时期觉得这和抗战很不协调，写了一首长诗：《成都，让我来把你摇醒》。

成都并不总是似睡不醒的，"文化大革命"中也很折腾了一气。我六十年代初、七十年代、八十年代，都到过成都。最后一次到成都，成都似乎变化不大，但也留下一些"文化大革命"的痕迹。最明显的原来市中心的皇城叫刘结挺、张西挺炸掉了。当时写了一首诗：

> 柳眠花重雨丝丝，
> 劫后成都似旧时。
> 独有皇城今不见，
> 刘张霸业使人思。

武侯祠大概不是杜甫曾到过的武侯祠了，似乎也不见霜皮溜雨、黛色参天的古柏树，但我还是很喜欢现在的武侯祠。武侯祠气象森然，很能表现武侯的气度，这是我所到过的祠堂中最好的。这是一个祠，不是庙，也不是观，没有和尚气、道士气。武侯塑像端肃，面带深思。两廊配享的蜀之文武大臣，武将并不剑拔弩张，故作威猛，文臣也不那么飘逸有神仙气，只是一些公忠谨慎的国之干城，一些平常的"人"。武侯祠的楹联多为治蜀的封疆大员所撰写，不是吟风弄月的名士所写，这增加了祠的典重。毛主席十分欣赏的那副长联："能攻心则反侧自消，从古知兵非好战；不审势即宽严皆误，后来治蜀要深思。"确实写得很得体，既表现了武侯的思想，也说出撰联大臣的见识。在祠堂对联中，可算得是写得最好的。

我不喜欢杜甫草堂，杜甫的遗迹一点也没有，为秋风所破的茅屋在哪里？老妻画纸、稚子敲针在什么地方？杜甫在何处看见"细雨鱼儿出，微风燕子斜？"都无从想象。没有楷木，也没有大邑青瓷。

眉 山

◉

　　三苏祠即旧宅为祠。东坡文云"家有五亩之园"，今略广，占地约八亩。房屋疏朗，三径空阔，树木秀润，因为是以宅为祠，使人有更多的向往。廊子上有一口井，云是苏氏旧物，现在还能打得上水来。井以红砂石为栏，尚完好。大概苏家也不常用这个井，否则，红砂石石质疏松，是会叫井绳磨出道道的。园之右侧有花坛，种荔枝一棵。据说东坡离家时，乡人栽了一棵荔枝，要等他回来吃。苏东坡流谪在外，终于没有吃到家乡的荔枝。东坡酷嗜荔枝，日啖三百颗，但那是广东荔枝。从海南望四川，连"青山一发"也看不见。"不辞长作岭南人"，其言其实是酸苦的。当年乡人所种的荔枝，早已枯死，后来补种了几次，现存的一棵据说是明代补种的，也已经半枯了，正在设法抢救。祠中有个陈列室，搜集了《苏东坡集》的历代版本，平放在玻璃橱里。这一设计很能表现四川人的文化素养。

　　离眉山，往乐山，车中得诗：

　　当日家园有五亩，
　　至今文字重三苏。
　　红栏旧井犹堪汲，
　　丹荔重栽第几株？

乐　山

◉

　　大佛的一只手断掉了，后来补了一只。补得不好，手太长，比例不对；又耷拉着，似乎没有筋骨。一时设计不到，造成永久的遗憾。现在没有办法了，又不能给他做一次断手再植的手术，只好就这样吧。

　　走尽石级，将登山路，迎面有摩崖一方，是司马光的字。司马光的字我见过他写给修《资治通鉴》的局中同人的信，字方方的，笔画颇细瘦。他的大字我还没有见过，字大约七寸，健劲近似颜体。文曰：

　　登山亦有道　徐行则不蹶　司马光

　　我每逢登山，总要想起司马光的摩崖大字。这是见道之言，所说的当然不只是登山。

洪椿坪

◉

　　峨嵋山风景最好的地方我以为是由清音阁到洪椿坪的一段山路。一边是山，竹树层叠，蒙蒙茸茸；一边是农田。下面是一条溪，溪水从大大小小黑的、白的、灰色的石块间夺路而下，有时潴为浅潭，有时只是弯弯曲曲的涓涓细流，听不到声音。时时飞来一只鸟，在石块上落定，不停地撅起尾巴。撅起，垂下，又撅起……它为什么要这样？鸟黑身白颊，黑得像墨，不叫。我觉得这就是

252

鲁迅小说里写的张飞鸟。

洪椿坪的寺名我已经忘记了。

入寺后，各处看看，有两个五台山来的和尚在后殿拜佛。

这两个和尚我们在清音阁已经认识，交谈过。一个较高，清瘦清瘦的。他是保定人，原来是做生意的，娶过妻，夫妻感情很好。妻子病故，他万念俱灰，四处漫游，到了五台山，就出了家。另一个黑胖结实，完全像一个农民，他原来大概也就是五台山下的农民。他们发愿朝四大名山，已经朝过普陀，朝过峨嵋之后，还要去朝九华山。五台山是本山，早晚可以拜佛，不需跋山涉水。他们的食宿旅费是自筹的。和尚每月有一点生活费，积攒了几年，才能完成夙愿。

进庙先拜佛，得拜一百八十拜。那样五体投地地拜一百八十拜，要叫我拜，非拜晕了不可。正在拜着，黑胖和尚忽然站起来飞跑出殿。原来他一时内急，憋不住了，要去如厕。排便之后，整顿衣裤，又接着拜。

晚饭后，在走廊上和一个本庙的和尚闲聊，我问他和尚进庙是不是都要拜一百八十拜。他说都要拜的，"我们到人家庙里，还不是一样要拜！"同时聊天的有几个小青年，一个小青年问："你吃不吃肉？"他说："肉还是要吃的。""喝不喝酒？""酒还是要喝的。"我没想到他如此坦率。他说，"文化大革命"把他们赶下山去，结了婚，生了孩子，什么规矩也没有了。不过庙里的小和尚是不许的。这个和尚四十多岁。天热，他褪下一只僧鞋，把不着鞋的脚在膝上架成二郎腿。他穿的是黄色僧鞋，袜子却是葡萄灰的尼龙丝袜。

两个五台山的和尚天不亮去朝金顶，等我们吃罢早餐，他们已经下来了。保定和尚说他们看到普贤的法相了，在金顶山路转弯处，普贤骑在白象上，前面有两行天女。起先只他一个人看见，他（那个黑胖和尚）看不见，他心里很着急，后来他也看见了。他告诉我们他们在普陀也看到了观音的法相，前面一队白孔雀。保定和尚说："你们是唯物主义者，我们是唯心主义者，我们的话你们不会相信。不过我们干嘛要骗你们？"

下清音阁，我们要去宾馆，两位和尚要去九华山，遂分手。

北温泉

为了改《红岩》剧本，我们在北温泉住了十来天，住数帆楼。数帆楼是一个小宾馆，只两层，房间不多，全楼住客就是我们几个人。数帆楼廊子上一坐，真是安逸。楼外是竹丛，如张岱所说的"人面一绿"。竹外即嘉陵江，那时嘉陵江还没有被污染，水是碧绿的。昔人诗云："嘉陵江水女儿肤，比似春莼碧不殊。"写出了江水的感觉。听罗广斌说，艾芜同志在廊上坐下，说："我就是这里了！"不知怎么这句话传成了是我说的，"文化大革命"中我曾因为这句话而挨过斗。我没有分辩，因为这也是我的感受。

北温泉游人极少，花木欣荣，凫鸟自乐。温泉浴池门开着，随时可以洗。

引温泉水为渠，渠中养非洲鲫鱼，这是个好主意。非洲鲫鱼肉细嫩，唯恨刺多。每顿饭几乎都有非洲鲫鱼，于是我们每顿饭都带酒去。

住数帆楼，洗温泉浴，饮泸州大曲或五粮液，吃非洲鲫鱼，"文化大革命"不斗这样的人，斗谁？

新 都

⊙

新都有桂湖，湖不大，环湖皆植桂，开花时想必香得不得了。

桂湖上有杨升庵祠，祠不大，砖墙瓦顶，无藻饰，很朴素。祠内有当地文物数件。壁上嵌黑石，刻黄氏夫人"雁飞曾不到衡阳"诗，不知是不是手迹。

祠中正准备为杨升庵立像，管理处的负责同志让我们看了不少塑像小样，征求我们的意见，我没有说什么。我是不大赞成给古代的文人造像的，都差不多，屈原、李白、杜甫，都是一个样。在三苏祠后面看了苏东坡倚坐饮酒的石像，我实在不能断定这是苏东坡还是李白。杨升庵是什么长相？曾见陈老莲绘《升庵醉后图》，插花满头，是个相当魁伟的胖子。陈老莲的画未见得有什么根据，即使有一点根据，在桂湖之侧树一胖人的像，也不大好看。

我倒觉得升庵祠可以像三苏祠一样辟一间陈列室，搜集升庵著作的各种版本放在里面。

杨升庵著作甚多，有七十几种。有人以为升庵考证粗疏，有些地方是臆断。我觉得这毕竟是个很有才华，很有学问的人，而且遭遇很不幸，值得纪念。

曾有题升庵祠诗：

桂湖老桂弄新姿，

255

湖上升庵旧有祠。
一种风流谁得似，
状元词曲罪臣诗。

大　足

⊙

　　云冈石刻古朴浑厚，龙门石刻精神饱满。云冈、龙门的颜色
是灰黑色，石质比较粗疏，易风化。云冈风化得很厉害，龙门石
佛的衣纹也不那么清晰了。云冈是北魏的，龙门是唐代的。大足
石刻年代较晚，主要是宋刻。石质洁白坚致，极少磨损，刻工风
格也与云冈、龙门迥异，其特点是清秀潇洒，很美，一种人间的美，
人的美。

　　有人说佛像都是没有性别的，是中性的，分不出是男是女。
也许是这样吧。更恰切地说，佛有点女性美。大足普贤像被称为"东
方的维纳斯"，其实是不准确的。维纳斯就是西方的，她的美是西
方的美；普贤是东方的，他的美是东方的美。普贤是男性（不像
观音似的曾化为女身），咋会是维纳斯呢？不过普贤确实有点女性，
眉目恬静，如好女子。他戴着花冠，尤易让人误会。

　　"媚态观音"像一个腰肢婀娜的舞女。不过"媚态"二字不大
好，说得太露了。

　　"十二圆觉"衣带静垂，但让人觉得圆觉之间，有清风流动。
这组群像的构思有点特别，强调同，而不强调异。十二尊像的相
貌、衣着、坐态几乎是一样的，他们都在沉思，但仔细看看，觉

得他们各有会心，神情微异。唯此小异，乃成大同，形成一个整体。十二圆觉门的上面凿出横方窗洞，以受日光，故室内并不昏暗。流泉一道，涓涓下注，流出室外，使空气常新。当初设计，极具匠心。

我见过很多千手观音，都不觉得怎么美。一个人肩背上长出许多胳臂和手，总是不自然。我见过最大的也是最好的千手观音，是承德外八庙的有三层楼高的那一尊，这尊很高的千手观音的好处是胳臂安得比较自然。大足的千手观音我以为是个奇迹，那么多只手（共一千零七只），可是非常自然。这些手是怎样从观音身上长出来的，完全没有交代，只见观音身后有很多手。因为没法交代，所以干脆不交代，这办法太聪明了！但是，你又觉得这确实都是观音的手，菩萨的手。这些手各具表情，有的似在召唤，有的似在指点，有的似在给人安慰……这是富于人性的手。这具千手观音的美学特点是把规整性和随意性结合了起来。石刻，当然是要经过周密的设计的，但是错落参差，不作呆板的对称。手共一千零七只，是个单数，即此可见其随意性。

释迦牟尼涅槃像（俗谓卧佛），佛的面部极为平静，目微睁（常见卧佛合目如甜睡），无爱无欲，无死无生，已寂灭一切烦恼，圆满一切功德，至最高境界。佛像很大，长三十余米，但只刻了佛的头部和胸部，肩和手无交代，下肢伸入岩石，不知所终。佛前刻了佛弟子约十人，不是站成一排，而是有前有后，有的向左，有的向右，弟子服饰皆如中土产；有一个科头鬈发的，似西方人。弟子面微悲戚，但不像有些通俗佛经上所说的号啕擗踊。弟子也只露出半身，腹部以下，在石头里，也不知所终。于有限的空间造无限的境界，大足的佛涅槃像是一个杰作！

川　菜

⦿

　　昆明护国路和文明新街有几家四川人开的小饭馆，卖"豆花素饭"和毛肚火锅。卖毛肚的饭馆早起开门后即在门口竖出一块牌子，上写"毛肚开堂"，或简单地写两个字"开堂"。晚上封了火，又竖出一块牌子，只写一个字"毕"，简练之至！这大概是从四川带过来的规矩。后来我几次到四川，都不见饭馆门口这样的牌子，此风想已消失，也许乡坝头还能看到。

　　上海有一家相当大的饭馆，叫作"绿杨邨"，以"川菜扬点"为号召，四川菜、扬州包点，确有特色。不过"绿杨邨"的川味已经淡化了，那样强烈的"正宗川味"上海人是吃不消的。

　　一九四八年我在北京沙滩北京大学宿舍里寄住了半年，常去吃一家四川小馆子，就是李一氓同志在《川菜在北京的发展》一文中提到的蒲伯英回川以后留下的他家里的厨师所开的，许倩云和陈书舫都去吃过的那一家。这家馆子实在很小，只有三四张小方桌，但是菜味很纯正。李一氓同志以为有的菜比成都的做的还要好，我其时还没有去过成都，无从比较。我们去时点的菜只是回锅肉、鱼香肉丝之类的大路菜。这家的泡菜也很好吃。

　　川菜尚辣。我六十年代住在成都一家招待所里，巷口有一个饭摊，一大桶热腾腾的白米饭，长案上有七八样用海椒拌得通红的辣咸菜。一个进城卖柴的汉子坐下来，要了两碟咸菜，几筷子就扒进了三碗"帽儿头"。我们剧团到重庆体验生活，天天吃辣，辣得大家害怕了，有几个年轻的女演员去吃汤圆，进门就大声说："不要辣椒！"幺师傅冷冷地说："汤圆没有放辣椒的！"川味辣，且麻，重庆卖面的小馆子的白粉墙上大都用黑漆写三个大字："麻、辣、烫。"川花椒，即名为"大红袍"者确实很香，非山西、河北花椒所可及。吴祖光曾请黄永玉夫妇吃毛肚火锅，永玉的夫人张梅溪吃了一筷，问："这个东西吃下去会不会死的哟？"川菜麻辣之最者大概要数水煮牛肉，川剧名丑李文杰曾请我们在政协所办的餐厅吃饭，水煮牛肉上来，我吃了一大口，把我噎得透不过气来。

四川人很会做牛肉，赵循伯曾对我说："有一盘干煸牛肉丝，我能吃三碗饭！"灯影牛肉是一绝。为什么叫"灯影牛肉"？有人说是肉片薄而透明，隔着牛肉薄片，可以照见灯影。我觉得"灯影"即皮影戏的人形，言其轻薄如皮影人也。《东京梦华录》有"影戏㸆"，就是这样的东西。宋人所说的"㸆"，都是干的或半干的肉的薄片。此说如可成立，则灯影牛肉已经有好几百年的历史了。

成都小吃谁都知道，不说了。"小吃"者不能当饭，如四川人所说，是"吃着玩的"。有几个北方籍的剧人去吃红油水饺，每人要了十碗，幺师傅听了，鼓起眼睛。

川 剧

⊙

有一位影剧才人说过一句话："你要知道一个人的欣赏水平高低，只要问他喜欢川剧还是喜欢越剧。"有一次我在青年艺术剧院看川剧，台上正在演《做文章》，池座的薄暗光线中悄悄进来两个人，一看，是陈老总和贺老总。那是夏天，老哥儿俩都穿了纺绸衬衫，一人手里一把芭蕉扇。坐定之后，陈老总一看邻座是范瑞娟，就大声说："范瑞娟，你看我们的川剧怎么样啊？"范瑞娟小声说："好！"这二位老帅看来是以家乡戏自豪的——虽然贺老总不是四川人。

川剧文学性高，像"月明如水浸楼台"这样的唱词在别的剧种里是找不出来的。

川剧有些戏很美，比如《秋江》、《踏伞》。

有些戏悲剧性强，感情强烈，如《放裴》《刁窗》《打神告庙》。《马踏箭射》写女人的嫉妒令人震颤。我看过阳友鹤和曾荣华的《铁笼山》，戏剧冲突如此强烈，我当时觉得这是莎士比亚！

川剧喜剧多，而且品位极高，是真正的喜剧。像《评雪辨踪》这样带抒情性的喜剧，我在别的剧种里还没有见过。别的剧种移植这出戏就失去了原来的诗意。同样，改编的《秋江》也只保存了身段动作，诗意少了。川剧喜剧的诗意跟语言密不可分，四川话是中国最生动的方言之一。比如《秋江》的对话：

陈姑：嗳！
艄翁：那么高了，还矮呀！
陈姑：唉！
艄翁：飞远了，按不到了！

不懂四川话就体会不到其妙处。

川丑都有书卷气，李文杰告诉我，进科班学丑，先得学三年小生。这是非常有道理的。川丑不像京剧小丑那样粗俗，如北京人所说"胳肢人"或上海人所说的"硬滑稽"，往往是闲中作色，

260

轻轻一笔，使人越想越觉得好笑。比如《拉郎配》中的太监对地方官宣读圣旨之后，说："你们各自回衙理事。"他以为这是在他的府第里，完全忘了这是人家的衙门。老公的颠颠糊涂真令人忍俊不禁。川剧许多丑戏并不热闹，倒是"冷淡清灵"的。像《做文章》这样的戏，京剧的丑角是没法演的。《文武打》，京剧丑角会以为这不叫个戏。

川剧有些手法非常奇特，非常新鲜。《梵王宫》耶律含嫣和花云一见钟情，久久注视，目不稍瞬，耶律含嫣的妹妹把他们两人的视线拉在一起，拴了个扣儿，还用手指在这根"线"上嘣嘣嘣弹三下。这位小妹捏着这根"线"向前推一推，耶律含嫣和花云的身子就随着向前倾，把"线"向后拖一拖，两人就朝后仰。这根"线"如此结实，实是奇绝！耶律含嫣坐车，她觉得推车的是花云，回头一看，不是！是个老头子，上唇有一撮黑胡子。等她扭过头，是花云！车夫是演花云的同一演员扮的，这撮小胡子可以一会儿出现，一会儿消失（胡子消失是演员含进嘴里了）。用这样的方法表现耶律含嫣爱花云爱得精神恍惚，瞧谁都像花云。耶律含嫣的心理状态不通过旦角的唱念来表现，却通过车夫的小胡子变化来表现，化抽象为具象，这种手法，除了川剧，我还没有见过，而且绝对想不出来。想出这种手法的，能不说他是个天才么？

有人说中国戏曲比较接近布莱希特体系，主要指中国戏曲的"间离效果"。我觉得真正有意识地运用"间离效果"的是川剧。川剧不要求观众完全"入戏"，保持清醒，和剧情保持距离。川剧的帮腔在制造"间离效果"上起了很大作用，帮腔者常常是置身局外的旁观者。我曾在重庆看过一出戏（剧名已忘），两个奸臣在台上对骂，一个说："你混蛋！"另一个说："你混蛋！"帮腔的高声唱道："你两个都混蛋喏……"他把观众对俩人的评论唱出来了！

一九九二年四月六日

夫子自道 ❯

自报家门

　　京剧的角色出台，大都有一段相当长的独白，向观众介绍自己的历史，最近遇到什么事，他将要干什么，叫作"自报家门"。过去西方戏剧很少用这种办法。西方戏剧的第一幕往往是介绍人物，通过别人之口互相介绍出剧中人。这实在很费事，中国的"自报家门"则省事得多。我采取这种办法，也是为了图省事，省得麻烦别人。

　　法国安妮·居里安女士打算翻译我的小说，她从波士顿要到另一个城市去，已经订好了飞机票。听说我要到波士顿，特意把机票退了，好跟我见一面。她谈了对我的小说的印象，谈得很聪明。有一点是别的评论家没有提过，我自己从来没有意识到的。她说我很多小说里都有水，《大淖记事》是这样，《受戒》写水虽不多，但充满了水的感觉。我想了想，真是这样。这是很自然的，我的家乡是一个水乡，江苏北部一个不大的城市——高邮，在运河的旁边。

　　运河西边，是高邮湖。城的地势低，据说运河的河底和城墙垛子一般高，我们小时候到运河堤上去玩，可以俯瞰堤下人家的屋顶，因此，常常闹水灾。县境内有很多河道，出城到乡镇，大都是坐船，农民几乎家家都有船。水不但于不自觉中成了我的一些小说的背景，并且也影响了我的小说的风格。水有时是汹涌澎湃的，但我们那里的水平常总是柔软的，平和的，静静地流着。

我是一九二〇年生的，三月五日，按阴历算，那天正好是正月十五，元宵节。这是一个吉祥的日子，中国一直很重视这个节日，到现在还是这样。到了这天，家家吃"元宵"，南北皆然。沾了这个光，我每年的生日都不会忘记。

我的家庭是一个旧式的地主家庭，房屋、家具、习俗，都很旧。整所住宅，只有一处叫作"花厅"的三大间是明亮的，因为朝南的一溜大窗户是安玻璃的，其余的屋子的窗格上都糊的是白纸。一直到我读高中时，晚上有的屋里点的还是豆油灯，这在全城（除了乡下）大概找不出几家。

我的祖父是清朝末科的"拔贡"，这是略高于"秀才"的功名，据说要八股文写得特别好，才能被选为"拔贡"。他有相当多的田产，大概有两三千亩田，还开着两家药店，一家布店，但是生活却很俭省。他爱喝一点酒，酒菜不过是一个咸鸭蛋，而且一个咸鸭蛋能喝两顿酒，喝了酒有时就一个人在屋里大声背唐诗。他同时又是一个免费为人医治眼疾的眼科医生，我们家看眼科是祖传的。在孙辈里他比较喜欢我，他让我闻他的鼻烟。有一回我不停地打嗝，他忽然把我叫到跟前，问我他吩咐我做的事做好了没有。我想了半天，他吩咐过我做什么事呀？我使劲地想。他哈哈大笑："嗝不打了吧！"他说这是治打嗝的最好的办法。他教过我读《论语》，还教我写过初步的八股文，说如果在清朝，我完全可以中一个秀才（那年我才十三岁）。他赏给我一块紫色的端砚，好几本很

名贵的原拓本字帖。一个封建家庭的祖父对于孙子的偏爱，也仅能表现到这个程度。

我的生母姓杨，杨家是本县的大族，在我三岁时，她就死去了。她得的是肺病，早就一个人住在一间偏屋里，和家人隔离了。她不让人把我抱去见她，因此我对她全无印象，我只能从她的遗像（据说画得很像）上知道她是什么样子。另外我从父亲的画室里翻出一摞她生前写的大楷，字写得很清秀，由此我知道我的母亲是读过书的。她嫁给我父亲后还能每天写一张大字，可见她还过着一种闺秀式的生活，不为柴米操心。

我父亲是我所知道的一个最聪明的人，多才多艺。他不但金石书画皆通，而且是一个擅长单杠的体操运动员，一名足球健将，他还练过中国的武术。他有一间画室，为了用色准确，裱糊得"四白落地"。他后半生不常作画，以"懒"出名。他的画室里堆积了很多求画人送来的宣纸，上面都贴了一个红签"敬求法绘，赐呼××"。我的继母有时提醒："这几张纸，你该给人家画画了。"父亲看看红签，说："这人已经死了。"每逢春秋佳日，天气晴和，他就打开画室作画。我非常喜欢站在旁边看他画，对着宣纸端详半天。先用笔杆的一头或大拇指指甲在纸上划几道，决定布局，然后画花头、枝干、布叶、勾筋。画成了，再看看，收拾一遍，题字，盖章，用摁钉钉在板壁上，再反复看看。他年轻时曾画过工笔的菊花，能辨别、表现很多菊花品种。因为他是阴历九月生的，在中国，习惯把九月叫作菊月，所以对菊花特别有感情。后来就放笔作写意花卉了。他的画，照我看是很有功力的。可惜局促在一个小县城里，未能浪游万里，多睹大家真迹。又未曾学诗，

268

题识多用成句，只成"一方之士"，声名传得不远。很可惜！他学过很多乐器，笙箫、管笛、琵琶、古琴都会，他的胡琴拉得很好。几乎所有的中国乐器我们家都有过，包括唢呐、海笛，他吹过的箫和笛子是我一生中见过的最好的箫笛。他的手很巧，心很细，我母亲的冥衣（中国人相信人死了，在另一个世界——阴间还要生活，故用纸糊制了生活用物烧了，使死者可以"冥中收用"，统称冥器）是他亲手糊的。他选购了各种砑花的色纸，糊了很多套，四季衣裳，单夹皮棉，应有尽有。"裘皮"剪得极细，和真的一样，还能分出羊皮、狐皮。他会糊风筝，有一年糊了一个蜈蚣——这是风筝最难的一种，带着儿女到麦田里去放。蜈蚣在天上矫矢摆动，跟活的一样，这是我永远不能忘记的一天。他放蜈蚣用的是胡琴的"老弦"，用琴弦放风筝，我还未见过第二人。他养过鸟，养过蟋蟀。他用钻石刀把玻璃裁成小片，再用胶水一片一片斗拢粘固，做成小船、小亭子、八面玲珑绣球，在里面养金铃子——一种金色的小昆虫，磨翅发声如金铃。我父亲真是一个聪明人，如果我还不算太笨，大概跟我从父亲那里接受的遗传因子有点关系。我的审美意识的形成，跟我从小看他作画有关。

我父亲是个随便的人，比较有同情心，能平等待人。我十几岁时就和他对座饮酒，一起抽烟。他说："我们是多年父子成兄弟。"他的这种脾气也传给了我，不但影响了我和家人子女、朋友后辈的关系，而且影响了我对我所写的人物的态度以及对读者的态度。

我的小学和初中是在本县读的。

小学在一座佛寺的旁边，原来即是佛寺的一部分。我几乎每天放学都要到佛寺里逛一逛，看看哼哈二将、四大天王、释迦牟尼、迦叶阿难、十八罗汉、南海观音。这些佛像塑得生动，这是我的雕塑艺术馆。

从我家到小学要经过一条大街，一条曲曲弯弯的巷子。我放学回家喜欢东看看，西看看，看看那些店铺、手工作坊、布店、酱园、杂货店、爆仗店、烧饼店、卖石灰麻刀的铺子、染坊……我到银匠店里去看银匠在一个模子上錾出一个小罗汉，到竹器厂看师傅怎样把一根竹竿做成笓草的笓子，到车匠店看车匠用硬木车旋出各种形状的器物，看灯笼铺糊灯笼……百看不厌。有人问我是怎样成为一个作家的，我说这跟我从小喜欢东看看西看看有关。这些店铺、这些手艺人使我深受感动，使我闻嗅到一种辛劳、笃实、轻甜、微苦的生活气息。这一路的印象深深注入我的记忆，我的小说有很多篇写的便是这座封闭的、褪色的小城的人事。

初中原是一个道观，还保留着一个放生鱼池。池上有飞梁（石桥），一座原来供奉吕洞宾的小楼和一座小亭子。亭子四周长满了紫竹（竹竿深紫色），这种竹子别处少见。学校后面有小河，河边开着野蔷薇。学校挨近东门，出东门是杀人的刑场。我每天沿着城东的护城河上学、回家，看柳树，看麦田，看河水。

我自小学五年级至初中毕业，教国文的都是一位姓高的先生。高先生很有学问，他很喜欢我，我的作文几乎每次都是"甲上"。在他所授古文中，我受影响最深的是明朝大散文家归有光的几篇代表作。归有光以轻淡的文笔写平常的人物，亲切而凄婉。这和我的气质很相近，我现在的小说里还时时回响着归有光的余韵。

我读的高中是江阴的南菁中学。这是一座创立很早的学校，至今已有百余年历史。这个学校注重数理化，轻视文史。但我买了一部词学丛书，课余常用毛笔抄宋词，既练了书法，也略窥了词意。词大都是抒情的，多写离别，这和少年人每易有的无端感伤情绪易于相合，到现在我的小说里还带有一点隐隐约约的哀愁。

读了高中二年级，日本人占领了江南，江北危急。我随祖父、父亲在离城稍远的一个村庄的小庵里避难，在庵里大概住了半年。我在《受戒》里写了和尚的生活，这篇作品引起注意，不少人问我当过和尚没有，我没有当过和尚。在这座小庵里我除了带了准备考大学的教科书，只带了两本书，一本《沈从文小说选》，一本屠格涅夫的《猎人日记》。说得夸张一点，可以说这两本书定了我的终身，这使我对文学形成比较稳定的兴趣，并且对我的风格产生深远的影响。我父亲也看了沈从文的小说，说："小说也是可以这样写的？"我的小说也有人说是不像小说，其来有自。

一九三九年，我从上海经香港、越南到昆明考大学。到昆明，得了一场恶性疟疾，住进了医院。这是我一生第一次住院，也是唯一的一次。高烧超过四十度，护士给我注射了强心针，我问她："要不要写遗书？"我刚刚能喝一碗蛋花汤，晃晃悠悠进了考场。考完了，一点把握没有。天保佑，发了榜，我居然考中了第一志愿：西南联大中国文学系！

我成不了语言文字学家，我对古文字有兴趣的只是它的美术价值——字形。我一直没有学会国际音标。我不会成为文学史研究者或文学理论专家，我上课很少记笔记，并且时常缺课。我只能从兴趣出发，随心所欲，乱七八糟地看一些书。白天在茶馆里，夜晚在系图书馆。于是，我只能成为一个作家了。

不能说我在投考志愿书上填了西南联大中国文学系是冲着沈

从文去的，我当时有点恍恍惚惚，缺乏任何强烈的意志。但是"沈从文"是对我很有吸引力的，我在填表前是想到过的。

沈先生一共开过三门课：各体文习作、创作实习、中国小说史，我都选了。沈先生很欣赏我，我不但是他的入室弟子，可以说是他的得意高足。

沈先生实在不大会讲课，讲话声音小，湘西口音很重，很不好懂。他讲课没有讲义，不成系统，只是即兴的漫谈。他教创作，反反复复，经常讲的一句话是：要贴到人物来写。很多学生都不大理解这是什么意思，我是理解的。照我的理解，他的意思是：在小说里，人物是主要的、主导的，其余的都是次要的、派生的。作者的心要和人物贴近，富同情，共哀乐。什么时候作者的笔贴不住人物，就会虚假。写景，是制造人物生活的环境。写景处即是写人，景和人不能游离。常见有的小说写景极美，但只是作者眼中之景，与人物无关，这样有时甚至会使人物疏远。即作者的叙述语言也须和人物相协调，不能用知识分子的语言去写农民。我相信我的理解是对的。这也许不是写小说唯一的原则（有的小说可以不着重写人，也可以有的小说只是作者在那里发议论），但是是重要的原则；至少在现实主义的小说里，这是重要原则。

沈先生每次进城（为了躲日本飞机空袭，他住在昆明附近呈贡的乡下，有课时才进城住两三天），我都去看他。还书、借书，听他和客人谈天。他上街，我陪他同去，逛寄卖行，旧货摊，买耿马漆盒，买火腿月饼。饿了，就到他的宿舍对面的小铺吃一碗加一个鸡蛋的米线。有一次我喝得烂醉，坐在路边，他以为是一个生病的难民，一看，是我！他和几个同学把我架到宿舍里，灌了好些酽茶，我才清醒过来。有一次我去看他，牙疼，腮帮子肿得老高，他不说一句话，出去给我买了几个大橘子。

我读的是中国文学系，但是大部分时间是看翻译小说。当时在联大比较时髦的是 A .纪德，后来是萨特。我二十岁开始发表作品。外国作家我受影响较大的是契诃夫，还有一个西班牙作家阿索林。我很喜欢阿索林，他的小说像是覆盖着阴影的小溪，安安静静的，同时又是活泼的、流动的。我读了一些弗吉妮亚·伍尔夫的作品，读了普鲁斯特小说的片段。我的小说有一个时期明显地受了意识流方法的影响，如《小学校的钟声》、《复仇》。

离开大学后，我在昆明郊区一个联大同学办的中学教了两年书，《小学校的钟声》和《复仇》便是那写的。当时没有地方发表，后来由沈先生寄给上海的《文艺复兴》，郑振铎先生打开原稿，发现上面已经叫蠹虫蛀了好些小洞。

一九四六年初秋，我由昆明到上海，经李健吾先生介绍，到一个私立中学教了两年书，一九四八年初春离开。这两年写了一些小说，结为《邂逅集》。

到北京，失业半年，后来到历史博物馆任职。陈列室在午门城楼上，展出的文物不多，游客寥寥无几。职员里住在馆里的只有我一个人，我住的那间据说原是锦衣卫值宿的屋子。为了防火，当时故宫范围内都不装电灯，我就到旧货摊上买了一盏白瓷罩子的古式煤油灯。晚上灯下读书，不知身在何世。北京一解放，我就报名参加了四野南下工作团。

我原想随四野一直打到广州，积累生活，写一点刚劲的作品。不想到武汉就被留下来接管文教单位，后来又被派到一个女子中学当副教导主任。一年之后，我又回到北京，到北京市文联工作。一九五四年，调中国民间文艺研究会。

自一九五〇年至一九五八年，我一直当文艺刊物编辑，编过《北京文艺》、《说说唱唱》、《民间文学》。我对民间文学是很有感情的，民间故事丰富的想象和农民式的幽默，民歌比喻的新鲜和韵律的精巧使我惊奇不置。但我对民间文学的感情被割断了，一九五八年，我被错划成右派，下放到长城外面的一个农业科学研究所劳动，将近四年。

这四年对我来说是很重要的，我和农业工人（即是农民）一同劳动，吃一样的饭，晚上睡在一间大宿舍里，一铺大炕（枕头挨着枕头，虱子可以自由地从最东边一个人的被窝里爬到最西边的被窝里）。我比较切实地看到中国的农村和中国的农民是怎么回事。

一九六二年初，我调到北京京剧团当编剧，一直到现在。

我二十岁开始发表作品，今年六十九岁，写作时间不可谓不长。但我的写作一直是断断续续，一阵一阵的，因此数量很少。过了六十岁，就听到有人称我为"老作家"，我觉得很不习惯。第一，我不大意识到我是一个作家；第二，我没有觉得我已经老了。近两年逐渐习惯了，有什么办法呢，岁数不饶人。杜甫诗"座下人渐多"，现在每有宴会，我常被请到上席，我已经出了几本书，有点影响。再说我不是作家，就有点矫情了。我算什么样的作家呢？

我年轻时受过西方现代派的影响，有些作品很"空灵"，甚至很不好懂，这些作品都已散失。有人说翻翻旧报刊，是可以找到了，劝我搜集起来出一本书。我不想干这种事，实在太幼稚，而且和人民的疾苦距离太远。我近年的作品渐趋平实，在北京市作协讨论我的作品的座谈会上，我作了一个简短的发言，题为"回到民族传统，回到现实主义"，这大体上可以说是我现在的文学主张。我并不排斥现代主义，每逢有人诋毁青年作家带有现代主义倾向的作品时，我常会为他们辩护。我现在有时也偶尔还写一点很难说是纯正的现实主义的作品，比如《昙花、鹤和鬼火》，就是在通体看来是客观叙述的小说中有时还夹带一点意识流片段，不过评论家不易察觉。我的看似平常的作品其实并不那么老实，我希望能做到融奇崛于平淡，纳外来于传统，不今不古，不中不西。

我是较早意识到要把现代创作和传统文化结合起来的，和传统文化脱节，我以为是开国以后，五十年代文学的一个缺陷。——有人说这是中国文化的"断裂"，这说得严重了一点。有评论家说我的作品受了两千多年前的老庄思想的影响，可能有一点，我在昆明教中学时案头常放的一本书是《庄子集解》。但是我对庄子感极大的兴趣的，主要是其文章，至于他的思想，我到现在还不甚了了。我自己想想，我受影响较深的，还是儒家。我觉得孔夫子是个很有人情味的人，并且是个诗人。他可以发脾气，赌咒发誓。我很喜欢《论语·先进·子路、曾晳、冉有、公西华侍坐》。他让在座的四位学生谈谈自己的志愿，最后问到曾晳（点）。

"点，尔何如？"

鼓瑟希，铿尔，舍瑟而作，对曰："异乎三子者之撰。"

子曰："何伤乎？亦各言其志也。"

曰："暮春者，春服既成，冠者五六人，童子六七人，浴乎沂，风乎舞雩，咏而归。"

夫子喟然叹曰:"吾与点也。"

这写得实在非常美,曾点的超功利的率性自然的思想是生活境界的美的极致。

我很喜欢宋儒的诗:

万物静观皆自得,
四时佳兴与人同。

说得更实在的是:

顿觉眼前生意满,
须知世上苦人多。

我觉得儒家是爱人的,因此我自诩为"中国式的人道主义者"。

我的小说似乎不讲究结构,我在一篇谈小说的短文中,说结构的原则是:随便。有一位年龄略低我的作家每谈小说,必谈结构的重要。他说:"我讲了一辈子结构,你却说:随便!"我后来在谈结构的前面加了一句话:"苦心经营的随便。"他同意了。我不喜欢结构痕迹太露的小说,如莫泊桑,如欧·亨利。我倾向"为文无法",即无定法。我很向往苏轼所说的:"如行云流水,初无定质,但常行于所当行,常止于所不可不止,文理自然,姿态横生。"我的小说在国内被称为"散文化"的小说,我以为散文化是世界短篇小说发展的一种(不是唯一的)趋势。

我很重视语言,也许过分重视了。我以为语言具有内容性。语言是小说的本体,不是外部的,不只是形式、不只是技巧。探

276

索一个作者的气质、他的思想（他的生活态度，不是理念），必须由语言入手，并始终浸在作者的语言里。语言具有文化性，作品的语言映照出作者的全部文化修养。语言的美不在一个一个句子，而在句与句之间的关系。包世臣论王羲之字，看来参差不齐，但如老翁携带幼孙，顾盼有情，痛痒相关。好的语言正当如此。语言像树，枝干内部液汁流转，一枝摇，百枝摇。语言像水，是不能切割的。一篇作品的语言，是一个有机的整体。

我认为一篇小说是作者和读者共同创作的。作者写了，读者读了，创作过程才算完成。作者不能什么都知道，都写尽了。要留出余地，让读者去琢磨，去思索，去补充。中国画讲究"计白当黑"，包世臣论书以为当使字之上下左右皆有字，宋人论崔颢的《长干歌》"无字处皆有字"。短篇小说可以说是"空白的艺术"，办法很简单:能不说的话就不说。这样一篇小说的容量就会更大了，传达的信息就更多。以己少少许，胜人多多许。短了，其实是长了；少了，其实是多了。这是很划算的事。

我这篇"自报家门"实在太长了。

一九八八年三月二十日
载一九八八年《作家》第七期

随遇而安

　　我当了一回右派，真是三生有幸，要不然我这一生就更加平淡了。

　　我不是一九五七年打成右派的，是一九五八年"补课"补上的，因为本系统指标不够。划右派还要有"指标"，这也有点奇怪，这指标不知是一个什么人所规定的。

　　一九五七年我曾经因为一些言论而受到批判，那是作为思想问题来批判的。在小范围内开了几次会，发言都比较温和，有的甚至可以说很亲切。事后我还是照样编刊物，主持编辑部的日常工作，还随单位的领导和几个同志到河南林县调查过一次民歌。那次出差，给我买了一张软席卧铺车票，我才知道我已经享受"高干"待遇了。第一次坐软卧，心里很不安。我们在洛阳吃了黄河鲤鱼，随即到林县的红旗渠看了两三天。凿通了太行山，把漳河水引到河南来，水在山腰的石渠中活活地流着，很叫人感动。收集了不少民歌，有的民歌很有农民式的浪漫主义的想象，如想到将来渠里可以有"水猪"、"水羊"，想到将来少男少女都会长得很漂亮。上了一次中岳嵩山。这里运载石料的交通工具主要是用人力拉的排子车，特别处是在车上装了一面帆，布帆受风，拉起来轻快得多。

帆本是船上用的，这里却施之陆行的板车上，给我十分新鲜的印象。我们去的时候正是桐花盛开的季节，漫山遍野摇曳着淡紫色的繁花，如同梦境。从林县出来，有一条小河，河的一面是峭壁，一面是平野，岸边密植杨柳，河水清澈，沁人心脾。我好像曾经见过这条河，以后还会看到这样的河。这次旅行很愉快，我和同志们也相处得很融洽，没有一点隔阂，一点别扭。这次批判没有使我觉得受了伤害，没有留下阴影。

一九五八年夏天，一天（我这人很糊涂，不记日记，许多事都记不准时间），我照常去上班，一上楼梯，过道里贴满了围攻我的大字报。要拔掉编辑部的"白旗"，措辞很激烈，已经出现"右派"字样，我顿时傻了。运动，都是这样：突然袭击。其实背后已经策划了一些日子，开了几次会，作了充分的准备，只是本人还蒙在鼓里，什么也不知道。这可以说是暗算，但愿这种暗算以后少来，这实在是很伤人的。如果当时量一量血压，一定会猛然增高。我是有实际数据的。"文化大革命"中我一天早上看到一批侮辱性的大字报，到医务所量了量血压，低压 110，高压 170。平常我的血压是相当平稳正常的，90—130。我觉得卫生部应该发一个文件：为了保障人民的健康，不要再搞突然袭击式的政治运动。

开了不知多少次批判会，所有的同志都发了言，不发言是不行的。我规规矩矩地听着，记录下这些发言。这些发言我已经完全都忘了，便是当时也没有记住，因为我觉得这好像不是说的我，是说的另外一个别的人，或者是一个根本不存在的，假设的，虚空的对象。有两个发言我还留下印象。我为一组义和团故事写过一篇读后感，题目是《仇恨·轻蔑·自豪》。这位同志说："你对谁仇恨？轻蔑谁？自豪什么？"我发表过一组极短的诗，其中有一首《早春》，原文如下：

新绿是朦胧的，飘浮在树梢，完全不像是叶子……
远树绿色的呼吸。

批判的同志说："连呼吸都是绿的了，你把我们的社会主义社会污蔑到了什么程度？！"听到这样的批判，我只有停笔不记，愣在那里。我想辩解两句，行么？当时我想：鲁迅曾说费厄泼赖应该缓行，现在本来应该到了可行的时候，但还是不行。中国大概永远没有费厄的时候。所谓"大辩论"，其实是"大辩认"，他辩你认。稍微辩解，便是"态度问题"。态度好，问题可以减轻；态度不好，加重。问题是问题，态度是态度，问题大小是客观存在，怎么能因为态度如何而膨大或收缩呢？许多错案都是因为本人为了态度好而屈认，而造成的。假如再有运动（阿弥陀佛，但愿真的不再有了），对实事求是、据理力争的同志应予表扬。

开了多次会，批判的同志实在没有多少可说的了。那两位批判"仇恨·轻蔑·自豪"和"绿色的呼吸"的同志当然也知道这样的批判是不能成立的。批判"绿色的呼吸"的同志本人是诗人，他当然知道诗是不能这样引申解释的。他们也是没话找话说，不得已。我因此觉得开批判会对被批判者是过关，对批判者也是过关，他们也并不好受。因此，我当时就对他们没有怨恨，甚至还有点同情。我们以前是朋友，以后的关系也不错。我记下这两个例子，只是说明批判是一出荒诞戏剧，如莎士比亚说，所有的上场的人都只是角色。

我在一篇写右派的小说里写过："写了无数次检查，听了无数次批判……，她不再觉得痛苦，只是非常的疲倦。她想：定一个什么罪名，给一个什么处分都行，只求快一点，快一点过去，不要再开会，不要再写检查。"这是我的亲身体会。其实，问题只是那一些，只要写一次检查，开一次会，甚至一次会不开，就可以定案。但是不，非得开够了"数"不可。原来运动是一种疲劳战术，非得把人搞得极度疲劳，身心交瘁，丧失一切意志，瘫软在地上不可。我写了多次检查，一次比一次更没有内容，更不深刻，但是我知道，就要收场了，因为大家都累了。

结论下来了：定为一般右派，下放农村劳动。

我当时的心情是很复杂的。我在那篇写右派的小说里写道："……她带着一种奇怪的微笑。"我那天回到家里，见到爱人说，"定成右派了"，脸上就是带着这种奇怪的微笑的，我也不知道我为什么要笑。

我想起金圣叹，金圣叹在临刑前给人写信，说："杀头，至痛也，而圣叹于无意中得之，亦奇。"有人说这不可靠。金圣叹给儿子的信中说："字谕大儿知悉，花生米与豆腐干同嚼，有火腿滋味。"有人说这更不可靠。我以前也不大相信，临刑之前，怎能开这种玩笑？现在，我相信这是真实的。人到极其无可奈何的时候，往往会生出这种比悲号更为沉痛的滑稽感，鲁迅说金圣叹"化屠夫的凶残为一笑"，鲁迅没有被杀过头，也没有当过右派，他没有这种体验。

另一方面，我又是真心实意地认为我是犯了错误，是有罪的，是需要改造的。我下放劳动的地点是张家口沙岭子，离家前我爱人单位正在搞军事化，受军事训练，她不能请假回来送我。我留了一个条子："等我五年，等我改造好了回来。"就背起行李，上了火车。

右派的遭遇各不相同，有幸有不幸。我这个右派算是很幸运的，没有受多少罪。我下放的单位是一个地区性的农业科学研究所，所里有不少技师、技术员，所领导对知识分子是了解的，只是在干部和农业工人的组长一级介绍了我们的情况（和我同时下放到这里的还有另外几个人），并没有在全体职工面前宣布我们的问题。不少农业工人（也就是农民）不知道我们是来干什么的，只说是毛主席叫我们下来锻炼锻炼的。因此，我们并未受到歧视。

初干农活，当然很累。像起猪圈、刨冻粪这样的重活，真够一呛，我这才知道"劳动是沉重的负担"这句话的意义，但还是咬着牙挺过来了。我当时想：只要我下一步不倒下来，死掉，我就得拼命地干。大部分的农活我都干过，力气也增长了，能够扛一百七十斤重的一麻袋粮食稳稳地走上和地面成四十五度角那样陡的高跳。后来相对固定在果园上班，果园的活比较轻松，也比"大田"有意思。最常干的活是给果树喷波尔多液。硫酸铜加石灰，兑上适量的水，便是波尔多液，颜色浅蓝如晴空，很好看。喷波尔多液是为了防治果树病害，是常年要喷的。喷波尔多液是个细致活。不能喷得太少，太少了不起作用；不能太多，太多了果树叶子挂不住，流了。叶面、叶背都得喷到。许多工人没这个耐心，于是喷波尔多液的工作大部分落在我的头上，我成了喷波尔多液的能手。喷波尔多液次数多了，我的几件白衬衫都变成了浅蓝色。

我们和农业工人干活在一起，吃住在一起，晚上被窝挨着被窝睡在一铺大炕上。农业工人在枕头上和我说了一些心里话，没有顾忌。我这才比较切近地观察了农民，比较知道中国的农村、中国的农民是怎么一回事。这对我确立以后的生活态度和写作态度是很有好处的。

我们在下面也有文娱活动。这里兴唱山西梆子（中路梆子），工人里不少都会唱两句，我去给他们化妆。原来唱旦角的都是用粉妆——鹅蛋粉、胭脂、黑锅烟子描眉。我改成用戏剧油彩，这比粉妆要漂亮得多。我勾的脸谱比张家口专业剧团的"黑"（山西梆子谓花脸为"黑"）还要干净讲究。遇春节，沙岭子堡（镇）闹社火，几个年轻的女工要去跑旱船，我用油底浅妆把她们一个个打扮得如花似玉，轰动一堡，几个女工高兴得不得了。我们和几个职工还合演过戏，我记得演过的有小歌剧《三月三》、崔嵬的独幕话剧《十六条枪》。一年除夕，在"堡"里演话剧，海报上特别标出一行字：

台上有布景

这里的老乡还没有见过布景，这布景是我们指导着一个木工做的。演完戏，我还要赶火车回北京。我连妆都没卸干净，就上了车。

一九五九年底给我们几个人作鉴定，参加的有工人组长和部分干部。工人组长一致认为：老汪干活不藏奸，和群众关系好，"人性"不错，可以摘掉右派帽子。所领导考虑，才下来一年，太快了，再等一年吧。这样，我就在一九六〇年在交了一个思想总结后，经所领导宣布：摘掉右派帽子，结束劳动。暂时无接收单位，在本所协助工作。

我的"工作"主要是画画。我参加过地区农展会的美术工作（我用多种土农药在展览牌上粘贴出一幅很大的松鹤图，色调古雅，这里的美术中专的一位教员曾特别带着学生来观摩），我在所里布置过"超声波展览馆"（"超声波"怎样用图像表现？声波是看不见的，没有办法，我就画了农林牧副渔多种产品，上面一律用圆规蘸白粉画了一圈又一圈同心圆）。我的"巨著"，是画了一套《中国马铃薯图谱》。这是所里给我的任务。

这个所有一个下属单位"马铃薯研究站"，设在沽源。为什么设在沽源？沽源在坝上，是高寒地区（有一年下大雪，沽源西门外的积雪跟城墙一般高），马铃薯本是高寒地带的作物。马铃薯在南方种几年，就会退化，需要到坝上调种。沽源是供应全国薯种的基地，研究站设在这里，理所当然。这里集中了全国各地、各个品种的马铃薯，不下百来种。我在张家口买了纸、颜色、笔，带了在沙岭子新华书店买得的《癸巳类稿》、《十驾斋养新录》和两册《容斋随笔》（沙岭子新华书店进了这几种书也很奇怪，如果不是我买，大概永远也卖不出去），就坐长途汽车，奔向沽源，其时在八月下旬。

我在马铃薯研究站画《图谱》，真是神仙过的日子。没有领导，不用开会，就我一个人，自己管自己。这时正是马铃薯开花，我每天蹚着露水，到试验田里摘几丛花，插在玻璃杯里，对着花描画。我曾经给北京的朋友写过一首长诗，叙述我的生活。全诗已忘，只记得两句：

坐对一丛花，

眸子炯如虎。

下午，画马铃薯的叶子。天渐渐凉了，马铃薯陆续成熟，就开始画薯块。画一个整薯，还要切开来画一个剖面，一块马铃薯画完了，薯块就再无用处，我于是随手埋进牛粪火里，烤烤，吃掉。我敢说，像我一样吃过那么多品种的马铃薯的，全国盖无第二人。

沽源是绝塞孤城，这本来是一个军台。清代制度，大臣犯罪，往往由皇帝批示"发往军台效力"，这处分比充军要轻一些（名曰"效力"，实际上大臣自己并不去，只是闲住在张家口，花钱雇一个人去军台充数）。我于是在《容斋随笔》的扉页上，用朱笔画了一方图章，文曰：

效力军台

白天画画，晚上就看我带去的几本书。

一九六二年初，我调回北京，在北京京剧团担任编剧，直至离休。

摘掉"右派分子"帽子，不等于不是右派了。"文革"期间，有人来外调，我写了一个旁证材料。人事科的同志在材料上加了批注：

该人是摘帽右派。所提供情况，仅供参考。

我对"摘帽右派"很反感，对"该人"也很反感。

"该人"跟"该犯"差不了多少，我不知道我们的人事干部从什么地方学来的这种带封建意味的称谓。

"文化大革命"，我是本单位第一批被揪出来的，因为有"前科"。

"文革"期间给我贴的大字报，标题是"老右派，新表演"。

我搞了一些时期"样板戏"，江青似乎很赏识我，于是忽然有一天宣布："汪曾祺可以控制使用。"这主要当然是因为我曾是右派。在"控制使用"的压力下搞创作，那滋味可想而知。

一直到一九七九年给全国绝大多数"右派分子"摘帽，我才算跟右派的影子告别。我到原单位去交材料，并向经办我的专案的同志道谢："为了我的问题的改正，你们做了很多工作，麻烦你们了，谢谢！"那几位同志说："别说这些了吧！二十年了！"

有人问我："这些年你是怎么过来的？"他们大概觉得我的精神状态不错，有些奇怪，想了解我是凭仗什么力量支持过来的。我回答："随遇而安。"

丁玲同志曾说她从被划为右派到北大荒劳动，是"逆来顺受"。我觉得这太苦涩了，"随遇而安"，更轻松一些。"遇"，当然是不顺的境遇；"安"，也是不得已。不"安"，又怎么着呢？既已如此，何不想开些。如北京人所说"哄自己玩儿"。当然，也不完全是哄自己。生活，是很好玩的。

随遇而安不是一种好的心态，这对民族的亲和力和凝聚力是会产生消极作用的。这种心态的产生，有历史的原因（如受老庄思想的影响），本人气质的原因（我就不是具有抗争性格的人），但是更重要的是客观，是"遇"，是环境的、生活的，尤其是政治环境的原因。中国的知识分子是善良的，曾被打成右派的那一代人，除了已经死掉的，大多数都还在努力地工作。他们的工作的动力，一是要证实自己的价值。人活着，总得做一点事。二是对生我养我的故国未免有情。但是，要恢复对在上者的信任，甚至轻信，恢复年轻时的天真的热情，恐怕是很难了。他们对世事看淡了,看透了,对现实多多少少是疏离的。受过伤的心总是有璺的。人的心,是脆的。

这是没有办法的事。

为政临民者,可不慎乎!

一九九一年一月三十一日

载一九九一年《收获》第二期

我是怎样和戏曲结缘的

有一位老朋友，三十多年不见，知道我在京剧院工作，很诧异，说："你本来是写小说的，而且是有点'洋'的，怎么会写起京剧来呢？"我来不及和他详细解释，只是说："这并不矛盾。"

我们家乡是个小县城，没有什么娱乐。除了过节，到亲戚家参加婚丧庆吊，便是看戏。小时候，只要听见哪里锣鼓响，总要钻进去看一会儿。

我看过戏的地方很多，给我留下较深的印象的，是两处。

一处是螺蛳坝。坝下有一片空场子，刨出一些深坑，植上粗大的杉篙，铺了木板，上面盖一个席顶，这便是戏台。坝前有几家人家，织芦席的，开茶炉的……门外都有相当宽绰的瓦棚。这些瓦棚里的地面用木板垫高了，摆上长凳，这便是"座"。——不就座的就都站在空地上仰着头看。有一年请来一个比较整齐的戏班子，戏台上点了好几盏雪亮的汽灯，灯光下只见那些簇新的行头，五颜六色，金光闪闪，煞是好看。除了《赵颜借寿》、《八百八年》等开锣吉祥戏，正戏都唱了些什么，我已经模糊了。印象较真切的，是一出《小放牛》，一出《白水滩》。我喜欢《小放牛》的村姑的一身装束，唱词我也大部分能听懂。像"我用手一指，东指西指，

288

南指北指，杨柳树上挂着一个大招牌……""杨柳树上挂着一个大招牌"，到现在我还认为写得很美。这是一幅画，提供了一个春风淡荡的恬静的意境。我常想，我自己的唱词要是能写得像这样，我就满足了。《白水滩》这出戏，我觉得别具一种诗意，有一种凄凉的美。十一郎的扮相很美。我写的《大淖记事》里的十一子，和十一郎是有着某种潜在的联系的。可以说，如果我小时候没有看过《白水滩》，就写不出后来的十一子。这个戏班里唱青面虎的花脸很能摔，他能接连摔好多个"踝子"。每摔一个，台下叫好，他就跳起来摘一个"红封"揣进怀里。——台上横拉了一根铁丝，铁丝上挂了好些包着红纸的"封子"，内装铜钱或银角子。凡演员得一个"好"，就可以跳起来摘一封。另外还有一出，是《九更天》。演《九更天》那天，开戏前即将钉板竖在台口，还要由一个演员把一只活鸡拽钉在板上，以示铁钉的锋利。那是很恐怖的。但我对这出戏兴趣不大，一个老头儿，光着上身，抱了一只钉板在台上滚来滚去，实在说不上美感。但是台下可"炸了窝"了！

　　另一处是泰山庙。泰山庙供着东岳大帝，这东岳大帝不是别人，是《封神榜》里的黄霄。东岳大帝坐北朝南，大殿前有一片很大的砖坪，迎面是一个戏台。戏台很高，台下可以走人。每逢东岳大帝的生日，——我记不清是几月了，泰山庙都要唱戏。约的班子大都是里下河的草台班子，没有名角，行头也很旧。旦角的水袖上常染着洋红水的点子——这是演《杀子报》时的"彩"溅上去的。这些戏班，没有什么准纲准词，常常由演员在台上随意瞎扯。许多戏里都无缘无故出来一个老头，一个老太太，念几句数板，而且总是那几句：

人老了，人老了，
人老先从哪块老？
人老先从头上老：
白头发多，黑头发少。
人老了，人老了，
人老先从哪块老？
人老先从牙齿老：
吃不动的多，吃得动的少。
……

他们的京白、韵白都带有很重的里下河口音。而且很多戏里都要跑鸡毛报：两个差人，背了公文卷宗，在台上没完没了地乱跑一气。里下河的草台班子受徽戏影响很大，他们常唱《扫松下书》。这是一出冷戏，一到张广才出来，台下观众就都到一边喝豆腐脑去了。他们又受了海派戏的影响，什么戏都可以来一段"五音联弹"——"催战马，来到沙场，尊声壮士把名扬……"他们每一"期"都要唱几场《杀子报》。唱《杀子报》的那天，看戏是要加钱的，因为戏里的闻（文？）太师要勾金脸。有人是专为看那张金脸才去的。演闻太师的花脸很高大，嗓音也响。他姓颜，观众就叫他颜大花脸。我有一天看见他在后台栏杆后面，勾着脸——那天他勾的是包公，向台下水锅的方向，大声喊叫："××！打洗脸水！"从他的洪亮的嗓音里，我感觉到草台班子演员的辛酸和满腹不平之气。我一生也忘记不了。

我的大伯父有一架保存得很好的留声机，——我们那里叫作"洋戏"，还有一柜子同样保存得很好的唱片。他有时要拿出来听听，——大都是阴天下雨的时候。我一听见留声机响了，就悄悄地走进他的屋里，聚精会神地坐着听。他的唱片里最使我感动的是程砚秋的《金锁记》和杨小楼的《林冲夜奔》。几声小镲，"啊哈！数尽更筹，听残银漏……"杨小楼的高亢脆亮的嗓子，使我感到一种异样的悲凉。

我父亲是个多才多艺的人，他会画画，会刻图章，还会弄乐器。他年轻时曾花了一笔钱到苏州买了好些乐器，除了笙箫、管笛、琵琶、月琴，连唢呐、海笛都有，还有一把拉梆子戏的胡琴。他后来别的乐器都不大玩了，只是拉胡琴。他拉胡琴是"留学生"——跟着留声机唱片拉。他拉，我就跟着学唱。我学会了《坐宫》、《起解·玉堂春》、《汾河湾》、《霸王别姬》……我是唱青衣的，年轻时嗓子很好。

初中、高中，一直到大学一年级时，都唱。西南联大的同学里有一些"票友"，有几位唱得很不错的。我们有时在宿舍里拉胡琴唱戏，有一位广东同学，姓郑，一听见我唱，就骂："丢那妈！猫叫！"

大学二年级以后，我的兴趣转向唱昆曲。在陶重华等先生的倡导下，云南大学成立了一个曲社，参加的都是云大和联大中文系的同学。我们于是"拍"开了曲子。教唱的主要是陶先生，吹笛的是云大历史系的张中和先生。从《琵琶记·南浦》《拜月记·走雨》开蒙，陆续学会了《游园·惊梦》、《拾画·叫画》、《哭像》、《闻铃》、《扫花》、《三醉》、《思凡》、《折柳·阳关》、《瑶台》、《花报》……大都是生旦戏。偶尔也学两出老生花脸戏，如《弹词》《山门》《夜奔》……在曲社的基础上，还时常举行"同期"。参加"同期"的除同学外，还有校内校外的老师、前辈。常与"同期"的，有陶光（重华），他是唱"冠生"的，《哭像》、《闻铃》均极佳，《三醉》曾受红豆馆主亲传，唱来尤其慷慨淋漓；植物分类学专家吴征镒，他唱老生，嗓大声洪，能把《弹词》的"九转"一气唱到底，还爱唱《疯僧扫秦》；张中和和他的夫人孙凤竹常唱《折柳·阳关》，极其细腻；生物系的教授崔芝兰（女），她似乎每次都唱《西楼记》；哲学系教授沈有鼎，常唱《拾画》，咬字讲究，有些过分；数学系教授许宝騄，我的《刺虎》就是他亲授的；我们的系主任罗莘田先生有时也来唱两段。此外，还有当时任航空公司经理的查阜西先生，他兴趣不在唱，而在研究乐律，常带了他自制的十二平均律的钢管笛子来为人伴奏。还有一位世事洞明，人情练达，童心犹在，风趣非常的老人许茹香，每"期"必到。许家是昆曲世家，他能戏极多，而且"能打各省乡谈"，苏州话、扬州话、绍兴话都说得很好。他唱的都是别人不唱的戏，如《花判》、《下山》。他甚至能唱《绣襦记》的《教歌》。还有一位衣履整洁的先生，我忘记他的姓名了，他爱唱《山门》。他是个聋子，唱起来随时跑调，但是张中和先生的笛子居然能随着他一起"跑"！

　　参加了曲社，我除学了几出昆曲，还酷爱上吹笛，——我原来就会吹一点，我常在月白风清之夜，坐在联大"昆中北院"的一棵大槐树暴出地面的老树根上，独自吹笛，直至半夜。同学里有人说："这家伙是个疯子！"

　　抗战胜利后，联大分校北迁，大家各奔前程，曲社"同期"也就风流云散了。

　　一九四九年以后，我就很少唱戏，也很少吹笛子了。

　　我写京剧，纯属偶然。我在北京市文联当了几年编辑，心里可一直想写东西。那时写东西必须"反映现实"，实际上是"写政策"，必须"下去"，才有东西可写。我整天看稿、编稿，下不去，也就写不成，不免苦闷。那年正好是纪念世界名人吴敬梓，王亚平同志跟我说："你下不去，就从《儒林外史》里找一个题材编一个戏吧！"我听从了他的建议，就改了一出《范进中举》。这个剧本在文化局戏剧科的抽屉里压了很长时间，后来是王昆仑同志发现，介绍给奚啸伯演出了。这个戏还在北京市戏曲会演中得了剧本一等奖。

我当了右派，下放劳动，就是凭我写过一个京剧剧本，经朋友活动，而调到北京京剧院里来的。一晃，已经二十几年了。人的遭遇，常常是不以自己的意志为转移的。

我参加戏曲工作，是有想法的。在一次齐燕铭同志主持的座谈会上，我曾经说："我搞京剧，是想来和京剧闹一阵别扭的。"简单地说，我想把京剧变成"新文学"；更直截了当地说：我想把现代思想和某些现代派的表现手法引进到京剧里来。我认为中国的戏曲本来就和西方的现代派有某些相通之处，主要是戏剧观。我认为中国戏曲的戏剧观和布莱希特以后的各流派的戏剧观比较接近。戏就是戏，不是生活。中国的古代戏曲有一些西方现代派的手法（比如《南天门》、《乾坤福寿镜》、《打棍出箱》、《一匹布》……），只是发挥得不够充分，我就是想让它得到更多的发挥。我的《范进中举》的最后一场就运用了一点心理分析。我刻画了范进发疯后的心理状态，从他小时读书、逃学、应考、不中、被奚落，直到中举，做了主考，考别人："我这个主考最公道，订下章程有一条：年未满五十，一概都不要，本道不取嘴上无毛！……"

我想把传统和革新统一起来，或者照现在流行的话说：在传统与革新之间保持一种张力。

我说了这一番话，可以回答我在本文一开头提到的那位阔别三十多年的老朋友的疑问。

我写京剧，也写小说。或问：你写戏，对写小说有好处吗？我觉得至少有两点。

一是想好了再写。写戏，得有个总体构思，要想好全剧，想好各场。各场人物的上下场，各场的唱念安排。我写唱词，即使一段长到二十句，我也是每一句都想得能够成诵，才下笔的。这样，这一段唱词才是"整"的，有层次，有起伏，有跌宕，浑然一体。我不习惯于想一句写一句，这样的习惯也影响到我写小说，我写小说也是全篇、各段都想好，腹稿已具，几乎能够背出，然后凝神定气，一气呵成。

前几天，有几位从湖南来的很有才华的青年作家来访问我，他们指出一个问题："您的小说有一种音乐感，您是否对音乐很有修养？"我说我对音乐的修养一般。如说我的小说有一点音乐感，那可能和我喜欢画两笔国画有关。他们看了我的几幅国画，说："中国画讲究气韵生动，计白当黑，这和'音乐感'是有关系的。"他们走后，我想：我的小说有"音乐感"么？——我不知道。如果说有，除了我会抹几笔国画，大概和我会唱几句京剧、昆曲，并且写过几个京剧剧本有点关系。有一位评论家曾指出我的小说的语言受了民歌和戏曲的影响，他说得有几分道理。

一九八五年五月二十二日

载一九八五年《新剧本》第四期

关于《沙家浜》

一九六三年冬天，江青到上海看戏，回北京后带回两个沪剧剧本，一个《芦荡火种》，一个《革命自有后来人》，找了中国京剧院和北京京剧团的负责人去，叫改编成京剧。北京京剧团"认购"了《芦荡火种》。所以选中《芦荡火种》，大概因为主角是旦角，可以让赵燕侠演。《革命自有后来人》，归了中国京剧院，后改编为《红灯记》。

我和肖甲、杨毓珉去改编，住颐和园龙王庙。天已经冷了，颐和园游人稀少，风景萧瑟。连来带去，一个星期，就把剧本改好了。实际写作，只有五天。初稿定名为《地下联络员》，因为这个剧名有点传奇性，可以"叫座"。

经过短时期突击性的排练，要赶在次年元旦上演，已经登了广告。江青知道了，赶到剧场，说这样匆匆忙忙地搞出来，不行！叫把广告撤了。

江青总结了五十年代出现过的一批京剧现代戏失败的教训，认为这些戏没有能站住，主要是因为质量不够，不能和传统戏抗衡。江青这个"总结"是对的。后来她把这种思想发展成"十年磨一戏"。一个戏磨到十年，是要把人磨死的。但是戏是要"磨"的，萝卜快了不洗泥，是搞不出好戏的。公平地说，"磨戏"思想有其正确的一面。

　　决定重排，重写剧本，这次参加执笔的是我和薛恩厚。大概是一九六四年初春，住广渠门外一个招待所。我记得那几天还下了大雪，我和老薛踏雪到广渠门的一个饭馆里吃过涮羊肉。前后也就是十来天吧，剧本改出来了。二稿恢复了沪剧原名《芦荡火种》。

　　经过比较细致的排练，江青看了，认为可以请毛主席看了。

　　毛主席对京剧演现代戏一直是关心的，并提出过一些很中肯的意见，比如：京剧要有大段唱，老是散板、摇板，会把人的胃口唱倒的。这是针对五十年代的京剧现代戏而说的。五十年代的京剧现代戏确实很少有"上板"的唱，只有一点儿散板、摇板，顶多来一段流水、二六。我们在《芦荡火种》里安排了阿庆嫂的大段二黄慢板"风声紧雨意浓天低云暗"，就是受毛主席的启发，才敢这样干的。"风声紧雨意浓"大概是京剧现代戏里第一次出现的慢板。彩排的时候，吴祖光同志坐在我的旁边，说："这个赵燕侠真能沉得住气！""沉不住气"，是五十年代搞京剧现代戏的同志普遍的创作心理。后来的现代戏，又走了另一个极端，不用散板、摇板，都是上板的唱。不用散板、摇板，就成了一朵一朵光秃秃的牡丹。毛主席只是说不要"老是散板摇板"，不是说不要散板、摇板。

　　毛主席看了《芦荡火种》，提了几点意见（是江青向薛恩厚、肖甲等人传达的，我是间接知道的）：

　　兵的音乐形象不饱满；

　　后面要正面打进去，现在后面是闹剧，戏是两截；

改起来不困难，不改，就这样演也可以，戏是好戏；

剧名可叫《沙家浜》，故事都发生在这里。

我认为毛主席的意见都是有道理的，"态度"也很好，并不强加于人。

有些事实需要澄清。

兵的音乐形象不饱满，后面是闹剧，戏是两截，这都是原剧所存在的严重缺点，原剧的结尾是乘胡传奎结婚之机，新四军战士化装成厨师、吹鼓手，混进刁德一的家，开打。厨师念数板，有这样的词句："烤全羊，烧小猪，样样咱都不含糊。要问什么最拿手，就数小葱拌豆腐！"而且是"怯口"，说山东话。吹鼓手只有让乐队的同志上场，吹了一通唢呐。这简直是起哄。改成正面打进去，就可以"走边"（"奔袭"），"跟头过城"，翻进刁宅后院，可以发挥京剧特长。毛主席的意见只是从艺术上，从戏的完整性上考虑的，不牵涉到政治。"要突出武装斗争"，是江青的任意发挥。把郭建光提到一号人物，阿庆嫂压成二号人物，并提高到"究竟是武装斗争领导地下斗争，还是地下斗争领导武装斗争"这样的原则高度，更是无限上纲，胡搅蛮缠。后来又说彭真要通过这出戏来反对武装斗争，更是莫须有的诬陷。

《沙家浜》这个剧名是毛主席定的，不是江青定的。最初提出《芦荡火种》剧名不妥的，是谭震林。他说那个时候，革命力量已经不是星星之火，已经是燎原之势了。谭震林是江南新四军的领导人，他的话是对的。"芦荡"和"火种"，在字面上也矛盾。芦荡里都是水，怎么能保存火种呢？有人以为《沙家浜》是江青取的剧名，并以为《沙家浜》是江青抓出来的。《芦荡火种》和江青的关系不大。一些戏曲史家、戏曲评论家都愿意提《芦荡火种》，不愿意提《沙家浜》，这实在是一种误解。

我们按照江青传达的毛主席的意见，改了第三稿。一九六五年五月，江青在上海审查通过，并定为"样板"，"样板戏"这个叫法，是这个时候开始提出来的。

一九七〇年五月，《沙家浜》定本，在《红旗》杂志上发表。

很多同志对"样板戏"的"定本"有兴趣，问我是怎样一个情形。是这样的：人民大会堂的一个厅（我记得是安徽厅），上面摆了一排桌子，坐的是江青、姚文元、叶群（可能还有别的人，我记不清了）。对面一溜长桌，坐着剧团的演员和我。每人面前一个大字的剧本。后面是她的样板团的一群"文艺战士"。由剧团演员一句一句轮流读剧本，读到一定段落，江青说："这里要改一下。"当时就得改出来，这简直是"庭对"。她听了，说："可以。"这就算"应对称旨"。这号活儿，没有一点捷才，还真应付不了。

江青在《沙家浜》创作过程中做了一些什么？

我历来反对一种说法："样板戏"是群众创作的，江青只是剽窃了群众创作成果。这样说不是实事求是的。不管对"样板戏"如何评价，我对"样板戏"从总体上是否定的，特别是其创作思想——三突出和主题先行，但认为部分经验应该吸收（借鉴），不能说这和江青无关。江青在"样板戏"上还是花了心血，下了功夫的，至于她利用"样板戏"反党害人，那是另一回事。当然，她并未亲自动手写过一句唱词，导过一场戏，画过一张景片，她只是找有关人员谈话，下"指示"。

从剧本方面来说，她的"指示"有些是有道理的。比如"智斗"

298

一场，原来只是阿庆嫂和刁德一两个人的"背供"唱，江青提出要把胡传奎拉进矛盾里来，这样不但可以展开三个人之间的心理活动，舞台调度也可以出点新东西，——"智斗"的舞台调度是创造性的。照原剧本那样，阿庆嫂和刁德一斗心眼，胡传奎就只能踱到舞台后面对着湖水抽烟，等于是"挂"起来了。

有些是没有什么道理的。郭建光出场的唱"朝霞映在阳澄湖上"的第二句原来是"芦花白早稻黄绿柳成行"，她说这三种植物不是一个季节，说她到苏州一带调查过（天知道她调查了没有）。于是只能改成"芦花放稻谷香岸柳成行"，其实还不是一样？沙奶奶的儿子原来叫七龙，她说生七个孩子，太多了！这好办，让沙奶奶少生三个，七龙变成四龙！

有些是没有道理的，"风声紧"唱段前原来有一段念白："一场大雨，湖水陡涨。满天阴云，郁结不散，把一个水国江南压得透不过气来。不久只怕还有更大的风雨呀。亲人们在芦荡里，已经是第五天啦。有什么办法能救亲人出险哪！"这段念白，韵律感较强，是为了便于叫板起唱。江青认为这是"太文的词儿"，于是改成"刁德一出出进进的，胡传奎在里面打牌……"，这是大白话，真是一点都不"文"了。这段念白是江青口授的，倒可以算是她的创作。"智斗"一场阿庆嫂大段流水"垒起七星灶"差一点被她砍掉，她说这是"江湖口"，"江湖口太多了！"我觉得很难改，就瞒天过海地保存了下来。

江青更多的精力用在抓唱腔，抓舞美。唱腔设计出来，试唱之后，要立即将录音送给她，她定要逐段审定的。"朝霞映在阳澄湖上"设计出两种方案，她坐在剧场里听，最后决定用李金泉同志设计的西皮。沙奶奶家门前的那棵柳树，她怎么也不满意，说要江南的垂柳，不要北方的。舞美设计到杭州去写生，回来做了一棵，这才通过。我实在看不出舞台上的柳树是杭州"柳浪闻莺"的，还是北京北海的，只是一棵用灯光照得碧绿透亮（亮得很不正常）的不大的柳树而已。

我在执笔写《沙家浜》时的一些想法。江青早期抓现代戏时，对剧本不是抓得很紧，我们还有一点创作自由。我的想法很简单，一是想把京剧写得像个京剧。写唱词，要像京剧唱词。京剧唱词基本上是叙述性的，不宜有过多的写景、抒情，而且要通俗。王昆仑同志曾对我说，《文昭关》"一事无成两鬓斑"，四句之后，就得是"恨平王无道纲常乱"。我认为很有道理。因此，我写《沙家浜》，在"风声紧雨意浓天低云暗"之后，下一句就是"不由人一阵阵坐立不安"。"不由人一阵阵坐立不安"，何等平庸。但是，同志，这是京剧唱词。后来的"样板戏"抒情过多，江青甚至提出"抒情专场"，于是满篇豪言壮语。我认为这是对京剧"体制"不了解所造成的。再是，我想对京剧语言进行一点改革，希望唱词能生活化、性格化，并且能突破原来的唱词格律（二二三，三三四）。"垒起七星灶"是个尝试。写这一稿时，这一段写了两个方案，一个是五言的，一个是七言的。我向设计唱腔的李慕良同志说：如果五言的不好安腔，就用七言的。结果李慕良同志选择了五言的，创造了一段五言流水，效果很好。这一段唱词是数学游戏，前面说得天花乱坠，结果是"人一走，茶就凉"，是个"零"。前些时见到报上说"人一走，茶就凉"是民间谚语，不是的。

《沙家浜》从写初稿，至今已有二十七年；从"定稿"到现在，

300

也有二十一年了。俯仰之间，已为陈迹。但是"样板戏"不能就这样揭过去，这些年的戏曲史不能是几张白页。于是信笔写了一点回忆，供作资料。忆昔执笔编剧，尚在壮年。今年七十一，垂垂老矣，感慨系之。

一九九一年十一月二十二日
载一九九二年第六期《八小时以外》

我的“解放”

    我的“解放”很富于戏剧性，是江青下的命令。江青知道我，是因为《芦荡火种》。这出戏彩排的时候，她问陪她看戏的导演（也是剧团团长）肖甲：“词写得不错，谁写的？”她看戏，导演都得陪着，好随时记住她的“指示”。其时大概是一九六四年夏天。

    《芦荡火种》几经改写，定名为《沙家浜》，重排后在北京演了几场。

    我又被指定参加《红岩》的改编。一九六四年冬，某日，党委书记薛恩厚带我和阎肃到中南海去参加关于《红岩》改编的座谈会，地点在颐年堂，这是我第一次见江青。在座的有《红岩》小说作者罗广斌和杨益言，有林默涵，好像还有袁水拍。他们对《红岩》改编方案已经研究过，我是半路插进来的，对他们的谈话摸不着头脑，一句也插不上嘴，只是坐在沙发里听着，心里有些惶恐。江青说了些什么，我也全无印象，只因为觉得奇怪才记住她最后跟罗广斌说的那句话：“将来剧本写成了，小说也可以按照戏来改。”

    自一九六四年冬至一九六五年春我们就被集中起来改《红岩》剧本。先是在六国饭店，后来改到颐和园的藻鉴堂。到藻鉴堂时昆明湖结着冰，到离开时已解冻了。

其后，我们随剧团大队，浩浩荡荡，到四川"体验生活"。在渣滓洞坐了牢（当然是假的），大雨之夜上华蓥山演习了"扯红"（暴动）。这种"体验生活"实在如同儿戏，只有在江青直接控制下的剧团才干得出来。"体验"结束，剧团排戏（排《沙家浜》），我们几个编剧住在北温泉的"数帆楼"改《红岩》剧本。

一九六五年四月中旬剧团由重庆至上海，排了一些时候戏，江青到剧场审查通过，定为"样板"，决定"五一"公演。"样板戏"的名称自此时始。剧团那时还不叫"样板团"，叫"试验田"，全称是"江青同志的试验田"。

江青对于样板戏确实是"抓"了的，而且抓得很具体，从剧本、导演、唱腔、布景、服装，包括《红灯记》铁梅的衣服上的补丁，《沙家浜》沙奶奶家门前的柳树，事无巨细，一抓到底，限期完成，不许搪塞。有人说"样板戏"都是别人搞的，江青没有做什么，江青只是"剽窃"，这种说法是不科学的。对于"样板戏"可以有不同看法，但是企图在"样板戏"和江青之间"划清界限"，以此作为"样板戏"可以"重出"的理由，我以为是不能成立的。这一点，我同意王元化同志的看法。作为"样板戏"的过来人，我是了解情况的。

从上海回来后，继续修改《红岩》。"样板戏"的创作，就是没完没了地折腾。一直折腾到年底，似乎这回可以了。我们想把戏写完了好过年。春节前两天，江青从上海打来电话，给市委宣传部长李琪，叫我们到上海去。我对阎肃说："戏只差一场，写完了再去行不行？"李琪回了电话，复电说："不要写了，马上来！"李琪于是带着薛恩厚、阎肃、我，乘飞机到上海，住东湖饭店。

李琪是不把江青放在眼里的。到了之后，他给江青写了一个便条："我们已到上海，何时接见，请示。"下面的礼节性的词句却颇奇怪，不是通常用的"此致敬礼"，而是"此问近祺"。我和阎肃不禁相互看了一眼。稍为知道一点中国的文牍习惯的，都知道这至少不够尊敬。

江青在锦江饭店接见了我们。江青对李琪说："对于他们的戏，我希望你了解情况，但是不要过问。"（这是什么话呢？我们剧团是市委领导的剧团，市委宣传部长却对我们的戏不能过问！）她对我们说："上次你们到四川去，我本来也想去，因为飞机经过一个山，我不能适应。有一次飞过的时候，几乎出了问题，幸亏总理叫来了氧气，我才缓过来。你们去，有许多情况，他们不会告诉你们。我万万没有想到：那个时候，四川党还有王明路线！"

我们当时听了虽然感到有点诧异，但是没有感到这句话的严重性，以为她掌握了什么内部材料。"文化大革命"以后，回想起来，才觉出这是一句了不得的话，她要整垮四川党的决心，早就有了。

她决定，《红岩》不搞了，另外搞一个戏：由军队上派一个干部（女的），不通过地方党，找到一个社会关系，打进兵工厂，发动工人护厂，迎接解放。（哪有这样的事呢？一个地下工作者，不通过党的组织去开展工作，这根本不符合党的工作原则；一个人，单枪匹马，通过社会关系发动群众，这可能么？）

我和阎肃，按照她的意思，两天两夜，赶编了一个提纲。阎肃解放前夕在重庆，有一点生活，但是也绝没有她说的那样的生活，——那样的生活根本没有。我是一点生活也没有，但是我们居然编出一个提纲来了！"样板戏"的编剧都有这个本事：能够按照江青的意图，无中生有地编出一个戏来。不这样，又有什么办法呢？提纲出来了，定了剧名:《山城旭日》。

我们在"编"提纲时，李琪同志很"清闲"，他买了一包上海老城隍庙的奶油五香豆，一边"荡马路"，一边嗑呀地嗷。

江青虽然不让李琪过问我们的戏，我们还有点"组织性"，我们把提纲向李琪汇报了。李琪听了，说了一句不凉不酸的话:"看来，没有生活也是可以搞创作的哦？"

我们向江青汇报了提纲，她挺满意！说:"回去写吧！"

回到北京，着手"编"剧。

三月中，她又从上海打电话来:"叫他们来一下，关于戏，还有一些问题。"

这次到上海，气氛已经很紧张了，批《海瑞罢官》已经达到高潮。李琪带了一篇他写的批判文章（作为北京市委宣传部长，他不得不写一篇文章），他把文章交给江青看看。第二天，江青还给了他，只说了一句:"太长了吧。"江青这时正在炮制军队文艺座谈会纪要，我和薛恩厚对这个座谈会一无所知。阎肃是知道这个会的，李琪当然也会知道。李琪的神色不像上一次到上海时显得那么自在了，据薛恩厚说（他们的房间相对着，当中隔一个小客厅），他半夜大叫（想是做了噩梦）。

一天，江青叫秘书打电话来，叫我们到"康办"（张春桥在康平路的办公室）去见她。李琪说:"我不去了，——她找你们谈剧本。"我说:"不去不好吧，还是去一下。"李琪在屋里来来回回地走。汽车已经开出来在门口等着了，他还是来回走。最后，才下了决心:"好！去！"

关于剧本，其实没有谈多少意见，她这次实际上是和李琪、薛恩厚谈"试验田"的事。他们谈了些什么，我和阎肃都没有注意。大概是她提了一些要求，李琪没有爽快地同意，只见她站了起来，一边来回踱步，一边说："叫老子在这里试验，老子就在这里试验！不叫老子在这里试验，老子到别处去试验！"声音不很大，但是语气分量很重。回到东湖饭店，李琪在客厅里坐着，沉着脸，半天没有说话。薛恩厚坐在一边，汗流不止。我和阎肃看着他们，我们知道她这是向北京市摊牌。我和阎肃回到房间，阎肃说："一个女同志，'老子''老子'的！唉！"我则觉得江青说话时的神情，完全是一副"白相人面孔"。

《山城旭日》写出来了，排练了，彩排了几场，"文化大革命"起来了，戏就搁下了。江青忙着"闹革命"，也顾不上再过问这个戏。

剧团的领导都被揪了出来，他们是"走资派"。我也被揪了出来，因为是"老右派"，而且我和薛恩厚曾合作写过一个剧本《小翠》，被认为是反党反社会主义的大毒草。剧中有一个傻公子，救了一只狐狸，他说是猫，别人告诉他这不是猫，你看，这是个大尾巴，傻公子愣说"大尾巴猫"！这就不得了了，这影射什么！"文化大革命"中许多"革命群众"的想象力真是特别丰富，他们能从一句话里挖出你想象不到的意思。

批斗、罚跪，在头发当中推一剪子开出一条马路，在院内游街，挨几下打，这些都是题中应有之义，全国皆然，不必细说。

后来把我们都关到一间小楼上，这时两派斗了起来，"革命群众"对我们也就比较放松，不大管了。

小楼上关的，有被江青在"一一·二八"大会上点名的剧团领导，几个有历史问题的"反革命"，还有得罪了江青的赵燕侠。虽然只十来个人，但小楼很小，大家围着一张长桌坐着，凳子挨着凳子，也够挤的。坐在里边的人要下楼解手，外边的人就得站起来让他过去。我有一次下楼，要从赵燕侠身前过，她没有站起来，却刷地一下把左脚高举过了头顶。赵老板有《大英杰烈》的底子，腿功真不错！我们按时上下班，比起"革命群众"打派仗，热火朝天，卜昼卜夜，似乎还更清静一些。每天的日程是学《毛选》，交代问题，劳动。"问题"只是那些，交代起来没个完，于是大家都学会了车轱辘话来回转，这次是"一、二、三、四、五"，下次是"五、四、三、二、一"。劳动主要是两项，一是劈劈柴。剧团隔一个胡同有一个小院子，里面有许多破桌子烂椅子，我们就把这些桌椅破碎供生炉子取暖用。这活儿劳动量不大，关起院门，与世隔绝，可以自由休息，随便说话。另外一项是抬煤。两个人抬一筐，不算太沉。吃饭自己带，有人竟然带了干烧黄鱼中段、煨牛肉、三鲜馅的饺子来，可以彼此交换品尝。应该说，我们的小楼一统的日子，没有受太大的罪。但是一天一天这么下去，到哪儿算一站呢？

一天，薛恩厚正在抬煤，李英儒（当时是中央"文革"小组的联络员，隔十天半月到剧团来看看）对他说："老薛，像咱们这么大的年纪，这样重的活儿就别干了。"我一听，奇怪，为何态度亲切乃尔？过了几天，我在抬煤，李英儒看见，问我："汪曾祺，你最近在干什么哪？"我说："检查、交代。"他说："检查什么！看看《毛选》吧。"我心里明白，我们的问题大概快要解决了。

四月二十七日上午，革委会的一位委员上小楼叫我，说："李英儒同志找你。"我到了办公室，李英儒说："准备解放你，你准备一下，向群众作一次检查。"我回到小楼，正考虑怎样检查，李英儒又派人来叫我，说："不用检查了，你表一个态。——不要长，五分钟就行了。"我刚出办公室，走了几步，又把我叫回去，说："不用五分钟，三分钟就行了！"

过不一会儿，群众已经集合起来。三分钟，说什么？除了承认错误，我说："江青同志如果还允许我在'样板戏'上尽一点力，我愿意鞠躬尽瘁，死而后已！"这几句话在"四人帮"垮台后，我不知道检查了多少次。但是我当时说的是真心话，而且是非常激动的。

表了态，我就"回到革命队伍当中"了，先在"干部组"呆着。和八九个月以前朝夕相处的老同志坐在一起，恍同隔世。

刚刚坐定，一位革委会委员拿了一张戏票交给我："江青同志今天来看《山城旭日》，你晚上看戏。"

过了一会儿，委员又把戏票要走。

过了一会儿，给我送来一张请帖。

过了一会儿，又把请帖要走。

我不知道这是怎么回事。李英儒派人来叫我到办公室，告诉我："江青同志今天来看戏，你和阎肃坐在她旁边。"

我当时囚首垢面，一身都是煤末子，衣服也破烂不堪。回家换衣服，来不及了，只好临时买了一套。

开戏前，李英儒早早在贵宾休息室坐着。我记得闻捷和李丽芳来，李英儒和他们谈了几句（这是我唯一一次见到闻捷）。快开演前，李英儒嘱咐我："不该说的话不要说。"我不知道这句话是什么意思。我没有什么话要跟江青说，也不知道有什么话不该说。

恍恍惚惚，如在梦里。

快开戏了，江青来了，坐下后只问我一个她所喜欢的青年演员在运动中表现怎么样，我不了解情况，只好说："挺好的。"

看戏过程中，她说了些什么，我全不记得了，只记得她说："你们用毛主席诗词作每场的标题，倒省事啊！不要用！"

散了戏，座谈。参加的人，限制得很严格，除了剧作者，只有杨成武、谢富治、陈亚丁。她坐下后，第一句话是："你们开幕的天幕上写的是'向大西南进军'（这个戏开幕后是大红的天幕，上写六个白色大字："向大西南进军"），我们这两天正在研究向大西南进军。"

当时我们就理解，她所谓"向大西南进军"，就是搞垮大西南的党政领导，把"革命"的烈火在大西南烧得更猛。后来西南几省，尤其是四川，果然乱得一塌糊涂。

除了陈亚丁长篇大论地谈了一些对戏的意见外，他们所谈的都是关于"文化大革命"的事。我和阎肃只好装着没听见。

忽然江青发现一个穿军装的年轻女同志在一边不停地记，她脸色一变，问："你是哪来的？"

"我是军报的。"

"谁让你进来的？"

"……"

"我们在这里漫谈，你来干什么？出去！"

这位女记者满面通红，站起来往外走。

"把你的笔记本留下，你这样做，我很不放心！"

江青有个脾气,她讲话,不许记录。何况今天的讲话,非同小可,这位女同志冒冒失失闯了进来，可谓"不知天高地厚"。

杨成武说了几句，门外喊"报告！"杨成武听出是秘书的声音。"进来！"秘书在杨成武耳边说了几句话，杨成武起立，说："打下了一架无人驾驶飞机，我去处理一下。"江青轻轻一扬手："去吧！"

江青这种说话语气，我们见过不止一次。她对任何干部，都是"见官大一级"，用"一朝国母"的语气说话。

谢富治发言，略谓"打开了重庆，我是头一个到渣滓洞去看了的。根据我对地形的观察，根本不可能跑出一个人来"！

我当时就想：坏了！按照他的逻辑，渣滓洞的幸存者全是叛徒。我马上想到罗广斌。罗广斌后来不明不白地死掉了，我一直想，这和谢富治这句斩钉截铁的断言是有（尽管不是直接的）关系的。

座谈结束，已经是凌晨两点多钟，公共汽车、电车早已停驶。剧团不会给我留车，我也绝没想到让剧团给我派一辆车。我只好由虎坊桥步行回甘家口，走到家，天都快亮了。

我在"文化大革命"中的遭遇，我的"解放"，尘芥浮沤而已。我要揭出的是我亲自听到的江青的两句话："我万万没有想到，那个时候，四川党还有王明路线"和"我们这两天正在研究向大西南进军"。我是一个侧面的历史见证人，因为要衬出这个历史片段的来龙去脉，遂不惮其烦地述说了我的"解放"，否则说不清楚。我的缕述，细节、日期或不准确，但是江青的这两句话，我可以保证无讹。

载一九八九年《东方纪事》第一期

自得其乐

　　孙犁同志说写作是他的最好的休息。是这样，一个人在写作的时候是最充实的时候，也是最快乐的时候。凝眸既久（我在构思一篇作品时，我的孩子能说我在翻白眼），欣然命笔，人在一种甜美的兴奋和平时没有的敏锐之中，这样的时候，真是虽南面王不与易也。写成之后，觉得不错，提刀却立，四顾踌躇，对自己说："你小子还真有两下子！"此乐非局外人所能想象。但是一个人不能从早写到晚，那样就成了一架写作机器，总是岔乎岔乎，找点事情消遣消遣，通常说，得有点业余爱好。

　　我年轻时爱唱戏，起初唱青衣、梅派，后来改唱余派老生。大学三四年级唱了一阵昆曲，吹了一阵笛子。后来到剧团工作，就不再唱戏吹笛子了，因为剧团有许多专业名角，在他们面前吹唱，真成了班门弄斧，还是以藏拙为好。笛子本来还可以吹吹，我的笛风甚好，是"满口笛"，但是后来没法再吹，因为我的牙齿陆续掉光了，撒风漏气。

　　这些年来我的业余爱好，只有：写写字，画画画，做做菜。

　　我的字照说是有些基本功的，当然从描红模子开始。我记得我描的红模子是："暮春三月，江南草长，杂花生树，群莺乱飞。"

这十六个字其实是很难写的，也许是写红模子的先生故意用这些结体复杂的字来折磨小孩子，而且红模子底子是欧字，这就更难落笔了。不过这也有好处，可以让孩子略窥笔意，知道字是不可以乱写的。大概在我十一二岁的时候，那个暑假，我的祖父忽然高了兴，要亲自教我《论语》，并日课大字一张，小字二十行。大字写《圭峰碑》，小字写《闲邪公家传》，这两本帖都是祖父从他的藏帖中选出来的。祖父认为我的字有点才分，奖了我一块猪肝紫端砚，是圆的，并且拿了几本初拓的字帖给我，让我常看看。我记得有小字《麻姑仙坛》、虞世南的《夫子庙堂碑》、褚遂良的《圣教序》。小学毕业的暑假，我在三姑父家从一个姓韦的先生读桐城派古文，并跟他学写字。韦先生是写魏碑的，但他让我临的却是《多宝塔》。初一暑假，我父亲拿了一本影印的《张猛龙碑》，说："你最好写写魏碑，这样字才有骨力。"我于是写了相当长时期《张猛龙碑》，用的是我父亲选购来的特殊的纸。这种纸是用稻草做的，纸质较粗，也厚，写魏碑很合适，用笔须沉着，不能浮滑。这种纸一张有二尺高，尺半宽，我每天写满一张。写《张猛龙碑》使我终身受益，到现在我的字的间架用笔还能看出痕迹。这以后，我没有认真临过帖，平常只是读帖而已。我于二王书未窥门径。写过一个很短时期的《乐毅论》，放下了，因为我很懒。《行穰》《丧乱》等帖我很欣赏，但我知道我写不来那样的字。我觉得王大令的字的确比王右军写得好。读颜真卿的《祭侄文》，觉得这才是真正的颜字，并且对颜书从二王来之说很信服。大学时，喜读宋四家。有人说中国书法一坏于颜真卿，二坏于宋四家，这话有道理。但我觉得宋人字是书法的一次解放，宋人字的特点是少拘束，有个性，我比较喜欢蔡京和米芾的字（苏东坡字太俗，黄山谷字做作）。有人说米字不可多看，多看则终身摆脱不开，想要升入晋唐，就不可能了。一点不错。但是有什么办法呢？打一个不太好听的比方，一写米字，犹如寡妇失了身，无法挽回了。我现在写的字有点《张猛龙碑》的底子、米字的意思，还加上一点乱七八糟的影响，形成我自己的那么一种体，格韵不高。

我也爱看汉碑。临过一遍《张迁碑》，《石门铭》、《西狭颂》看看而已。我不喜欢《曹全碑》，盖汉碑好处全在筋骨开张，意态从容，《曹全碑》则过于整饬了。

我平日写字，多是小条幅，四尺宣纸一裁为四。这样把书桌上书籍信函往边上推推，摊开纸就能写了。正儿八经地拉开案子，铺了画毡，着意写字，好像练了一趟气功，是很累人的。我都是写行书。写真书，太吃力了。偶尔也写对联，曾在大理写了一副对子：

苍山负雪
洱海流云

字大径尺。字少，只能体兼隶篆。那天喝了一点酒，字写得飞扬霸悍，亦是快事。对联字稍多，则可写行书。为武夷山一招待所写过一副对子：

四围山色临窗秀
一夜溪声入梦清

字颇清秀，似明朝人书。

我画画，没有真正的师承。我父亲是个画家，画写意花卉，我小时爱看他画画，看他怎样布局（用指甲或笔杆的一头划几道印子），画花头，定枝梗，布叶，勾筋，收拾，题款，盖印。这样，我对用墨、用水、用色，略有领会。我从小学到初中，都"以画名"。初二的时候，画了一幅墨荷，裱出后挂在成绩展览室里。这大概是我的画第一次上裱。我读的高中重数理化，功课很紧，就不再画画。大学四年，也极少画画。工作之后，更是久废画笔了。当了右派，下放到一个农业科学研究所，结束劳动后，倒画了不少画，主要的"作品"是两套植物图谱，一套《中国马铃薯图谱》，一套《口蘑图谱》；一是淡水彩，一是钢笔画。摘了帽子回京，到剧团写剧本，没有人知道我能画两笔。重拈画笔，是运动促成的。运动中没完没了地写交代，实在是烦人，于是买了一刀元书纸，于写交代之空隙，瞎抹一气，少抒郁闷，这样就一发而不可收，重新拾起旧营生。有的朋友看见，要了去，挂在屋里，被人发现了，于是求画的人渐多。我的画其实没有什么看头，只是因为是作家的画，比较别致而已。

我也是画花卉的。我很喜欢徐青藤、陈白阳，喜欢李复堂，但受他们的影响不大。我的画不中不西，不今不古，真正是"写意"，带有很大的随意性。曾画了一幅紫藤，满纸淋漓，水气很足，几乎不辨花形。这幅画现在挂在我的家里。我的一个同乡来，问："这画画的是什么？"我说是："骤雨初晴。"他端详了一会儿，说："哎，经你一说，是有点那个意思！"他还能看出彩墨之间的一些小块空白，是阳光。我常把后期印象派方法融入国画，我觉得中国画本来都是印象派，只是我这样做，更是有意识的而已。

画中国画还有一种乐趣，是可以在画上题诗，可寄一时意兴，抒感慨，也可以发一点牢骚。曾用干笔焦墨在浙江皮纸上画冬日菊花，题诗代简，寄给一个老朋友，诗是：

新沏清茶饭后烟，
自搔短发负晴暄，
枝头残菊开还好，
留得秋光过小年。

为宗璞画牡丹，只占纸的一角，题曰：

人间存一角，
聊放侧枝花，
欣然亦自得，
不共赤城霞。

宗璞把这首诗念给冯友兰先生听了，冯先生说："诗中有人。"

今年洛阳春寒，牡丹至期不开。张抗抗在洛阳等了几天，败兴而归，写了一篇散文《牡丹的拒绝》。我给她画了一幅画，红叶绿花，并题一诗：

看朱成碧且由他，
大道从来直似斜，
见说洛阳春索寞，
牡丹拒绝著繁花。

我的画，遣兴而已，只能自己玩玩，送人是不够格的。最近请人刻一闲章："只可自怡悦"，用以押角，是实在话。

体力充沛，材料凑手，做几个菜，是很有意思的。做菜，必须自己去买菜。提一菜筐，逛逛菜市，比空着手遛弯儿要"好白相"。到一个新地方，我不爱逛百货商场，却爱逛菜市，菜市更有生活气息一些。买菜的过程，也是构思的过程。想炒一盘雪里蕻冬笋，菜市场冬笋卖完了，却有新到的荷兰豌豆，只好临时"改戏"。做菜，也是一种轻量的运动。洗菜、切菜、炒菜，都得站着（没有人坐着炒菜的），这样对成天伏案的人，可以改换一下身体的姿势，是有好处的。

做菜待客，须看对象。聂华苓和保罗·安格尔夫妇到北京来，中国作协不知是哪一位，忽发奇想，在宴请几次后，让我在家里做几个菜招待他们，说是这样别致一点。我给做了几道菜，其中有一道煮干丝。这是淮扬菜，华苓是湖北人，年轻时是吃过的，但在美国不易吃到。她吃得非常惬意，连最后剩的一点汤都端起碗来喝掉了。不是这道菜如何稀罕，我只是有意逗引她的故国乡情耳。台湾女作家陈怡真（我在美国认识她），到北京来，指名要我给她做一回饭。我给她做了几个菜，一个是干烧小萝卜，我知道台湾没有"杨花萝卜"（只有白萝卜），那几天正是北京小萝卜长得最足最嫩的时候。这个菜连我自己吃了都很惊诧：味道鲜甜如此！我还给她炒了一盘云南的干巴菌，台湾咋会有干巴菌呢？她吃了，还剩下一点，用一个塑料袋包起，说带到宾馆去吃。如果我给云南人炒一盘干巴菌，给扬州人煮一碗干丝，那就成了鲁迅请曹靖华吃柿霜糖了。

做菜要实践，要多吃、多问、多看（看菜谱）、多做。一个菜点得试烧几回，才能掌握咸淡火候。冰糖肘子、乳腐肉，何时炖软入味，只有神而明之。但是更重要的是要富于想象，想得到，才能做得出。我曾用家乡拌荠菜法凉拌菠菜。半大菠菜（太老太嫩都不行），入开水锅焯至断生，捞出，去根切碎，入少盐，挤去汁，与香干（北京无香干，以熏干代）细丁、虾米、蒜末、姜末一起，在盘中捯成宝塔状，上桌后淋以麻酱油醋，推倒拌匀。有余姚作家尝后，说是"很像马兰头"。这道菜成了我家待不速之客的应急的保留节目。有一道菜，敢称是我的发明：塞肉回锅油条。油条切段，寸半许长，肉馅剁至成泥，入细葱花、少量榨菜或酱瓜末拌匀，塞入油条段中，入半开油锅重炸。嚼之酥碎，真可声动十里人。

我很欣赏杨恽《报孙会宗书》："田彼南山，芜秽不治。种一顷豆，落而为萁。人生行乐耳，须富贵何时。""人生行乐耳，须富贵何时"，说得何等潇洒。不知道为什么，汉宣帝竟因此把他腰斩了，我一直想不透。这样的话，也不许说么？

载一九九二年《艺术世界》第一期

觅我游踪五十年

将去云南，临行前的晚上，写了三首旧体诗。怕到了那里，有朋友叫写字，临时想不出合适词句。一九八七年去云南，一路写了不少字，平地抠饼，现想词儿，深以为苦。其中一首是：

羁旅天南久未还，
故乡无此好湖山。
长堤柳色浓如许，
觅我旅踪五十年。

我在西南联大读书时，曾两度租了房子住在校外。一度在若园巷二号，一度在民强巷五号一位姓王的老先生家的东屋。民强巷五号的大门上刻着一副对联：

圣代即今多雨露
故乡无此好湖山

我每天进出，都要看到这副对子，印象很深。这副对联是集句。上联我到现在还没有查到出处，意思我也不喜欢。我们在昆明的时候，算什么"圣代"呢！下联是苏东坡的诗。王老先生原籍大概不是昆明，这里只是他的寓庐。他在门上刻上了这样的对联，是借前人旧句，抒自己情怀。我在昆明呆了七年，除了高邮、北京，在这里的时间最长，按居留次序说，昆明是我的第二故乡。少年羁旅，想走也走不开，并不真的是留恋湖山，写诗（应是偷诗）时不得不那样说而已。但是，昆明的湖山是很可留恋的。

我在民强巷时的生活，真是落拓到了极点，一贫如洗。我们交给房东的房租只是象征性的一点，而且常常拖欠。昆明有些人家也真是怪，愿意把闲房租给穷大学生住，不计较房租。这似乎是出于对知识的怜惜心理。白天，无所事事，看书，或者搬一个小板凳，坐在廊檐下胡思乱想。有时看到庭前寂然的海棠树有一小枝轻轻地弹动，知道是一只小鸟离枝飞去了。或是无目的地到处游逛，联大的学生称这种游逛为 Wandering。晚上，写作，记录一些印象、感觉、思绪，片片段段，近似 A. 纪德的《地粮》。毛笔，用晋人小楷，写在自己订成的一个很大的棉纸本子上。这种习作是不准备发表的，也没有地方发表。不停地抽烟，扔得满地都是烟蒂，有时烟抽完了，就在地下找找，捡起较长的烟蒂，点了火再抽两口。睡得很晚，没有床，我就睡在一个高高的条几上，这条几也就是一尺多宽。被窝的里面都已不知去向，只剩下一条棉絮。我无论冬夏，都是拥絮而眠。条几临窗，窗外是隔壁邻居的鸭圈，每天到这些鸭子呷呷叫起来，天已薄亮时，才睡。有时没钱吃饭，就坚卧不起。同学朱德熙见我到十一点钟还没有露面，——我每天都要到他那里聊一会儿的，就夹了一本字典来，叫："起来，去吃饭！"把字典卖掉，吃了饭，Wandering，或到"英国花园"（英国领事馆的花园）的草地上躺着，看天上的云，说一些"没有两

319

片树叶长在一个空间"之类的虚无缥缈的胡话。

有一次替一个小报约稿，去看闻一多先生。闻先生看了我的颓废的精神状态，把我痛斥了一顿。我对他的参与政治活动也不以为然，直率地提出了意见。回来后，我给他写了一封短信，说他对我俯冲了一通。闻先生回信说："你也对我高射了一通。今天晚上你不要出去，我来看你。"当天，闻先生来看了我。他那天说了什么，我已经不记得了，看了我，他就去闻家驷先生家了——闻家驷先生也住在民强巷。闻先生是很喜欢我的。

若园巷二号的房东是一个上了年纪的寡妇，她没有儿女，只和一个又像养女又像使女的女孩子同住楼下的正屋，其余两进房屋都租给联大学生。我和王道乾同住一屋，他当时正在读蓝波的诗，写波特莱尔式的小散文，用粉笔到处画着普希金的侧面头像，把宝珠梨切成小块用线穿成一串喂养果蝇。后来到了法国，在法国入了党，成了专译马克思主义文艺理论的翻译家。他的转折，我一直不了解。若园巷的房客还有何炳棣、吴讷孙，他们现在都在美国，是美籍华人了，一个是历史学家，一个是美学和美术史专家。有一年春节，吴讷孙写了一副春联，贴在大门上：

人斗南唐金叶子
街飞北宋闹蛾儿

这副对联很有点富贵气，字也写得很好。闹蛾儿自然是没有的，昆明过年也只是放鞭炮。"金叶子"是指扑克牌。联大师生打桥牌成风，这位 Nelson 先生就是一个桥牌迷。吴讷孙写了一本反映联大生活的长篇小说《未央歌》，在台湾多次再版。一九八七年我在

320

美国见到他，他送了我一本。

若园巷二号院里有一棵很大的缅桂花（即白兰花）树，枝叶繁茂，坐在屋里，人面一绿。花时，香出巷外。房东老太太隔两三天就搭了短梯，叫那个女孩子爬上去，摘下很多半开的花苞，裹在绿叶里，拿到花市上去卖。她怕我们乱摘她的花，就主动用白瓷盘码了一盘花，洒一点清水，给各屋送去。这些缅桂花，我们大都转送了出去。曾给萧珊、王树藏送了两次，今萧珊、树藏都已去世多年，思之怅怅。

我们这次到昆明，当天就要到玉溪去，哪里也顾不上去看看，只和冯牧陪凌力去找了找逼死坡。路，我还认得，从青莲街上去，拐个弯就是。一九三九年，我到昆明考大学，在青莲街的同济大学附中寄住过。青莲街是一个相当陡的坡，原来铺的是麻石板，急雨时雨水从五华山奔泻而下，经陡坡注入翠湖，水流石上，哗哗作响，很有气势。现在改成了沥青路面，昆明城里再找一条麻石板路，大概没有了。逼死坡还是那样。路边立有一碑："明永历帝殉国处。"我记得以前是没有的，大概是后来立的。凌力将写南明历史，自然要来看看遗迹。我无感触，只想起坡下原来有一家铺子卖核桃糖，装在一个玻璃匣子里，很好吃，也很便宜。

我们一行的目标是滇西，原以为回昆明后可以到处走走，不想到了玉溪第二天就崴了脚，脚上敷了草药，缠了绷带，拄杖跛行了瑞丽、芒市、保山等地，人很累了。脚伤未愈，来访客人又多，懒得行动。翠湖近在咫尺，也没有进去，只在宾馆门前，眺望了几回。

即目可见的风景，一是湖中的多孔石桥，一是近西岸的圆圆的小岛。

这座桥架在纵贯翠湖的通路上，是我们往来市区必经的。我在昆明七年，在这座桥上走过多少次，真是无法计算了。我记得这条道路的两侧原来是有很高大的柳树的，人行路上，柳条拂肩，溶溶柳色，似乎透入体内。我诗中所说"长堤柳色浓如许"，主要即指的是这条通路上的垂柳。柳树是有的，但是似乎矮小，也稀疏，想来是重栽的了。

那座圆形的小岛，实是个半岛，对面是有小径通到陆上的。我曾在一个月夜和两个女同学到岛上去玩，岛上别无景点，平常极少游客，夜间更是阒无一人，十分安静。不料幽赏未已，来了一队警备司令部的巡逻兵，一个班长，把我们骂了一顿："半夜三更，你们到这里来整哪样？你们呐校长，就是这样教育你们呐！"语气非常粗野。这不但是煞风景，而且身为男子，受到这样的侮辱，却还不出一句话来，实在是窝囊。我送她们回南院（女生宿舍），一路沉默。这两个女学生现在大概都已经当了祖母，她们大概已经不记得那晚上的事了。隔岸看小岛，杂树蓊郁，还似当年。

本想陪凌力去看看莲花池，传说这是陈圆圆自沉的地方。凌力要到图书馆去抄资料，听说莲花池已经没有水（一说有水，但很小），我就没有单独去的兴致。

《滇池》编辑部的三位同志来看我，再三问我想到哪里看看，我说脚疼，哪里也不想去。他们最后建议：有一个花鸟市场，不远，乘车去，一会儿就到，去看看。盛情难却，去了。看了出售的花、鸟、猫、松鼠、小猴子、新旧银器……我问："这条街原来是什么街？"——"甬道街。"甬道街！我太熟了，我告诉他们，这里原来有一家馆子，鸡枞做得很好，昆明人想吃鸡枞，都上这家来。

这家饭馆还有个特点,用大锅熬了一锅苦菜汤,苦菜汤是不收钱的,可以用大碗自己去舀。现在已经看不出痕迹了。

甬道街的隔壁,是文明街,过去都叫"文明新街"。一眼就看出来,两边的店铺都是两层楼木结构,楼上临街是栏杆,里面是隔扇。这些房子竟还没有坏!文明街是卖旧货的地方,街两边都是旧货摊。一到晚上,点了电石灯,满街都是电石臭气。什么旧货都有,玛瑙翡翠、铜佛瓷瓶、破铜烂铁。沿街浏览,蹲下来挑选问价,也是个乐趣。我们有个同班的四川同学,姓李,家里寄来一件棉袍,他从邮局取出来,拆开包裹线,到了文明街,把棉袍搭在胳膊上:"哪个要这件棉袍!"当时就卖掉了,伙同几个同学,吃喝了一顿。街右有几家旧书店,收集中外古今旧书,联大学生常来光顾,买书,也卖书。最吃香的是工具书。有一个同学,发现一家旧书店收购《辞源》的收价,比定价要高不少。出街口往西不远,就是商务印书馆。这位老兄于是到商务印书馆以原价买出一套崭新的《辞源》,拿到旧书店卖掉。文明街有三家瓷器店,都是桐城人开的。昆明的操瓷器业者多为桐城帮,朱德熙的丈人家所开的瓷器店即在街的南头。德熙婚后,我常随他到他丈人家去玩,和孔敬(德熙的夫人)到后面仓库里去挑好玩的小酒壶、小花瓶。桐城人请客,每个菜都带汤,谓之"水碗"。桐城人说:"我们吃菜,就是这样汤汤水水的。"美国在广岛扔下原子弹后,一天,有两个美国兵来买瓷器,德熙伏在柜台上和他们谈了一会儿。这两个美国兵一定很奇怪:瓷器店里怎么会有一个能说英语的伙计,而且还懂原子物理!

这文明街为文庙西街,再西,即为正义路。这条路我走过多次,

324

现在也还认得出来。

我十九岁到昆明，今年七十一岁，说游踪五十年，是不错的。但我这次并没有去寻觅。朋友建议我到民强巷和若园巷看看，已经到了跟前，不知道为什么，我不怎么想去。

昆明我还是要来的！昆明是可依恋的。当然，可依恋的不止是五十年前的旧迹。

记住：下次再到云南，不要崴脚！

一九九一年五月十一日，北京
载一九九一年《女声》第八期

我的创作生涯

我生在一个地主家庭。祖父是清朝末科的拔贡，——从他那一科以后，就"废科举，改学堂"了。他对我比较喜欢。有一年暑假，他忽然高了兴，要亲自教我《论语》。我还在他手里"开"了"笔"，做过一些叫作"义"的文体的作文，"义"就是八股文的初步。我写的那些作文里有一篇我一直还记得《孟子反不伐义》。孟子反随国君出战，兵败回城，他走在最后。事后别人给他摆功，他说："非敢后也，马不前也。"为什么我对孟子反不伐其功留下深刻的印象呢？现在想起来，这一小段《论语》是一篇极短的小说：有人物，有情节，有对话。小说，或带有小说色彩的文章，是会给人留下深刻的印象的。并且，这篇极短的小说对我的品德的成长，是有影响的。小说，对人是有作用的。我在后面谈到文学功能的问题时还会提到。我的父亲是个很有艺术气质的人，他会画画，刻图章，拉胡琴，摆弄各种乐器，糊风筝。他糊的蜈蚣（我们那里叫作"百脚"）是用胡琴的老弦放的，用胡琴弦放风筝，我还没有见过第二人。如果说我对文学艺术有一点"灵气"，大概跟我从父亲那里接受来的遗传基因有点关系。我喜欢看我父亲画画，我喜欢"读"画帖，我家里有很多有正书局珂罗版影印的画帖，我就一本一本地反复地看。我从小喜欢石涛和恽南田，不喜欢仇十洲，也不喜欢王石谷，倪云林我当时还看不懂。我小时也"以画名"，一直想学画。高中毕业后，曾想投考当时在昆明的杭州美专。直到四十多岁，我还想彻底改行，到中央美术学院从头学画。我的喜欢看画，对我的文学创作是有影响的，我把作画的手法融进了小说。有的评论家说我的小说有"画意"，这不是偶然的。我对画家的偏爱，也对我的文学创作有影响。我喜欢疏朗清淡的风格，不喜欢繁复浓重的风格，对画，对文学，都如此。

　　一个人成为作家，跟小时候所受的语文教育，跟所师事的语文教员很有关系。从小学五年级到初中三年级，教我们语文（当时叫作"国文"），都是高北溟先生。我有一篇小说《徙》，写的就是高先生。小说，当然会有虚构，但是基本上写的是高先生。高先生教国文，除了部定的课本外，自选讲义。我在《徙》里写他"所选的文章看来有一个标准：有感慨，有性情，平易自然。这些文章有一个贯串性的思想倾向，这种倾向大体上可以归结为："人道主义"，是不错的。他很喜欢归有光，给我们讲了《先妣事略》、《项脊轩志》。我到现在还记得他讲到"世乃有无母之人，天乎痛哉"，"庭有枇杷树，吾妻死之年所手植也，今已亭亭如盖矣"的时候充满感情的声调。有一年暑假，我每天上午到他家里学一篇古文，他给我讲的是"板桥家书"、"板桥道情"。我的另一位国文老师是韦子廉先生。韦先生没有在学校里教过我，我的三姑父和他是朋友，一年暑假请他到家里来教我和我的一个表弟。韦先生是我们县里有名的书法家，写魏碑，他又是一个桐城派。韦先生让我每天写大字一页，写《多宝塔》。他教我们古文，全部是桐城派。我到现在还能背诵一些桐城派古文的片段，印象最深的是姚鼐的《登泰山记》："苍山负雪，明烛天南。望晚日照城郭，汶水、徂崃如画，而半山居雾若带然。""苍山负雪，明烛天南"，我当时就觉得写得非常的美。这几十篇桐城派古文，对我的文章的洗炼，打下了比较坚实的基础。

一九三八年，我们一家避难在乡下，住在一个小庙，就是我的小说《受戒》所写的庵子里。除了准备考大学的数理化教科书外，所带的书只有两本，一本屠格涅夫的《猎人笔记》，一本《沈从文选集》，我就反反复复地看这两本书，这两本书对我后来的写作，影响极大。

一九三九年，我考入西南联大的中国文学系，成了沈从文先生的学生。沈先生在联大开了三门课：一门"各体文习作"是中文系二年级必修课，一门"创作实习"，一门"中国小说史"。沈先生是凤凰人，说话湘西口音很重，声音又小，简直听不清他说的是什么。他讲课可以说是毫无系统，没有课本，也不发讲义，只是每星期让学生写一篇习作，第二星期上课时就学生的习作讲一些有关的问题。"创作实习"由学生随便写什么都可以，"各体文习作"有时会出一点题目。我记得他给我的上一班出过一个题目《我们的小庭院有什么》，有几个同学写的散文很不错，都由沈先生介绍在报刊上发表了。他给我的下一班出过一个题目，这题目有点怪《记一间屋子的空气》。我那一班他出过什么题目，我倒记不得了。沈先生的这种办法是有道理的，他说："先得学会车零件，然后才能学组装。"现在有些初学写作的大学生，一上来就写很长的大作品，结果是不吸引人，不耐读，原因就是"零件"车得少了，基本功不够。沈先生讲创作，讲得最多的一句话，是"要贴到人物写"。我们有的同学不懂这话是什么意思。照我的理解，他的意思是：小说里，人物是主要的，主导的；其余部分都是次要的，派生的。作者的感情要随时和人物贴得很紧，和人物同呼吸，共哀乐。不能离开人物，自己去抒情，发议论。作品里所写的景象，只是人物生活的环境。所写之景，既是作者眼中之景，也是人物眼中之景，是人物所能感受的，并且是浸透了他的哀乐的。环境，不能和人物游离、脱节。用沈先生的说法，是不能和人物"不相粘附"。他的这个意思，我后来把它说成为"气氛即人物"。这句话有人觉得很怪，其实并不怪。作品的对话得是人物说得出的话，如李笠翁所说："写一人即肖一人之口吻。"我们年轻时往往爱把对话写得很美，很深刻，有哲理，有诗意。我有一次写了这样一篇习作，沈先生说："你这不是对话，是两个聪明脑壳打架。"对话写得越平常、越简单，越好。托尔斯泰说过："人是不能用警句交谈的。"如果有两个人在火车站上尽说警句，旁边的人大概会觉得这二位有神经病。沈先生这句简单的话，我以为是富有深刻的现实主义精神的。沈先生教写作，用笔的时候比用口的时候多。他常常在学生的习作后面写很长的读后感（有时比原作还长），或谈这篇作品，或由此生发开去，谈有关的创作问题。这些读后感都写得很精彩，集中在一起，会是一本很漂亮的文论集。可惜一篇也没有保存下来，都失散了。沈先生教创作，还有一个独到的办法。看了学生的习作，找了一些中国和外国作家用类似的方法写成的作品，让学生看，看看人家是怎么写的。我记得我写过一篇《灯下》（这可能是我发表的第一篇小说），写一个小店铺在上灯以后各种人物的言谈行动，无主要人物，主要情节，散散漫漫，是所谓"散点透视"吧。沈先生就找了几篇这样写法的作品叫我看，包括他自己的《腐烂》。这样引导学生看作品，可以对比参照，触类旁通，是会收到很大效益，很实惠的。

创作能不能教，这是一个世界性的争论的问题。我以为创作不是绝对不能教，问题是谁来教，用什么方法教。教创作的，最好本人是作家。教，不是主要靠老师讲，单是讲一些概论性的空道理，大概不行。主要是让学生去实践、去写，自己去体会。沈先生把他的课程叫作"习作"、"实习"，是有道理的。沈先生教创作的方法，我以为不失为一个较好的方法。

我二十岁开始发表作品，今年七十岁了，写作生涯整整经过了半个世纪。但是写作的数量很少。我的写作中断了几次，有人说我的写作经过了一个三级跳，可以这样说。四十年代写了一些；六十年代初写了一些，当中"文化大革命"，搞了十年"样板戏"；八十年代后小说、散文写得比较多。有一个朋友的女儿开玩笑说"汪伯伯是大器晚成"，我决非"大器"——我从不写大作品，"晚成"倒是真的。文学史上像这样的例子不是很多，不少人到六十岁就封笔了，我却又重新开始了。是什么原因，这里不去说它。

有一位评论家说我是唯美的作家。"唯美"本不是属于"坏话类"的词，但在中国的名声却不大好。这位评论家的意思无非是说我缺乏社会责任感、使命感，我的作品没有强烈的现实意义和教育作用。我于此别有说焉。教育作用有多种层次，有的是直接的。比如看了《白毛女》，义愤填膺，当场报名参军打鬼子。也有的是比较间接的。一个作品写得比较生动，总会对读者的思想感情、品德情操产生这样那样的作用。比如读了孟子反不伐，我不会立刻变得谦虚起来，但总会觉得这是高尚的。作品对读者的影响常常是潜在的，过程很复杂，是所谓"潜移默化"。正如杜甫诗《春雨》中所说："随风潜入夜，润物细无声。"我曾经说过，我希望我的作品能有益于世道人心，我希望使人的感情得到滋润，让人觉得生活是美好的，人，是美的，有诗意的。你很辛苦，很累了，那么坐下来歇一会儿，喝一杯不凉不烫的清茶——读一点我的作品。我对生活，基本上是一个乐观主义者，我认为人类是有前途的，中国是会好起来的。我愿意把这些朴素的信念传达给人。我没有那么多失落感、孤独感、荒谬感、绝望感。我写不出卡夫卡的《变形记》那样痛苦的作品，我认为中国也不具备产生那样的作品的条件。

　　一个当代作家的思想总会跟传统文化、传统思想有些血缘关系。但是作家的思想是一个复合体，不会专宗哪一种传统思想。一个人如果相信禅宗佛学，那他就出家当和尚去得了，不必当作家。废名晚年就是信佛的，虽然他没有出家。有人说我受了老庄思想的影响，可能有一些。我年轻时很爱读《庄子》，但是我自己觉得，我还是受儒家思想影响比较大一些。我觉得孔子是个通人情、有性格的人，他是个诗人。我不明白，为什么研究孔子思想的人，不把他和"删诗"联系起来。他编选了一本抒情诗的总集——《诗经》，为什么？我很喜欢《论语·先进·子路、曾晳、冉有、公西华侍坐》："暮春者，春服即成，冠者五六人，童子六七人，浴乎沂，风乎舞雩，咏而归。"曾点的这种潇洒自然的生活态度是很美的。这倒有点近乎庄子的思想。我很喜欢宋儒的一些诗："万物静观皆自得,四时佳兴与人同","顿觉眼前生意满,须知世上苦人多"。"生意满"，故可欣喜；"苦人多"，应该同情。我的小说所写的都是一些小人物、"小儿女"，我对他们充满了温爱，充满了同情。我曾戏称自己是一个"中国式的抒情人道主义者"，大致差不离。

前几年，北京市作协举行了一次我的作品的讨论会，我在会上作了一个简短的发言，题目是《回到现实主义，回到民族传统》。为什么说"回到"呢？因为我在年轻时曾经受过西方现代派的影响。中国台湾一家杂志在转载我的小说的前言中，说我是中国最早使用意识流的作家。不是这样，在我以前，废名、林徽因都曾用过意识流方法写过小说。不过我在二十多岁时的确有意识地运用了意识流，我的小说集第一篇《复仇》和台湾出版的《茱萸集》的第一篇《小学校的钟声》，都可以看出明显的意识流的痕迹。后来为什么改变原先的写法呢？有社会的原因，也有我自己的原因。简单地说：我是一个中国人。我觉得一个民族和另一个民族无论如何不会是一回事。中国人学习西方文学，绝不会像西方文学一样，除非你侨居外国多年，用外国话思维。我写的是中国事，用的是中国话，就不能不接受中国传统，同时也就不能不带有现实主义色彩。语言，是民族传统的最根本的东西，不精通本民族的语言，就写不出具有鲜明的民族特点的文学。但是我所说的民族传统是不排除任何外来影响的传统，我所说的现实主义是能容纳各种流派的现实主义。比如现代派、意识流，本身并不是坏东西。我后来不是完全排除了这些东西，我写的小说《求雨》，写望儿的父母盼雨。他们的眼睛是蓝的，求雨的望儿的眼睛是蓝的，看着求雨的孩子的过路人的眼睛也是蓝的，这就有点现代派的味道。《大淖记事》写巧云被奸污后错错落落、飘飘忽忽的思想，也还是意识流。

不过,我把这些融入了平常的叙述语言之中了,不使它显得"硌生"。我主张纳外来于传统,融奇崛于平淡,以俗为雅,以故为新。

关于写作艺术,今天不想多谈,我也还没有认真想过,只谈一点:我非常重视语言,也许我把语言的重要性推到了极致。我认为语言不只是形式,本身便是内容。语言和思想是同时存在,不可剥离的。语言不仅是所谓"载体",它是作品的本体。一篇作品的每一句话,都浸透了作者的思想感情。我曾经说过一句话:写小说就是写语言。语言是一种文化现象,谁也没有创造过一句全新的语言。古人说:无一字无来历。我们的语言都是有来历的,都是从前人的语言里继承下来,或经过脱胎、翻改。语言的后面都有文化的积淀。一个人的文化修养越高,他的语言所传达的信息就会更多。毛主席写给柳亚子的诗"落花时节读华章","落花时节"不只是落花的时节,这是从杜甫《江南逢李龟年》里化用出来的。杜甫的原诗是:

> 岐王宅里寻常见,
> 崔九堂前几度闻。
> 正是江南好风景,
> 落花时节又逢君。

"落花时节"就包含了久别重逢的意思。

语言要有暗示性,就是要使读者感受到字面上所没有写出来的东西,即所谓言外之意,弦外之音。朱庆馀的《近试上张水部》,写的是一个新嫁娘:

洞房昨夜停红烛，
待晓堂前拜舅姑。
妆罢低声问夫婿，
画眉深浅入时无？

　　诗里并没有写出这个新嫁娘长得怎么样，但是宋人诗话里就指出，这一定是一个绝色的美女，因为字里行间已经暗示出来了。语言要能引起人的联想，可以让人想见出许多东西。因此，不要把可以不写的东西都写出来，那样读者就没有想象余地了。

　　语言是流动的。

　　有一位评论家说：汪曾祺的语言很怪，拆开来没有什么，放在一起，就有点味道。我想谁的语言都是这样，每一句都是平常普通的话，问题就在"放在一起"。语言的美不在每一个字、每一句，而在字与字之间、句与句之间的关系。包世臣论王羲之的字，说他的字单看一个一个的字，并不觉得怎么美，甚至不很平整，但是字的各部分，字与字之间"如老翁携带幼孙，顾盼有情，痛痒相关"。文学语言也是这样，句与句，要互相映带，互相顾盼。一篇作品的语言是一个整体，是有内在联系的。文学语言不是像砌墙一样，一块砖一块砖叠在一起，而是像树一样，长在一起的，枝干之间，汁液流转，一枝动，百枝摇。语言是活的，中国人喜欢用流水比喻行文。苏东坡说"大略如行云流水"，"吾文如万斛泉源"。说一个人的文章写得很顺，不疙里疙瘩的，叫作"流畅"。写一个作品最好全篇想好，至少把每一段想好，不要写一句想一句。那样文气不容易贯通，不会流畅。

| 文化评说 ❯

注一个"淡"字

——读曾祺《七十书怀》

林斤澜

马年上元灯节，汪曾祺七十寿辰，全家三代九人团聚。七十称古稀，三在俗语里是好事不过三，九可是太极中的极阳之数了。总之，在在生欢喜心。没有邀请外人参加，"不足与外人道也"。大约也没有外人要求前来，这与一个"淡"字有关，且听慢慢道来。

设想那天上午，儿子儿媳带着孙女到来，大女儿大女婿带着外孙女到来。设想那天早晨，写了首"书怀"诗，诗兴中寿翁偷喝了一口早酒。孙女外孙女进门一叫抱住，会立刻闻见，又会立刻嘟嘟地报告奶奶（姥姥）："爷爷（姥爷）喝酒了。"老太太会告诉女婿儿媳："你们爸爸惜命，忌白酒了。可是柜子里的白酒瓶子，怎么自己空了呢？"

不消说，重要节目是家宴。寿翁整个是美食家，整个既会食又会做，不过早在六十花甲当时，已宣布退出烹坛。何必动用宣布二字？只因远客近客吃了人家的当面说好不算数，背后说好才是"真生活"，不免口碑远传海外。烹坛接班人中一把手是儿子汪朗。老爷子为了"安全着陆"，声称一把手青出于蓝。儿子不无得意，但说还靠老头点拨。二把手是二女儿汪朝。大女儿汪明自称劳动力，未嫁前还自号贫雇农，可见气魄非凡。老夫人施松卿是翻译高手，偶尔涉足烹坛，仿佛误入禁区，只能让人热烈欢送出去，落得笑吟吟给儿媳、女婿、孙女、外孙女分点心递水果。不过也敢是非褒贬。真正的评论家是二女儿，她守在父母身边。大约十来年前，老爷子还在"花甲"，正在"衰年变法谈何易"，连续以"异秉"《受戒》、《大淖》一新耳目的时候。有天，二女儿说："我爸爸的小说还是不登头条的好，放在第三四篇合适。"稍稍迟疑，找补一句："林叔叔，您的也一样。"这话怎么听好？林某考察诸叔叔的女儿们，再没有会说得这般言语出来。十来年后的今天想起，也还只能说："这话怎么听好！"

不过把话收住，想象七十寿辰寿筵上，不会有这种话头。也不会有老爷子怀念的带四个轱辘的自制兔子灯，给孙女外孙女拉着跑。因为华居局限，九口人到齐只可三个姿势：立如松，坐如钟，卧如弓，"不宜出行"。

过后，曾祺写了一篇《七十书怀》，发表在四川的《现代作家》上。很多人没有读到，只在报纸上看到摘要，像是"简明新闻"。

摘要没有摘上"七十书怀出律不改"，这是一首七律：

悠悠七十犹耽酒，
唯觉登山步履迟。
书画萧萧余宿墨，
文章淡淡忆儿时。
也写书评也作序，
不开风气不为师。
假我十年闲粥饭，
未知留得几囊诗。

文章后半，又解释道："……'出律'指诗的第五六句失粘，并因此影响最后两句平仄也颠倒了。我写的律诗往往有这种情况，五六两句失粘。为什么不改，因为这是我要说的主要两句话，特别是第六句，所书之怀，也仅此耳。改了，原意即不妥帖。"

摘要者放过"也仅此耳"的"原意"，着重在第四句的"淡淡"两字上。

关于"淡淡"，寿翁又自有一段解释。文字不多，层次倒不少。若只摘出几句来，有碍全貌，想想还是都抄它出来"妥帖"。

有一个文学批评用语我始终不懂是什么意思，叫作"淡化"。淡化主题、淡化人物、淡化情节，当然，最终是淡化政治。"淡化"总是不好的。我是被有些人划入淡化一类了的。我所不懂的是：淡化，是本来是浓的，不淡的；或应该是不淡的，硬把它化得淡了。我的作品确实是比较淡的，但它本来就是那样，并没有经过一个"化"的过程。我想了想，说我淡化，无非是没有写重大题材，没有写性格复杂的英雄人物，没有写强烈的、富于戏剧性的矛盾冲突。但这是我的生活经历，我的文化素养，我的气质所决定的。我没有经过太多的波澜壮阔的生活，没有见过叱咤风云的人物，你叫我怎么写？我写作，强调真实，大都有过亲身感受，我不能靠材料写作。我只能写我所熟悉的平平常常的人和事，或者如姜白石所说"世间小儿女"。我只能用平平常常的思想感情去了解他们，用平平常常的方法表现他们。这结果就是淡。但是"你不能改变我"，我就是这样，谁也不能下命令叫我照另外一种样子去写。我想照你说的那样去写，也办不到。除非把我回一次炉，重新生活一次。我已经七十岁了，回炉怕是很难……

有关这一段，我听见一些议论。有人说，他说不懂淡化是什么意思？倒不懂他为什么说这个？有人欣赏"你不能改变我"，不能命令我照另外一种样子去写。有人不同意"淡化总是不好的"……看来，大多是只看见报上的摘要，没有读到全文。若细看全文的各个层次，问题可能就没有了，也就是"化"了。

因此我也不细说别人的看法，只说说我自己的一些感想。

曾祺解说他的"淡"，说到文化素养，说到气质，但第一句话是"我的生活经历"。看到这句话，我心里磕绊一下。"磕绊"，是不能顺利通过也。

一九八八年，在北京座谈曾祺的作品，好几位评论家作了认真的准备，有的远道赶来。我作为座谈的主持人，当时就以过于"小型"为憾，那也是"钱儿"的关系吧。今日回想起来，"虽小却好"，那诚恳的气氛，那认真的思考，那学术空气回旋不散形成怀念——都可以说作怀恋了。

有几位同意一种说法，汪曾祺继承了源远流长的"士大夫"文化。光"士大夫"这三个字，就表明了中华民族特有的东西。有人慨叹只怕这样的作家，以后不大可能产生了。因为那是需要从小开始的"琴棋书画"的熏陶，今后不大会有这样的境遇。

这就说到曾祺的"经历"了。我想"从小开始"大约是不会错的，"从大以后"另作别论。

曾祺不时说起他父亲作画，他见机钻了去傻看——看傻了的情景。"见机"是因为他父亲疏懒，须得春秋佳日，花月佳时，仿佛心血来潮才打开画室。可以说是一种"纯情"的行为，不是职业不是事业或什么业，总是不以为业吧。画得怎么样呢？反正乡里中颇有名气，求画的不少，拿了纸来卷成卷儿，贴一条小红纸——

叫作"签"吧，上书"敬求法绘，赐呼某某"，堆了一堆。到了个什么日子扫扫房，他父亲一卷一卷拿起来看看姓名，往旁边一扔：

"过世了。"

"不在了。"

试想时日的悠悠。

父子都爱喝酒，父亲给儿子斟酒，说：

"多年父子成兄弟。"

这句话震动过少年的心。汪朗"烹坛"接班过程中，还有别的更加动情的事件，猜想曾祺心里，都出现过这句话。

抗日战争发生，曾祺在扬州念完中学，读了沈从文的小说，绕道越南，直入云南，去读西南联大的中文系。加入像俞平伯在北京倡导的昆曲社清唱——叫作"拍曲子"。大约三十年后，汪曾祺从"牛棚"里给提溜出来，奉命写样板戏，写出阿庆嫂开茶馆的那几段唱词道白，那要没有渊源怕办不到。

八十年代的编辑新人、文坛新秀，有的以为汪曾祺是样板戏时期出现的新作家。其实他在四十年代就出过小说集子。在西南联大上学中间，在沈从文的写作课上，就写起小说来了。沈从文向文艺界推荐他的小说，用语简单，分量不薄："他的小说写得比我好。"

曾祺读完大学的学年，不说是高材生吧，也是有了作品的人，却没有拿到文凭。原因是体育不及格，不及格的原因是不去上体育课。这种事情其实若让流亡学生办起来，好办得很，公了私了硬了软了，都是了得了的。曾祺虽也来自沦陷区，但不在流亡学生之数。他是书生。不用说旧社会，就是今日，文凭这张纸按"白马非马"的句法，这张纸不是纸。这个书生偏偏只把它当张纸，甩手一走。

抗日忽然胜利了，解放战争紧跟上来。曾祺在上海混了一阵，到北京，失业。

旧社会的失业学子是什么情况？和现在的待业知青可不一样，现在就算吃不得父母的饭，总还可以在老屋里摆张单人床。若是"练练"摊呢，再走一步"倒倒"呢，发不发的单瞧你自己了。在旧社会，没有这样的出路。后来，还是他老师沈从文，给在"推出斩首"的午门城楼上，找到一个"出土"饭碗。这里的引号，不是引的曾祺的话，也不是我的词儿，是我听来的。

那时候我还没有认识曾祺，他的文章也不知读到过几分之几，他自己手里也不齐全。只知道没有读见呻吟或是叫喊，倒有一句话不能忘记："北方不接受我。"

我想着这是"超过"沈从文了。沈从文在自叙经历时说："这乡下人又因为从小飘江湖，各处奔跑，挨饿、受寒，身体发育受了障碍，另外却发育了想象……"在感谢别人的帮助时说，若不"……就卧在什么人家的屋檐下，瘪了，僵了，而且早已腐烂了"。

"不接受我"，倒像是谈龙谈虎时候周作人的意思。老民国政府欠薪不发，周作人说是"政府代我们储蓄"。住房狭窄，来客只好坐在书房里，书房只有一把藤椅比较舒适。他写道："凑巧没有客厅。"

曾祺在六十九岁时，写过一篇《自报家门》，有关失业的事，只写道："到北京，失业半年，后来到历史博物馆任职。"

曾祺说自己"衰年""回到""平实"。从"北方不接受我"到"到北京，失业半年"，文字上是"平实"了。也可以说"淡"之又"淡"了。

一九五七年"反右"汪曾祺挨上批判，是"题中应有之义"。一九五八年补课，补上了帽子，据说也属缺额补足之事。

当时批得有滋有味的，有一首只有两行的短诗。八十年代汪曾祺编自选集时，放在卷首。

早 春

当风的彩旗，
像一片被缚住的波浪。

过后，下放到塞外张家口农场劳动。若包括后来"知青"的下放，这是几代同行不少人有过的经历，也是写得不算少的题材，曾祺也写过一些，我读到的有古风古趣"盎然"的小城镇——"盎然"放在这里，觉得还是打上引号吧。读到因身怀书画本领，派去画土豆标本，不免把标本当花卉画，把画罢的土豆在火边烤，埋在火灰里煨了吃，喷香。冬天，六七个人一个组，到镇上淘粪坑，那是有机好肥料，冻了冰，不臭。赶上那三年饥饿年月，休息时在背风墙脚挤着蹲着，他掏钱买包点心，大家滋润。一起睡大炕通铺，他就一样和别人不同，枕头边上放着几本线装书……

六十九岁《自报家门》里写道：

……我和农业工人（即是农民）一同劳动，吃一样的饭，晚上睡在一间大宿舍里，一铺大炕（枕头挨着枕头，虱子可以自由地从最东边一个人的被窝里爬到最西边的被窝里）。我比较切实地看到中国的农村和中国的农民是怎么回事。

343

后来摘帽调回北京，又因胸中有戏曲分配在京剧团，写了《芦荡火种》。浩劫来时，当然是牛鬼蛇神进了"牛棚"。忽然上头又把《芦荡火种》看中了，从"牛棚"里提出来改作样板戏《沙家浜》。

　　当时我也不免住"牛棚"，一天，忽然看见节日上天安门城楼的名单中，竟有汪曾祺敬陪末座。大奇！祸兮福兮，莫名其妙！

　　到了"四人帮"倒台，他又成了"黑"的，还要"说清楚"。现在若写这一段经历，我们大多只有一条：一九××，解放。他是两道箍：一九××，解放；一九××，解脱。箍者，即"紧箍咒"之箍。解放与解脱，则表现了我们是文字的泱泱大国。

　　这两道箍中间的经历，曾祺自己也有简淡的叙述，为了篇幅，都不引用了。还有好些话头，也一一放开。就这压缩的一堆，还怕读者觉得啰唆了——怕曾祺会这么想的。

　　坐在曾祺家里，喝喝酒，天南地北。就是不谈这些，他不谈，一家人都不谈，仿佛这户人家什么事情也没有发生过，老的没有遭过劫难，少的没有受过影响。有回在旅途上，我差不多用了盘问方式，曾祺才略略说起，他的夫人有过"见不得井绳"那样的后遗症。末后几个字，轻得吃进去了。还能接着盘问吗？

　　他没有出过"准全集"的文集，只出过一次自选集。扉页上印着"墨迹"，是三首七绝。只有一首有这么两句："大乱十年成一梦，与君安坐吃擂茶。"序言里说到在北京的经历，只说，"……以后一直住在北京，——当中到张家口沙岭子劳动了四个年头。"连知道些底细的人，也会一眼看滑过去了。

　　现在叨叨这些干什么？若介绍他的生平，远远没有说够。若为了别的，那得看为什么了。其实我只为读了他的《七十书怀》，觉得引起注意的关于"淡化"的一段，要作一个注解。说到底只为注一个"淡"字。

他这一段文字不但层次多，还光彩照人。不过我有一个半不同意。一个是冲着"生活经历"，半个是"琢磨""化"的过程。

就凭这么个简历，能说是"平平常常"吗？"戴帽子"，"两道箍"，能"平常"得了吗？他说："我只能用平平常常的思想感情去了解他们，用平平常常的方法表现他们。"这说的是"平常心"，不是经历本身。曾祺的"平常心"我很欣赏，以为难能可贵得不平常。但欣赏不等于同意。若说这些都是中国知识分子的共同经历，好比浩劫中间，萧军前辈当众说道："这一回一网打尽了。"能不能够把差不多是一网打尽，算作各人的平常遭遇？可不可以正因为一网打尽，倒是极不平常的历史！

有人笔下抢天呼地，有人呕心沥血，有的曲折离奇，有的偏偏在夹缝里描出闲情逸致来，有的着意精神的扭曲变形，有的超脱而执着平常心态……读者或喜欢这样，或不爱那样！那是读者的自由。

我觉得这样那样，都可以是真情。确实复杂到不知多少个方面，着重哪方面是作者的权利。过来的人都不容易，这点权利还不许可？

只有一种，我不能接受。把家破人亡的一个劫，极尽编排之能事，为的洒向人间都是爱。那么，这究竟是劫不是？

我想：这是鲁迅说的哄与骗而已。

鲁迅先生论"白描"，说出十二个字："有真意、去粉饰、少做作、勿卖弄。"岂止"白描"，是为文之道，其实也是为人的格言吧。

这十二个字牵头的是"有真意"。曾祺的"淡",欣赏起来是"浓"。这"浓"又不是到了嘴里化不开。好比"茶道",第一道爽口,第二道出味儿,第三道透通……那"淡"是"方法",那"浓"是"真意"。

"……我的作品确实是比较淡的,但他本来就是那样,并没有经过一个'化'的过程。"这几句话里,也有杠好抬。曾祺在日常生活中,是个随和的人。人能够随遇而安的也还不少,不过他往往比别人来得自然。唯独到了谈文上头,那自信也往往叫我惊讶,叫我想着自己怎么会正好相反。试看常有这种句子:"小说是回忆","写小说就是写语言","我不知道长篇小说为何物","结构的原则是:随便"……

认真和他抬杠,又抬不起来。刚一露杠头,他就不作声了。这也是性情,好像随时可以超脱出去。再也是读书多,一露头就知道是条什么杠。他有一位酒后痛诵唐诗的祖父,春秋佳日打开画室的父亲,中国旧书在少年时读了不少。进了西南联大中文系,却转过来读外国翻译作品,纪德、萨特、沃尔芙、契诃夫、阿索林、蒙田……开手写小说,运用意识流方法。现在自选集的头篇《复仇》,写于一九四四年。在国内,算得是老牌意识流了。

八十年代开放声中,一阵阵萨特热,弗洛伊德热,意识流热,魔幻热……汪曾祺却已经"回到民族传统,回到现实主义",追求"平实",追求"和谐","希望能做到融奇崛于平淡,纳外来于传统,不今不古,不中不西"。

岂可怪我固执己见,他的"淡"里边是"浓"的。

他也还走私似的把意识流挟带进来,不过要做到"评论家都不易觉察"。他的做法是在传统里寻找法门。要他举例，会举王昌龄的"玉颜不及寒鸦色，犹带昭阳日影来"。——这样带进意识流。李商隐那里，挟带更多了。

曾祺写完一篇得力或得意的东西——他叫作"爬大坡"，坐下来歇歇腿的时候，好想：这篇东西像谁？打一个有伤大雅的比方，像交游广阔的神女或女神，生下一个孩子的时候。在四十年代，他想到的只怕是高鼻深目了。现在，他想到归有光的"影响"，张岱、龚定庵的"痕迹"。写完了《受戒》，也想这想那来着，最后确定是《边城》，他老师的名作。这一想想得最好，和前边几位的关系，外在的东西多些；《受戒》和《边城》，是内在的呼应。了解到这一点，可以互助着欣赏两篇精品。

既是抬不得杠，索性老生常谈吧。

郑板桥论画竹的三种竹：一是自然之竹，二是胸中之竹，三是笔下之竹。都是竹，又顺序而来，却三者不一样。

曾祺从胸中之竹到笔下之竹，就算他没有一个"化"的过程，咱们先让过这一着。

那么从自然之竹到胸中之竹的过程，却能够长达数十年、十多年，最近期的也得三五年吧。他什么时候有过"同步"的作品？"同步"原不大可能。在他那里，谁也会说没门儿。

五十年代中间，沈从文已经奉命改行去搞文物考古了。已经提起出土的丝绸，津津有味、孜孜不倦、苦苦追求……但我看，这位小说名家没有忘情小说，北京作家协会有些小小的讨论会，通知他，他就静悄悄地走进来，带着"乡下人"的微笑，静听毛头后生的下乡下厂的体验，不大说话。有回，发言了，声音照例

347

细小，但，他那仿佛永恒的微笑消失了：

我不会写小说了。我不懂下乡几个月，下厂几个月，搜集了材料，怎么写得出小说来。我从前写小说，都写的回忆，回忆里没有忘掉的东西……

曾祺在《〈桥边小说三篇〉后记》中说：

……但我以为小说是回忆。必须把热腾腾的生活熟悉得像童年往事一样，生活和作者的感情都经过反复的沉淀，除净火气，特别是除净感伤主义，这样才能形成小说。但我现在还不能。对于现实生活，我的感情是相当浮躁的。

这里说的是什么？难道这还不算是"化"的过程？这个杠抬得好吧？整个是"以子之矛攻子之盾"！我老家把这样的好法，叫作"无批"。

有的青年同行送曾祺四个字：仙风道骨。是敬重他的超脱，他的天然，他的灵感，他深厚的民族文化的"根"。不过仙道二字，带着不食人间烟火的味道。

他们把"对于现实生活，我的感情是相当浮躁的"这样的话，泛泛看过去了。他们不知道这位七十岁的汪老，有时候激动起来，会像十七八那样冲刺。当然是言语上，也当然特别是酒后。我常常哑巴了，不是无辞以对，是想起一句广东话——老头又"生猛海鲜"了。

曾祺自己以为"受影响较深的，还是儒家"。不过他没有引用过"克己复礼"那些话，他乐道的是"夫子喟然叹曰：'吾与点也。'"

那"暮春者，春服既成，冠者五六人，童子六七人，浴乎沂，风乎舞雩，咏而归"。

这种"超功利的率性自然的思想是生活境界的美的极致"。他觉得孔子"并且是个诗人"。

他爱讲"文气"。气在字里行间，但又必须落实在炼字造句上吧。他追求"和谐"，方法上又强调"随便"。他向往苏东坡的"行云流水"，"行于所当行，止于所不可不止"。他当知道这是要"随物赋形"的，是"姿态横生"的。但，他要平淡。好比现在流行的练气功，要"以意导气"，要"松静自然"，方入气功境。须知这个气功境，也是"要"出来的。

这么一说，好像这里边有多少矛盾似的？不，统统让"率性自然"统起来了。若论"化"的过程，统统"化"在"返璞归真"的路上了。"返璞归真"多半是道家的话，但化为平淡，不是哪一家的事，是"美的极致"的一种。既是"极致"，怎么又是"一种"呢？因为我们谈的是"美"，不是"仕途经济"。

沈从文早年有过几句"夫子自道"，近年因朱光潜用其意又发挥了几句，仿佛重新"曝光"一番，令人眨眼。这里摘录原文：

这世界上或有想在沙基或水面上建造崇楼杰阁的人，那可不是我。我只想造希腊小庙。选山地作基础，用坚硬石头堆砌它。精致、结实、匀称，形体虽小而不纤巧，是我理想的建筑。这神庙供奉的是"人性"。……

汪曾祺也曾"自道"：

……即使我有那么多时间，我也写不出多少作品，写不出大

350

作品，写不出有分量、有气魄、雄辩、华丽的论文。这是我的气质所决定的……人要有一点自知。我的气质，大概是一个通俗抒情诗人。我永远只是一个小品作家。我写的一切，都是小品。……

……我的作品不是悲剧。我的作品缺乏崇高的、悲壮的美。我所追求的不是深刻，而是和谐。……

师徒二位，尽管有意愿的不同。更不必说用语的区别了，也有气质的素养的相异。但好像山岩溪流，水源来自地下，在多少公尺深处，一脉相承。

回想那年讨论会上，几位中青年评论家，提出源远流长，又只有中国才有的"士大夫"文化。这个说法，有见地，很叫人思索。

若从师徒不同处看来，我想曾祺说的气质以外，当和时代大有关系。沈从文那一番话是三十年代说的，汪曾祺是八十年代的自述，相隔半个世纪。这五十年的时代风云，这五十年文坛浪涛，正是四川人说的"要话说"，北京人说的"没话说"。我老家的土话是"有得讲爽"。爽，是说不尽，又是说不清。

在生理年龄上，曾祺不过比我大几岁，但放到通常说的文学年代上，他早我一个年代。在文学发展上，有时候两三个年代都差不多，有时候上下一个年代是两篇历史。从个人经历上看来，他的确是书生。书生和士大夫，都是中国特有的词儿。记得五十年代，为翻译重要诗词，为"书生"这个名号，伤透了学贯中西的学者脑筋，找不到相应的言语。

"衰年变法谈何易"，是丁聪画了张曾祺的漫画头像，曾祺自题诗中的一句。他往哪儿变呢？"回到民族传统,回到现实主义"。原来这个变是变回去。其实在原来的路上，他是已经扎下根子，出了芽，长了枝条叶片。是中途长出别样的杈子，还疯长了一阵一势。那么是不是走了冤枉路？现在找后悔药吃了呢？不，反倒是该这么着才好。在《七十书怀》的末后，曾祺"怀"着青年，说：

　　我希望青年作家在起步的时候写得新一点，怪一点，朦胧一点，荒诞一点，狂妄一点，不要过早地归于平淡。三四十岁就写得很淡，那，到我这样的年龄，怕就什么也没有了。这个意思，我在几篇序文中都说到，是真话。

　　是肺腑之言。

　　也是说了"回到"的内涵，也是说了"淡"不只是个"淡"，先的"淡"和后的"淡"有质地的不一样。

　　《中国作家》要我谈谈汪曾祺，我想了想，只谈一个"淡"字，谈法就用曾祺提倡的"随便"。结果这么零碎又这么长，可见"随便"不容易。正好"文汇"副刊要我写些叫作随笔的散文，要取个栏名，我说叫作"随便随笔"吧。他们不同意，说那不太随便了吗？可见也有以为随便不好的。我改成"随缘随笔"，他们点了头。这篇东西不能成为曾祺的"随便"，算作我的"随缘"吧。什么是"缘"？俗话里说法不少，我老家有一句是"五百年前相伴乘过一条船"，倒有意味。再加上老家土话，船与缘同音。

漫忆汪曾祺

邓友梅

曾祺西归，报刊约我写悼念文章，我婉拒了。心中乱糟糟的，几句悼文能表达多少哀思？安定下来后，再冷静记述回忆更好些。曾祺人缘好，朋友们写的悼念文章各报刊都能见到，并不缺我这一份儿。

汪曾祺和林斤澜是建国后我结识得最早的朋友。说这个没有自吹之意。他二位成仙得道，我望尘莫及，是后来的事。四十七年前还处在大哥二哥相差不多的阶段。曾祺虽已出过小说集，是沈从文先生入室弟子，但这没给他戴上光环，倒还挂点阴影，被认为曾是另一条道上跑的车；斤澜在台湾是地下党员，蹲过国民党军事监狱，九死一生跑回来后只着迷写剧本，写的不少却一部都没上演过（至今也没听说有人上演）。相比之下当时处境最顺的倒是我。小八路出身，写工农兵，在"批判武训传"等"战斗"中表现得既"左"又"粗"。文章虽写得平平，却被认为"党性较强"。我与曾祺、斤澜感情密切，好心的同志还提醒："交朋友要慎重，不要受小资产阶级意识的影响！"

他俩没嫌我"左"得讨厌，我也没觉得他们"右"得可怕，成了推心置腹的朋友。我对这二人细品起来还有区别。跟斤澜是北京人艺的同事，又是我把他拉进北京文联，完全平起平坐。我喝他的酒，他抽我的烟，谁也不等对方招呼。只是我喝酒有啥喝啥，不挑不捡。他要烟却目标分明，给次的他不要，指着我的口袋喊："凤凰，凤凰，你有好烟在兜里揣着呢！"我只好把藏着的好烟拿出来共享。对曾祺我当兄长对待，写文章虚心地听他批评，读书诚恳地请他指导，连喝酒都照搬他的喝法。曾祺家住东单三条，文联在霞公府，上下班经过王府井，路边有个小酒铺卖羊尾巴油炒麻豆腐，他下班路上常拐进去"吃一盘麻豆腐"。他约我去，由他付钱，麻豆腐之外每人还要二两酒。他并不劝酒，只是指着麻豆腐对我说："光吃麻豆腐太腻，要润润喉。"说完就抿口酒。我亦步亦趋，吃一口麻豆腐润一下喉，没多久酒量就上了新台阶！

　　讣告上说曾祺"终年七十七岁"，可我怎么也不相信，那时他才交"而立之年"。中国人提倡"老要张狂，少要稳当"，汪曾祺算个典型。若只见过他古稀之后的"张狂"相，绝想不出他年轻时稳当样儿！他三十岁时的扮相是：清瘦脸上常带稀疏络腮胡楂，背微驼腰略弯胸脯内含，穿一件蓝春绸面出风滩羊皮长袍，纽襻从未扣齐；脚上是港造上等皮鞋，好久未曾擦油；左手夹着根香烟，右手里端着一杯热茶。说话总是商量的语气，没见他大喊大叫过。有次文联内部开会，某领导人观察了他一会儿，发言时增加了点新内容。他说："现在是新中国了么，我们文化干部也讲究点扮相么。要整洁，要充满朝气，别弄得暮气沉沉好不好……"他担当的角色，也没法不暮气。他是老舍、赵树理手下的大管事，在《说说唱唱》编辑部负责日常工作。《说说唱唱》本是"大众文艺创作研究会"的机关刊物，专门团结、联系北京城的闲散文人卖稿为生的作者（跟现在的专业作家不是一个意思），如社会言情小说作家张恨水、陈慎言，武侠技击作者还珠楼主，原《红玫瑰画报》主编陶君起，大清国九王多尔衮的王位继承人、专栏作者金寄水，参加这里工作的还有来自解放区的革命艺人王尊三、大学教授吴晓铃、既会演话剧还会写单弦的新文艺工作者杜彭等。各有各的绝活，哪位也不是省油的灯。汪曾祺却应付自如，开展工作结交朋友两不误。这些人之间有时还闹别扭，却没听过谁跟曾祺有过节儿。这就靠了他的"稳当"作风。汪曾祺办事处人，不靠做派，不使技巧，不玩花活，就凭一副真面孔，一个真性情。对谁都谦虚有礼，朴素实在。真谈起问题来，你才发现此人学问有真知灼见，写作有独到之功，使你敬而不生畏，爱而不生烦。

令我服气并为之不平的，是他为公忘私，个人利益服从工作需要的作风。他是上过旧大学的知识分子，是曾有过小名气的作家，按理（政治课上学来的革命道理）他得满脑袋个人主义，缺乏革命精神。因此他申请入党时支部曾责成我与他保持联系，进行"帮助"。结果我发现他的政治觉悟比我还强，个人主义不说比我少也要比我隐蔽点。我正在写作上冲刺，为了保护写作时间，凡对我创作有影响的事我一律推开。汪曾祺第一本小说集《邂逅集》一九四八年出版，曾引起文坛轰动。轰动声中来到北平，转过年就参加四野南下工作团。一九五〇年奉命再回到北京，从此当起了编辑。大家查查他的作品集就明白，从参加革命起到他定为右派止，没有再写过一篇小说。他全部精力都奉献给编辑工作了。那时期《说说唱唱》和《民间文学》的原稿上，每一篇都能看到他的劳动痕迹。他从不为自己失去写作时间叫苦，更不肯把编辑工作付出的辛劳外传。有的作者出名多年，仍不知自己出道与汪曾祺有关。

《说说唱唱》设在一幢日本式小楼里。日本式房子有大壁橱，专放废稿。来稿每天以百件计，可用量不到百分之一，壁橱里废稿如一座小山。想从这里发现可用之稿，也就如深山探宝。新收到的来稿还处理不完，也没谁花工夫到那里钻探。可汪曾祺竟从这里沙里淘金般淘出篇名著来。他为什么和怎么去那里开矿的，我已忘记。只记得那篇稿子涂抹很乱，满纸错别字外加自造怪字如天书一般。任何编辑初读此稿，都会望而生畏，读不完三两页就照理扔进退稿堆。可汪曾祺以超常的毅力读完了后，认为思想、艺术都大有新意！是篇不可多得的佳作！花工夫改了些勉强能辨认的错别字，把它呈到了主编赵树理面前。赵树理看着拍案叫绝，索性亲手又改写了几段，润色了几处，这才拿到《说说唱唱》发表，结果一鸣惊人，中国从此有了篇小说名著《活人塘》，升起颗写作明星陈登科，却不知汪曾祺于此有功。登科是我老同学，我对他的创作成就佩服得五体投地，但对他"欲与仓颉试比高"的雄心壮志却不敢恭维。举例来说，他那原稿中写了好几个"马"字，下边都少四个点（即简化字那一横），前言后语的情节也都跟"马"不相干，汪曾祺面对这字抽了半盒烟，最后也没认出来。幸遇高人康濯，猜着念"趴"，理由是"马看不见四条腿，那不是趴下了吗"？为慎重特别去信问陈登科，他回信证明就是念"趴"，并为编辑能认出他创造的字而欣慰！整篇中汪曾祺碰上的这类难题有多少？他从来没跟人谈过。

当然汪曾祺办的事，也不都令人服气。部队里出了个能人祁建华，发明"速成识字法"，为扫盲工作创造了极大成绩。汪曾祺要找人写"通讯"（那时还不兴叫"报告文学"），供《说说唱唱》发表。他不便指挥别人，就叫我随他和姚锦一块去采访。我问由谁执笔写？他说采访完再商量。采访完他和姚锦像商量好似的跟我说："三人你最小，当然由你干。你交个初稿，我们俩修改，算集体创作。"我当天开了点夜车，第二天一早就交出初稿供他们修改。等刊物出版后我一看，文章一字未改不说，却署了个颇为奇怪的名字"锦直"。我问汪曾祺："这名谁起的？锦直是什么意思？"汪曾祺说："姚锦起的，锦直就是姚锦的侄子！"我说："她这么写你也不改改？"姚锦又抢着说："他改了，原来我写的是汪锦侄，是汪曾祺、姚锦两人侄子之意。他把汪字删去了……"我这才知道上了这大当。

那时没人认为汪曾祺懂京戏，连他自己也不这样认为。北京文联有人专管戏曲改革，副主席中有一位就叫梅兰芳。而且文化局与文联合署办公，戏改科就在编辑部楼下，哪个团要演新戏，都要请他们去指导、审查。文化局和文联的业务干部，差不多都有一个"审查证"，什么时候要看戏，进剧场通行无阻。我们那个办公楼里几乎人人会唱戏，连通讯员都能扎上大靠上台唱《界牌关》，可就没人听说汪曾祺也懂京剧。

曾祺看戏倒是有水平的，有些见解不是那些里手们所能提出的。我和他看《伐子都》，他看完议论："很有点希腊悲剧的韵味！子都人格分裂，被良心自责和内心恐惧折磨得发疯，白日见鬼，好，想象力丰富，编得有深度，演得有魅力，这种大写意的表演法是中国传统戏剧艺术的优势！"看裘盛戎的《姚期》，前半部对剧本

357

的编排结构，对裴的唱功作功，他赞不绝口。演到姚期父子绑上法场，他击节叫好说："真是大手笔，好一出大悲剧！"但演到马五回朝搬兵，砸了金殿，逼着皇上赦免姚氏父子，并带姚刚到前线杀敌立功，他像气球泄了气，连连摇头。全场观众都出口长气露出笑容时，曾祺却遗憾地再三叹气说："完了，完了，挺好一出大悲剧，叫这么个轻佻的结尾毁了！"

比起看戏来，曾祺更爱读书。有一阵曾祺读《儒林外史》挺入迷，看稿累了就跟我们聊几句《儒林外史》令他佩服的篇章。他认为最精彩的部分是对范进老丈人的描写。平时他对范进举手就打，张口就骂，范进中举后高兴得发了疯。要靠他打范进嘴巴来治病了，他手举起来却哆嗦得打不下去了！这看起来滑稽可笑，细一思忖却让人心跳。中国人有这种心态的岂止只有屠夫？

可谁也没想到在这阵闲谈之后，有天他拿来部钉成本的稿件，带点恶作剧的神情对大家说："闲着没事我写着玩，弄了个这个。你们谁想看看连解闷？"看到题目是《京剧剧本·范进中举》，屋里人都嗯了一声，好像说："就凭你这洋派、沈派、现代派的小说作者，也会写京剧？"

几个朋友先后都看了，得出的意见几乎一致。人人钦佩，没有谁说写得不好。有的说："寓意深刻，很有文采！"有的说："遣词用语玲珑剔透！可算得高雅游戏之作。"可也没有一个人说适合上演，在舞台上会红！

这剧本就搁在那儿了。剧本是一九五二年，或一九五三年春天写的，那时他和我都还在北京文联工作。此后我进"中央文学讲习所"学习，他调到"民间文艺研究会"，都离开了北京市文联。

一九五六年我从文学讲习所毕业，响应伟大领袖"有出息的文艺工作者，要到工农兵群众中去"的号召，到建筑公司做了基层干部。有天忽然接到曾祺电话："喂，《范进中举》由奚啸伯排出来了，星期天在庆乐彩排，你瞧瞧去好不好？"

老实讲连这剧本的事我都忘了。能看看彩排当然好，不光我去了，还带了公司一位曾在剧团拉过胡琴的朋友和一位宣传部同事，一清早就去了大栅栏。

看彩排的人不多，主要是文化局戏改科同志和文联同事，大多数是内行。

奚啸伯先生是票友出身，颇有文人气质，是梨园界少数几个懂书法会写字的人之一，演《范进中举》怕是再难找到比他合适的人了。不过奚先生嗓子有个特点，音色好音量较弱。他又是票友出身，虽然身上不错，但纤巧而欠夸张，因此这出戏听起来有味而不叫远，看起来有趣欠火暴。这一来就突出了这剧本适宜读而未必适于演的特点。所以戏看完，朋友们都觉得词雅意深，但未必会得到普通观众接受。但戏改科的同志对此还是十分支持的。

他们跟我说："曾祺头一次写戏，能达到这水平就不错了。他以后要能接着再写，准会越写越好。"

我深知他是一时高兴，不会拿写剧本当正业。

果然，不久就来了个文艺早春。中央宣传工作会议召开，号召"百花齐放，百家争鸣"，报刊的架子放下了，面目亲切平和了，文章的题材、体裁、风格多样化起来，真有点轻松灵活的味道了。汪曾祺没再弄剧本，倒是写起他拿手的散文来了。《公共汽车》《下水道和孩子》在《人民文学》上、在《诗刊》上一篇接一篇发了出来。发一篇招来一阵掌声。这是他进入新中国后第一次在全国性的大刊物上发表纯文学作品，也是我们相识后我见他最意气风发、得意而不忘形的时期。可惜好景不长，刚进入一九五七年五月，报纸上就发出了《这是为什么？》的社论，开始了史无前例的反右派斗争！

汪曾祺这样的人，命里注定是脱不了反右这一关的。尽管他从来不锋芒毕露，也没写冒尖带刺的文章，我和他被请回北京文联参加座谈会，我说了话他没说话，可还是和我一样被错划成了右派。但当上右派后我俩运气却来了个剪刀差。我一头跌进深坑，再没缓过气来。他却因祸得福，先是碰到个比较讲道理通人情的改造单位，使他在劳动中仍保持了做人的尊严和闲心。碰到一九六二年与一九六三年暖流回潮，竟然连续写出了《羊舍一宿》等小说。这是新中国成立后，他发表的首批小说。接着在安排工作时，靠了北京有关单位和热心老朋友们的帮助和支持，以他写过《范进中举》为理由，把他调进了北京京剧团，当起了专业编剧。当时我在边远的改造地点，获得回京探亲机会，立刻约林斤澜一起找到曾祺为其祝贺。我们避而不谈文学，只讲吃喝。曾祺特意弄了瓶"莲花白"，做了一个冰糖肘子，一个炒鸡蛋，他颇为得意地说："你们知道吗？以前饭馆招厨师，考他做菜手艺炒鸡蛋。鸡蛋炒得好，别的菜不在话下……"

没想到这一调动还救了他一命。

我恨透了江青和她培植的"样板戏"，但我还得承认"样板戏"救汪曾祺有功。汪曾祺除了是右派，还曾背着个历史问题黑锅，所以他在北京文联积极申请入党而难以如愿。幸亏他搞"样板戏"

得到旗手赏识，有关方面认真调查其历史，才发现所谓历史问题是个荒唐的笑话，掀去了扣在他头上二十多年的屎盆子。不然就凭这一件，能否挺过"文革"十年，很难猜测。

汪曾祺靠"样板戏"保住命，出了名，甚至上了天安门，但始终保持清醒，从没有烧得晕头转向。这时我正被打翻在地，又踏上了不止一只脚。这时他已搬到城里住了，我回北京探亲，事先没打招呼就去看他，他表示意外的惊喜。谈话中我表示为他的境遇高兴，相信他在顺境中更能把握自己。他说："我还有这点自知之明，人家只是要用我的文字能力，我也从没有过非分之想。知进知退，保住脑袋喝汤吧⋯⋯"在那种形势下，他头脑不热，神智不昏，因之"四人帮"倒台后，他没有说不清楚的事。既没与人结下仇，也没给人下过绊，顺顺当当进入了拨乱反正的时代。当然经过这场大风波，他感到有点疲劳，尝过一轮大起大落对世事有点冷漠。他很想休息一阵，这时就看出朋友的作用了。斤澜知道曾祺的心态，跟我说过多次："咱们得拉着他一块干，不能叫他消沉！"恰好北京出版社要重印五十年代几个人的旧作，编为一套丛书。王蒙、斤澜、刘绍棠和我都在册，但没有曾祺。林斤澜就建议一定加上汪曾祺，出版社接受了意见，曾祺自己却表示婉拒。理由是解放前的作品有些不愿收，解放后的不够数。斤澜知道后找到他家与其争论，连批评与劝说，要他尽快再赶写出一批小说或散文来，凑够一集出版。他被净友赤诚感动，这才又拿起笔来写小说和散文，由此激发了汪曾祺写作生涯的第三次浪潮！

写过"样板戏"的汪曾祺在新时期文学界仍然闪光，但他并不因此而美化和粉饰臭名昭著的"样板戏"。这很显示他的人格和魄力。当有人怀念、留恋、美化曾使自己受益的"样板戏",甚至辩解说"江青跟样板戏并没多大关系"时,汪曾祺却不怕丢人,敢于露丑,现身说法,以自己经历的事实证明江青是怎样奴役艺术界,使其为"四人帮"反动政治服务的。汪曾祺并不因为自己受益于"样板戏"就颠倒黑白,误人保己。我曾在一个会上说过,就敢于否定样板戏这一点来说,汪曾祺是位英雄!

原载一九九七年《文学自由谈》第五期

再说汪曾祺

邓友梅

曾祺和斤澜年纪比我大，学问比我大，成就更比我大。朋友交了几十年，我们在文学上却谈得不多。缺乏主动求教精神，很可能是我无能并无成的原因之一。跟曾祺谈文学尤其少，算起来总共不超过十次，平均五年谈一回。

五十年代中，与我同辈的几位青年作家，如绍棠、谷峪都出了书，我还没一本集子，看着挺眼热，想把已发表的作品编在一块出本书。可又觉得分量不够。找曾祺要主意，他沉吟片刻说："出也行，不出也罢。"便不再多说。这话我反复咀嚼，才明白是持否定态度，又找到他说："接受你的建议，不打算出了。"他笑道："急着出书干什么？要急就急在创作路子上。你现在的题材、观点、文风都不错，跟时兴的路子一致，容易发表也容易被看好，这点你比我强。最大不足是作品中找不到你自己。"

这是我头次听说作品还要找到作家自己。从此自觉不自觉地总想找找自己。一九五七年反右之前，斤澜在《北京日报》发了篇小文章，谈文艺观点，一千来字。字斟句酌，行文严谨，不少人看了叫好。曾祺却对我说："你见到斤澜跟他提一声，讲究语言是他的长处，但过分考究难免有娴巧之虞。这么篇小文章，何苦啊……"我跟斤澜转达了，斤澜听了满服气，不断笑着点头自语："娴巧，哈哈哈，娴巧，哈哈哈哈……"

一九五五年曾祺已调到《民间文学》杂志任编辑部主任。他来电话说："我记得你到大凉山去的时候，收集过彝族民歌。有整理好的吗？"

我说："有，整理了几首，上百行，一直没拿出去。"

他说："我给你发了吧，写几句序言一块寄来。越快越好。"

重读那些民歌引起对大凉山多少回忆，感情冲动之下，序言写的就如脱缰之马，又臭又长。曾祺看后说："民歌很好，只是您这篇序言怕要动动刀剪吧？个人感慨的部分你另外单写散文好了，就别搁在这儿了。这儿就介绍彝族民歌。"我说："好。不过要由你来删，我自己有点手软。"他说："行！"接着又建议把关于一位土司的记述也删掉。他说那位土司既当过"国大代表"，又兼军阀部队的武职，是有出卖自己民族利益的劣迹的。虽然起义了既往不咎，我们写文章大可不必再替他宣传。当时我听了，真觉得曾祺在政治上也比我老练。于是我又为他因历史问题总是不能入党而暗表同情。

《彝族民歌选》不久在《民间文学》上发出来了。这是彝族民歌首次与全国读者见面，凉山月色泸沽风情令人耳目一新。也许是有意嘉奖，曾祺寄来稿酬超过百元！是我五十年代拿得最多的一次稿费。

他写文章谈论我的作品，是八十年代以后的事。《烟壶》发表后，《文艺报》要发篇评论文章。想找位既熟悉我又熟悉北京的作家，问我找谁好？我说汪曾祺，果然找他一说他就写了。文章发表后我向他致谢，他说："先别高兴，我还有话没写上呢。你那个库兵不行，是个多余的人物，这篇小说没他什么事也碍不着，只因为你对这种人物有兴趣就写上了。这不行！破坏了结构的严谨。我只在文章中说你九爷写得好，没提这写得不好的库兵，给你留点面子，当面这意见还得告诉你！"

他对《烟壶》这条意见，我没跟别人说过，不想泄这个底。为了纪念曾祺，今天我公之于众。他完全说对了，我心服口服，不过我不想改。

他对《战友朱彤心》持否定看法。这篇东西是他女儿汪朝先看的。汪朝看小说很有眼力，开始边看边说："邓叔叔这篇东西写得不错，写得不错。"可越看越泄气，看到后来把杂志往桌上一扔说："挺好的开头，结尾砸了，全完！"听女儿这样说，他才拿来看。他说："开头真不错，以喜剧手法写人物的悲剧性格，多好，而且已经完成大半了，怎么突然弄出个正面结尾？真没劲，真糟蹋材料！"我有点懊悔地说："原来我是写成此人一事无成的，刊物主编看后说，这样有趣是有趣，但主人公一生只闹笑话，毫无作为，是不是太没意思了？不过改不改随你，这只是我个人看法。我听了这意见后才改成这样……"曾祺说："不在人家提意见，而怪你自己没主见，没主见说明你对生活理解、判断得还不成熟，怪不得人家。"我说："不错，我也确实感到主编意见有道理。"他听了连连摇头："可惜了，可惜了！挺好素材糟蹋了！还是我这女儿有点眼光！"

汪曾祺近年来被人们称为"美食家"，我很高兴，也为斤澜抱不平。五十年代斤澜的烹调不在曾祺之下，他做的温州菜"敲鱼"

在北京文化界独此一家。他家吃菜品种也多样。曾祺桌上经常只有一荤一素，喝酒再外加一盘花生米。

我倒是常看到曾祺做菜。那时他一家三四口只住一间屋，有个煤球炉子，冬天放屋里，夏天放门外。赶上做饭时间到他家串门，汪曾祺准在围着炉子忙活。五十年代曾祺做菜还不出名，做的品种也不多。除去夏天拌黄瓜，冬天拌白菜，拿手菜常做的就是"煮干丝"和"酱豆腐肉"。前者是扬州做法。但北京的豆腐干与南方香干有别，不是那个味，汪先生有时就用豆腐丝代替，味道也过得去。后者是他耳闻加独创的吃法，听别人说了自己又揣摩着做的，味道不大稳定。一九五一年冬天一个星期日，我逛完王府井到东单三条曾祺家喝茶歇脚，一进门就闻到满屋酱豆腐味。炉子封着，炉盖上坐着小砂锅，隔几秒钟小砂锅"朴"的一响。我问他："大冷的天怎么还封炉子？"他说："做酱豆腐肉，按说晚上封了火坐上砂锅好，可我怕煤气中毒，改为白天。午饭吃不上了，得晚饭才能炖烂。"我歇够腿告辞，走到院里碰上九王多尔衮的后裔金寄水。闲聊中我说到曾祺怎样炖酱豆腐肉，寄水摇头说："他没请教我，这道菜怎能在炉子上炖呢？"我问："在哪儿炖？"他说："当年在王府里我见过厨子做这个菜。厨房地下支个铁架子，铁架子底下放盏王八灯。砂锅的锅盖四边要毛头纸糊严，放在铁架上，这菜要二更天开炖，点着王八灯，厨子就睡觉了，灯里油添满，第二天中午开饭时起锅……"他说王八灯是铁铸的油灯，黑色，扁圆型，有五根芯管，看着像王八。

第二天上班，我问曾祺酱豆腐肉味道如何？他没说好坏，只说"还得试"！

后来我在他家吃过两次"酱豆腐肉"，两次味道、颜色都不尽相同，看来整个五十年代都还没定稿。

一九五七年后我俩各奔东西，斤澜也下乡长期劳动，只在每年春节回北京探亲时三人相会一次。见面都在曾祺家，一是他年长，本应我们去看他，二来跟他烹调手艺长进也有关系。斤澜厨艺落在他后头了。

"文化大革命"后期，我提前退休，斤澜被分配在电影院领座，长期休病假。我俩有了闲空，曾祺却忙得邪乎，打电话总找不着人。有天终于在电话中听到了他的声音，就约好时间去看他。他非常高兴，认真作了准备，把这些年练的绝活都亮了一下，嫂夫人和孩子不在家，我们三人冷热荤素竟摆满一桌子。鸡粽、鳗鱼、酿豆腐、涨蛋……虽说不上山珍海味，却也都非平常口味。我在底下改造得太艰苦了，酒又喝多了一点，一时大意把好大一个肘子吃下去四分之三。从此每逢我到他家吃饭，他都预备肘子，而且一定放在我面前。

早年没见过曾祺画画儿，也没听说过他会画。知道他有画家朋友，如黄永玉弟兄，都是画水彩，刻木刻的洋画派。还有个篆刻家朋友，是嘉兴寺的和尚，一块参加土改结下的交情。我见过他给曾祺刻的印章，也见过大和尚本人，称得上法相庄严，刻艺古朴。但没见过曾祺跟国画家交往。解放初期北京国画家一度生活困难，碰上中央整修天安门，老舍先生特意给中央写信，把城楼上画宫灯、屏风的活儿替国画家们揽下来，实行按件付酬，暗含着"以工代赈"，如此以陈半丁、于非厂（此处读庵）等为首的北京国画家都跟文联常来常往。来时我见到只有两人跟他们应酬，一是美术编辑，一个就是金寄水。没见曾祺参与应酬。我想他的画大概跟烹调一样也是自学成材。中国书画同源，他有书法底子，看过《芥子园画谱》之类的书，又有传统文人气质，练起画来顺理成章，而且还确有独创之处。十几年前，我有天收到个大信封，一看地址是他寄来的。赶紧打开看，里边是一幅画，画的铁干梅花。树干树枝都是墨染，梅花是白色，是所谓"腊梅"。画中夹着个字条，上边说："你结婚大喜我没送礼，送别的难免俗，乱涂一画权作为贺礼。画虽不好，用料却奇特。你猜猜这梅花是用什么颜料点的？猜对了我请你吃冰糖肘子……"我跟舞燕猜了两月硬没猜出来。有天开会见到曾祺，我说："我们猜到今天也没猜出来。肘子不吃了，告诉我那梅花用的什么颜料吧！"

他冲我龇牙一笑，说："牙膏！"

我早知道他毛笔字写得不错。当年《说说唱唱》印信封信纸，刊名和地址用手写体，都是汪曾祺起稿。他挺爱干这件事，颜体、欧体、柳体三种各写一张，楷书、行书各写一行，请全编辑部民主挑选。人们评头论足，叫好的人不少，但没人因此称他为书法家，更没人求他的字。不是那时写得不如后来好，而是那年头写好字不稀奇。我们不到一百人的小机关，能写好字的够半打：老舍写魏碑，端木写小篆，王亚平、柳倩写行书，都有两下子。有次政治学习，上边交代讨论时要作详细记录，以备检查。组里选人作记录，主持人端木蕻良问："选寄水行不行？"大家都说好。一向"逆来顺受"的金寄水却把手举得高高地喊道："不行不行！"有人问他："你向来不是宁当记录也不愿发言吗，这回怎么不干了？"他说："干也行，我有个要求。"端木问："什么要求？"寄水说："允许我用毛笔记，别强迫我用钢笔。"端木一笑说："就这要求呀？批准啦。"寄水松口气说："这就没说的了。有同志提过意见，说我爱用毛笔不用钢笔是甘于落后、不求进步的表现。其实是我用钢笔跟不上趟……"

我现在手中还保存着寄水自己写的名片，放在书法展览会上决无逊色。但他连书法家协会大门朝哪儿都不知道。

曾祺书法出名，首先是他写得好，其次也得承认他有福气，赶上了好机遇。

人们对曾祺与酒的关系说法颇多，认为连他的飞升也是凭借酒力，怀疑他不久前参加五粮液酒厂的笔会有不利作用。对此我持否定态度。曾祺嗜酒，但不酗酒。四十余年共饮，没见他喝醉过。斤澜有过走路撞在树上的勇敢，我有躺在地上不肯起来的谦虚，曾祺顶多舌头硬点，从没有过失态。他喜欢边饮边聊，但反对闹酒。如果有人强行敬酒、闹酒，他宁可不喝。我跟他一块参加宴会，总要悄声嘱咐东道主，只把一瓶好酒放在他面前就行，不要敬也不必劝，更不必替他斟酒。大家假装看不见他，他喝得最舒服，最尽性。

从八十年代起，家人对他喝酒有了限制。他早上出门买菜就带个杯子，买完菜到酒店打二两酒，站在一边喝完再回家。这种喝法非他独创，当年赵树理就是这个喝法。北京文联在霞公府，拐个弯就是王府井，从南口到北口，沿途有两家酒店，到八面槽往西则是山西大酒缸。赵树理拉我们去吃山西刀削面，从南口开始，见酒店就进，进去多了不要，只打一两，站在柜台前，扬脖喝完，继续前进。这样到大酒缸时已有酒打底，再要二两酒、四两削面、一盘香椿豆，连饭带菜就算全齐。曾祺继承这个喝法稍有变化。三年前他小病进了医院，我去看他时，他说大夫讲他现在的病没什么，要紧的倒是要马上戒烟停酒，不然后果堪忧。他打算执行。这以后我就有好长时间没见过他。隔了半年多在一个会上再见面把我吓了一跳。只见他脸黑发肤暗，反应迟钝，舌头不灵，两眼发呆。整个人有点傻了！吃饭时有人给他倒了杯啤酒，他说："就这一杯，我不敢多喝。"他三口两口把那杯酒喝了下去，马上眼珠活了，说话流利了，反应也灵敏起来。我回家后就给斤澜打电话，我说："老头不喝酒有点变傻了。你最好跟他家里人说说，是否叫他少量喝一点，要不老头就傻了。他儿子汪朗还是开通的。只是他那脸色太暗，缺乏光彩，这怕不是好兆头……"

也许我这话起了极坏的作用，此后吃饭他又喝点酒了。但绝没有放开量喝。这次去宜宾，虽是在酒厂开会，备的好酒，他也喝得很有控制。我和朋友们一边暗地监视，并没见他失控过。倒是他应酬太多，令人担心。不断有人要他写字画画，常常忙到深夜。我曾劝他："别太客气，累了就不要写。这么大年纪了，不是小孩。"他说："没事，写累了倒下就睡着，倒也好。"

从感情上说，我倒觉得他临离开这个世界前，兴致极好地喝两杯未必是坏事。若在告别人生之前，连回味一下酒趣也没办到，反倒大小是个遗憾。

曾祺曾给我和朋友们讲过一件趣事：京剧团有个老演员参加体检，医生看了他的各项化验后说："您的身体不错，可是不能再抽烟喝酒了。只要你下决心马上戒烟断酒，再活二十年没问题！"老演员说："不抽烟不喝酒了，那活着还有什么意思？"在潜意识里，曾祺可能是欣赏这位演员的烟酒观的。

我和斤澜都刚恢复工作，《北京文学》一位编辑陪同我们三人去了一趟丝绸之路，到了吐鲁番、伊犁、酒泉、敦煌、兰州。因为只靠文化界朋友"友情帮忙"，没有官方的"公事接待"，这一路走得很艰苦。有时因为借不到车，关在旅馆中几天无所事事。有时车借到了司机大老爷却架子很大，拿我们当盲流对付。从乌鲁木齐去伊犁时，那位司机带的私货太多，把汪曾祺塞在大箱小包的缝中，还对他说："老头，你给好好看着点！"到了伊犁，《伊犁文艺》一位资深编辑陪我们去察布查尔山中访问哈萨克牧区去，那位编辑批评了司机几句，第二天早晨回伊犁时，司机竟把编辑扔在草原上……尽管受了许多气，吃了许多苦，但因做梦也没敢想今生今世还有机会享受这般自由，仍感到幸福天降，乐在其中！特别是曾祺，再艰苦他也没叫过苦，再受气他也不生气。我有时管不住情绪想发脾气，一见曾祺逃出三界外、不在五行中的超然冷静，马上气散火消。从新疆回来之后，我特地把藏了多年的《坛经》找出来从头读了一遍。

我跟曾祺相识近五十年，没见他人前发过火，没听他人后贬过人。几十年里我只听他流露过两次"不以为然"的情绪。一次是对当年把他定右派的某位领导人，一次是对个别新潮派。他有次与二位文学新星一道外出参加活动，这二位嫌酒店档次低要搬家，嫌介绍时把他们排在后边要退席，说起话来气冲斗牛，一举一动都透着小人得志。有人谈起孙犁同志的文学成就，说他是少数几个真懂得什么是文学的人，他的语言是只能体会，不能模仿的。他们把嘴一撇说道："可是孙犁也缺乏自知之明之处，对我们这批

371

人也想指手画脚，他写文章惹我们，我们就联合起来轰他，怎么着，他还不是叫我们轰得读者眼里掉了价？！"

曾祺摇头，跟我小声说："我不信未来的世界就是这些人的！他们要掌了权，一点不比'四人帮'时期日子好过，他们当了政我绝不再干。咱不吃这碗饭啦行不行？"这是见他最激动的一次谈话。

从六十年代初算起，汪曾祺在京剧界干了三十多年，使他对京剧由爱好变成里手。多年在梨园行浸泡，使他性格上起了微妙的变化。以前他也说笑话，但比较文雅而含蓄，从不手舞足蹈。近年开朗了许多，说话增加了梨园界的机智、幽默和俏皮，举手抬足模仿舞台动作还满像样儿。有次他给我学一位武生念定场诗的舞姿。念到"鱼书不至雁无凭"时，作了个舞姿。一手高举，一手托底，抬腿仰头，颇为英武。我叫了声"好！"。他说："好？你知道这是什么意思吗？"我说："不知道。"他说原来他也不知道。他看排戏，排到这儿就问那位角儿，"这手势表示什么？"那武生说："汪先生你这不知道？烟雾瓶！大花瓶呀，这两手是抱着花瓶的姿势啊！"说着他也笑了。并说："过去京戏是口传心授，演员演了一辈子的戏，不知道台词是什么意思。"他对京剧创作确实也有了感情。新时期以后他继续写过几个剧本，但再没有样板戏那样健的锋头。他狠下功夫写的《裘盛戎》，也只演一两场。我怕他伤心，主动拿到香港，在《大成》杂志上发表，却在海外引起了反响。

经过斤澜一片爱心的动员与劝告，他又拿起小说之笔。刚发表第一篇《大淖记事》，反应不错。第二篇还没寄出，又引出一段趣闻：北京市文联研究创作工作，一位京剧团老朋友发言说："我认为对作家们的创作思想领导上还要多关心些。现在不提文艺为政治服务，不搞样板戏，不弄三突出当然是好事，可也不能完全不讲思想性啊。曾祺前两天写了个小说给我看，写小和尚恋爱，有趣倒挺有趣，可主题思想是什么？有什么教育意义呢？……"大家听了只是笑，却被有心人记在了心里。此人就是《北京文学》老主编李清泉。会一散他就叫人找曾祺要稿子来看，一边看一边拍案叫绝，看完决定发表。这样推了他的第二篇名作《受戒》。从此一篇接一篇发个没完，小说比他的样板戏更成气候。

有《受戒》这件趣闻提醒，朋友们认为他既然以写小说为主，就不必再占剧团的编制，建议把他调到文联当专业作家。领导也表示同意了，没想到他却拒绝。他说跟京剧院有感情，力所能及还愿为京剧服务。这样直到去世，他再也没离开京剧团。

曾祺对剧团有感情，剧团对他也够意思，对他十分照顾。写什么，到哪儿去，从不干涉，能帮忙的还一定帮忙。不过有些事剧团想帮却力不从心。比如住房比较拥挤，剧团就难以解决。曾祺住房本来是太太单位新华社分的。当年孩子小，两室加半间也够住了。多少年过来，不光儿子、女儿大了，还有了孙子、外孙。老头只能连写带睡都挤在那半间里。好在作协领导和中宣部都很关心此事，新华社也给与支持，经过研究，新华社慷慨地答应在八角村新盖的楼里再分一套大房子给他，面积几乎比原房大了近一倍。这消息传来，作家心中都感到很温暖。不过直到去世，曾祺也执意不肯搬进那新居。汪朗不忍看老爹老妈再挤，把自己分的房子让给了他们，儿子儿媳仍守在拥挤的旧居里。去年春节我陪翟泰丰等领导给曾祺拜年，就去的汪朗献出来的这个虎坊桥新家。比原来宽敞多了，但仍然摆设得很乱。给他们放下了年礼，说完拜年话，告别时我悄悄问他："老翟多次奔走，好不容易给你弄来一套房子，你怎么不去住？要占汪朗的房子？孩子们不容易呀！"

他小声跟我说："那地离八宝山太近，一看见那边的大烟囱，我就心里硌硬……"

我理解他的情绪。我们都老了！

原载一九九七年《文学自由谈》第六期

怀念父亲

汪朝

今年，父亲去世整整十个年头了。

现在，我已经习惯了没有父亲的日子，做梦也很少梦见他。父亲刚离去的那两年，我在市场上看见他最爱吃的螃蟹，或是在街头水果摊上看见新上市的瓜果，都会眼睛湿润，心里发紧，现在不会了。

父亲是地地道道的慈父，他爱孩子，只因为我们是他的孩子。和很多中国的知识分子一样，父亲一生很坎坷，可我从没见过他冲我们发过脾气，甚至一次严厉的脸色也没有过。对于我们学习的好坏，工作的优劣，他很少过问。并不是不关心，而是对我们完全尊重。他把自己放在跟我们完全平等的地位上，从没有指派我们为他干过什么事。直到他老了，身体不好了，他依然保持着他的自尊，不愿麻烦我们。

父亲在家里话不多，我不记得跟他有过长时间的很正式的谈话，随便聊天是常有的，但也想不起有什么特别的内容。倒是他跟一些朋友们谈得高兴了，妙语连珠，风趣幽默，满屋都是笑声。哎，那时候可真是高兴啊！

父亲在外面是个作家，可是在家里毫无威信，我们对他没大没小，极其随便，儿女和孙女们都叫他"老头儿"，他欣然接受，并且乐在其中。父亲有些驼背，我和姐姐经常会拍拍他的背，喝道："站直！"父亲就顺从地勉力把双肩向后扳扳，然后微闭着眼睛，享受着我们的捶捶打打。有些来过我们家的人羡慕地说："你们家气氛真好。"有的年轻作家或是编辑到家里来，由于不熟识，见到"汪老"很拘谨，我们就安慰他们："别怕，他在家最没地位了，我们都欺负他！"

我在工厂当工人的时候，一次到同事家去，她父亲下班一进门，呼啦，全家人都拥到正房来了，接提包的，打洗脸水的，拿拖鞋的，倒茶的，各司其职。她父亲擦过脸，坐下来，每个孩子都认真地汇报自己一天的行为，她父亲略作品评，大家才各自散去。我见了这样的场面真是瞠目结舌。回来看看自己的父亲，简直一点"谱"也没有。

父亲表达父爱的方式就是给我们做好吃的，然后看着我们吃。我们爱吃什么他都知道。父亲是自己买菜的，这样他在买菜的路上就可以筹划着怎么做，不过他还是经常要征求我们的意见。时常拎着一块肉到屋里来问："买了一块牛肉，怎么做，清炖还是红烧？"我们漫不经心地看看那块肉，发号施令："清炖吧。"父亲就兴冲冲地回厨房做菜去了。有时正写着文章，他会忽然起身去给晾在阳台上的小平鱼翻个面。父亲做菜是有一定之规的，他做的菜不能太"平庸"，得有一些说法，倒不是多讲究，但必须有特点。他常在饭桌上很有兴致地给我们讲各地不同的风味特色，我却只顾大快朵颐，将那些食文化抛诸脑后。不过，在他的影响下，我们什么都吃，乐于尝试任何稀奇古怪的东西，从不挑食。前些时候我和同事一起去吃寿司，回想起多年前，父亲曾用紫菜和米饭、肉松、海米、榨菜、黄瓜丝给我做过这东西，味道清鲜，比起店里的寿司强多了。现在，我才感到，原来我们吃过那么多美味的、富于意蕴的食物。也只有我哥哥汪朗对父亲美食家的声誉还有所传承。

父亲在家里写文章、写字、画画、做饭、喝酒，我们都已寻常看惯，没觉得有什么特别。那些对他评价甚高的评论文章和印象访谈，他看，我们也看，看了都挺高兴，但丝毫不会对我们产生什么作用。我们还是和母亲一起"攻击"他，或者对他的文章乱提意见，横加指责。只要他觉得有道理，就会照着我们的意见修改。父亲的才华、文墨是无法继承的。在一次纪念西南联大的活动上，有人问，为什么在抗战那么困难的条件下，那么短的时间里，西南联大能培养出那么多杰出的人才？父亲想了想，很有感触地说了四个字：时运使然。这句话作为父亲的写照也是很恰当的。而我们兄妹三人都性情宽厚，心境平和，那应该是得益于父母的影响和遗传。

在我们家里，说什么都百无禁忌，也常常笑谈生死。父亲晚年，身体精神都不太好，偶尔我也不由得想到他的身后。但只有在父亲去世后，我才觉得我的生命中空了一大块，知道有父亲在，是多么幸福和幸运。父亲这个称呼一般只见诸于书面，一旦这样称呼我们叫惯的"爸"和"老头儿"，其实就已经是"先父"了。父母都还健在的人们，珍惜吧！

一九九七年

图书在版编目（CIP）数据

使这个世界更诗化 / 汪曾祺著；汪朝编. -- 北京：
北京联合出版公司, 2020.6

（大家文丛 / 江力, 李克主编）

ISBN 978-7-5596-3659-1

Ⅰ.①使... Ⅱ.①汪... ②汪... Ⅲ.①散文集－中国
－当代 Ⅳ.①I267

中国版本图书馆CIP数据核字(2019)第190891号

使这个世界更诗化

作　　者：汪曾祺 著　汪　朝 编
责任编辑：徐　鹏
封面设计：李腾月
内文排版：北京崇贤馆世纪文化传媒有限公司

北京联合出版公司出版
（北京市西城区德外大街83号楼9层　100088）
北京崇贤馆世纪文化传媒有限公司
环球东方（北京）印务有限公司　新华书店经销
字数281千字　880毫米×1230毫米　1/32　12印张
2020年6月第1版　2020年6月第1次印刷
ISBN 978-7-5596-3659-1
定价：62.00元